La Cité Sacrée

Les fils de la Nouvelle Espagne

TOME III

Illustration de couverture : Leslie Umezaki et Victorine Schwebach

levergerdeshesperides@hotmail.fr
http://www.editionslevergerdeshesperides.com
19, rue du Grand Verger
54000 Nancy

ISBN 978-2-36587-302-4

Aventures
à remonter le temps
Junior

Loi n°49-956 du 16 juillet 1949 sur les publications destinées à la jeunesse, modifiée par la loi n°2011-525 du 17 mai 2011.

Émilie **GAUTHERON**
Illustrations Jean-Michel **DAMIEN**

La Cité Sacrée

Les fils de la Nouvelle Espagne

TOME III

Le Verger des Hespérides

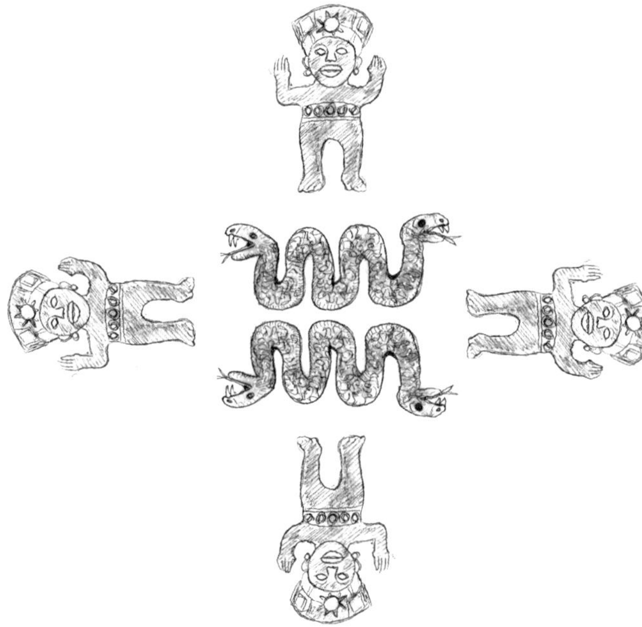

Chapitre 1

Le courage de Carmen

Lucas releva le pan de toile et pénétra dans sa tente, suivi de près par Montejo. Tous deux attendaient impatiemment le retour de Malinche. Lucas espérait surtout que son plan fonctionnerait.Il s'assit à sa table de fortune juste en face de Montejo et déboucha la flasque de rhum qu'il avait en permanence sur lui. Il en servit une rasade au conquistador avant de boire lui-même au goulot. L'*Adelantado* lui jeta un regard réprobateur.

– Avec tous tes vices, Lucas, il est étonnant que tu sois encore en vie.

– C'est que mes qualités surpassent largement mes vices, rétorqua l'Espagnol en souriant. Sans moi, seriez-vous ici ?

– Sans doute espères-tu que je te baise les pieds ?

– Une simple reconnaissance de mon talent suffirait.

– Je vais attendre l'issue de notre affaire pour cela. Voilà une journée entière que Malinche a rejoint *Tulum*. Ne devrions-nous pas avoir de ses nouvelles ? La cité maya ne se trouve qu'à un quart d'heure de marche. Combien de temps crois-tu que Malinche mette à séduire le roi de la ville et à le convaincre de lui montrer la carte de Juan ?

– Pour une femme aussi perfide et brillante, peu de temps. Elle sera le ver dans le fruit, notre clé pour *Tulum*. Avec un peu de chance, elle nous montrera un chemin pour forcer les remparts de la ville.

Les deux hommes devisaient librement, se croyant à l'abri des oreilles indiscrètes. Ils ne se doutaient pas que quelqu'un entendait tout de leurs échanges.

Derrière le rideau de toile séparant la pièce principale d'un espace exigu réservé au couchage, Carmen écoutait leur conversation. Lucas avait totalement oublié son existence. Il ne pouvait sans doute pas imaginer qu'une femme à laquelle il accordait si peu d'importance puisse les écouter. Pourtant, elle était bien là, ne perdant pas un mot des paroles de l'homme qu'elle haïssait maintenant encore plus que le tenancier de l'auberge de Cuba.

Et son cœur battait à tout rompre. Elle comprenait enfin le rôle de Malinche auprès des Espagnols. Cette Indienne était leur complice. Elle devait séduire un chef dans le but de lui voler une carte. Et elle ouvrirait les portes de la ville à l'armée espagnole. À cette pensée, Carmen fut parcourue de frissons : Lucas se livrerait-il à un carnage semblable **à** celui de *Xaman-Ha* ? Elle tendit l'oreille, redoublant d'attention :

– Alors nous prendrons notre revanche sur ces sauvages qui ont osé nous défier ! jubilait l'*Adelantado*.

– Sauf que cette fois, Juan ne disposera plus de réserves de poudre à voler, souligna Lucas.

– Nous les écraserons, s'emportait Montejo avec virulence. Ils payeront le prix de leur audace.

– Comptez-vous tous les tuer tous ? s'informa Lucas.

La question coupa le souffle de Carmen. Les mots de Montejo, hélas, tombèrent comme un couperet :

– Certainement, confirma-t-il.

– Les femmes ? Les enfants ?

– Les soldats pourront s'amuser un peu avec les femmes s'ils le souhaitent mais elles seront exterminées, comme les enfants. Aucun bras susceptible de porter un jour une arme contre nous ne doit survivre.

– Quel pragmatisme ! Vous me rappelez l'Italien Machiavel.

– Ce sera un massacre exemplaire pour tous les Indiens. Ils regretteront de s'être dressés contre nous, ces chiens.

Le cœur de Carmen palpitait. Rien qu'à imaginer la scène, elle avait des sueurs froides. Ils n'épargneraient personne. L'idée d'assister à une telle horreur lui souleva le cœur.

– Quant aux autres tribus, j'entends bien qu'elles se plient à notre autorité après la leçon que je donnerai à *Tulum,* acheva Montejo.

– Et vous aurez bien raison, approuva Lucas. Nous aurons alors tout le loisir de faire des prisonniers, que nous remettrons au gouverneur de Cuba pour sa réserve d'esclaves.

– Excellente idée.

Carmen serra les poings jusqu'à ce que ses jointures blanchissent. Ces ordures, en plus de massacrer des familles entières, entendaient réduire les survivants en esclavage. L'idée que des hommes ou des enfants meurent sous le fouet, comme elle en avait été témoin à Cuba, la fit frémir. Une larme de colère roula sur sa joue. La voix de Lucas lui parvint, de l'autre côté du rideau :

– Pour le moment, contentons-nous d'attendre le retour de Malinche. Encore un peu de rhum ?

– Non merci, refusa le conquistador. Je ne m'abaisserai pas à devenir un soûlard comme toi. Je vais plutôt aller me coucher.

– À votre guise.

L'*Adelantado* sortit de la tente, laissant Lucas s'enivrer.

Tout reposait maintenant sur l'habileté de Malinche.

Carmen fixait le vide, accablée. Que faire ? Malinche reviendrait tôt ou tard. Quelle que soit l'issue de sa mission chez les Mayas, il y aurait une attaque sanglante et impitoyable contre la ville indienne. Que pouvait-elle faire ? Elle était seule, entourée d'hommes qui surveillaient le moindre de ses gestes.

Soudain, la solution lui apparut, claire mais dangereuse. Les Indiens devaient être prévenus, être alertés qu'une traîtresse à leur peuple se trouvait entre les murs de leur cité. Elle était la seule à pouvoir le faire même si les obstacles ne manquaient pas.

Premièrement, fuir le campement espagnol sans éveiller l'attention de Lucas, de Montejo et des soldats. Puis, retrouver

cette cité indienne, dans laquelle elle n'avait même pas la garantie de pouvoir entrer sans que des flèches ne la transpercent. Enfin, si elle était toujours en vie, il lui faudrait trouver le moyen d'informer un peuple dont elle ne parlait pas la langue. Pour finir, elle devrait revenir au plus vite au campement avant que quelqu'un ne s'aperçoive de son absence.

Comment faire ?

Et elle sut. Blême mais déterminée, elle se leva et repoussa le rideau de toile.

Dans la pièce principale, Lucas buvait toujours. Les effets de l'alcool avaient commencé à l'abrutir. Profitant de son piteux état, Carmen s'approcha. Elle s'assit sur ses genoux, se pencha vers lui et murmura à son oreille :

– Il se fait tard, *señor*. Que diriez-vous d'une petite soirée en ma compagnie ?

Lucas releva un regard abruti et attendri vers elle. Ses yeux vitreux la dévisagèrent avant de glisser sur son décolleté. Il hocha la tête, un sourire salace sur les lèvres :

– Bonne idée ! Ma jolie. Allons-y !

Il se leva en titubant. Carmen le soutint jusqu'à sa couche, de l'autre côté de la toile. Elle l'étendit et lui remit sa flasque entre les mains. Lucas la porta immédiatement à ses lèvres, tout en serrant Carmen contre lui. Elle le caressa puis, peu à peu, se dégagea lentement de son étreinte. Deux minutes plus tard, l'homme dormait. Certaine qu'il ne bougerait plus, Carmen l'abandonna à sa torpeur et sortit discrètement de la tente.

Il faisait nuit noire. Seul le rougeoiement du feu de camp indiquait que tous les soldats ne dormaient pas. Elle contourna la tente de Montejo, prenant garde à ne pas éveiller l'attention des militaires qu'elle sentait proches. Hélas, elle buta sur un sac et s'étala de tout son long sur le sable. Elle ne bougea plus, le cœur battant. L'avait-on entendue ? Non, personne ne venait dans sa direction. Lentement, avec maintes précautions, elle se redressa et fila, à demi-courbée, entre les chevaux attachés. Elle réussit à sortir du camp et alors, elle courut, courut vers l'inconnu, vers ceux qu'elle voulait sauver.

Tulum, avait dit Montejo, se trouvait à un quart d'heure de marche. Carmen avançait quasiment à l'aveuglette sur la plage sombre. Elle se trouva bientôt au pied d'une élévation rocheuse qu'elle gravit, non sans mal. La roche égratignait ses pieds nus, ses mains. Parvenue au sommet, elle s'arrêta brusquement : dans le décor noir et sauvage apparaissaient des halos de lumière. Le vent lui apporta des effluves de fumée. Elle distingua bientôt des pyramides imposantes : *Tulum*, enfin ! Elle touchait au but. Il ne fallait pas reculer, pas maintenant.

Elle descendit dans la crique. Ses pieds s'enfoncèrent dans le sable frais et humide. Elle remonta la plage pour suivre ce qui lui parut être un chemin. À mi-hauteur, elle distingua enfin une porte dans les remparts de pierre. Elle tendit le cou et sursauta. Revenant brusquement sur ses pas, elle se cacha derrière un buisson à la hâte : à l'entrée, deux Indiens qui lui semblèrent effrayants, montaient la garde. Carmen déglutit, tentant d'apaiser le rythme endiablé des battements de son cœur. Prenant une grande inspiration, elle marcha vers l'entrée avec une assurance feinte.

Dès que les gardes repérèrent l'intruse, ils levèrent leurs armes. Carmen s'immobilisa. Les Mayas firent un pas dans sa direction, armes pointées vers elle. Ils avaient identifié un visage pâle. L'un d'eux grogna des mots qu'elle ne comprit pas. Elle leva les mains pour montrer qu'elle n'était pas armée. Les deux hommes la détaillèrent avec méfiance, puis échangèrent quelques phrases entre eux.

– Je viens en paix, leur lança-t-elle.

Elle savait que ces propos étaient inutiles ; ils ne comprenaient pas plus sa langue qu'elle ne comprenait la leur. Mais elle pensait que si elle parlait, ils se rassureraient.

– Je voudrais parler à votre chef, continua-t-elle face à ses interlocuteurs perplexes. Moi, articula-t-elle en posant deux doigts sur sa poitrine, je voudrais parler à votre chef (elle leva les mains au-dessus de sa tête, mimant une couronne).

Son discours produisit l'effet totalement inverse de ce qu'elle espérait. Ces mots, dans une langue qu'ils ne comprenaient pas, effrayèrent les Indiens. Cette blanche les menaçait-elle ? Avertissait-elle de l'arrivée de renforts ? Se sentant en danger, ils encadrèrent la fille et pointèrent leurs armes vers elle.

Carmen étouffa un cri. Non, elle ne leur voulait aucun mal ! Elle voulait les aider ! Mais ses explications redoublèrent

l'agressivité des Mayas. L'un d'eux la saisit brutalement par le bras. Tétanisée, elle n'osait plus faire le moindre geste. Ils la poussèrent sans douceur devant eux, passèrent les remparts et entrèrent dans la ville. À mesure qu'ils avançaient entre les habitations, Carmen remarqua qu'ils se dirigeaient vers la Grande Pyramide. La panique la saisit : allaient-ils la tuer ? Il courait d'atroces rumeurs sur les pratiques des Indiens, notamment à propos de sacrifices humains. La mort lui apparut à ce moment comme bien moins souhaitable que n'importe quelle existence misérable, fut-ce la sienne. Affolée, elle chercha à se dégager. Elle donna un coup de pied à celui qui la retenait, se débattit, cria, se tortilla désespérément dans tous les sens. Elle réussit à échapper à son premier geôlier mais le second l'arrêta immédiatement d'un croche-pied qui la jeta au sol. Le visage dans la poussière, elle n'entendait que les battements de son cœur, peut-être les derniers.

– Que se passe-t-il ?

C'était Zinacantlán qui arrivait fort à propos. Réveillé par le bruit, il était sorti en hâte de la cabane où il dormait, à proximité de la porte de la ville. Les deux gardes tournèrent la tête. Le regard de Zinacantlán glissa vers la femme à leurs pieds.

– Que se passe-t-il ? demanda-t-il à nouveau aux deux guerriers. Qui est-ce ?

L'inconnue se redressa lentement, toute tremblante. L'Indien discerna alors son visage et eut un sursaut de surprise : une blanche. Une femme aux cheveux ondulés et dorés comme le soleil. Tout son corps frémissait de peur. D'une voix vacillante, elle implora une dernière fois :

– Je vous en supplie... ne me tuez pas... je… je veux vous aider…

Ses supplications ravivèrent la crainte des guerriers qui relevèrent leurs armes vers elle.

– Attendez ! les arrêta Zinacantlán.

Il avait compris le sens des mots de la jeune fille. Il s'interposa de force entre la fille et les soldats du guet.

– Attendez, calma-t-il les deux Mayas. Je ne crois pas que cette femme nous veuille du mal.

– Mensonge ! rétorqua l'un. Elle nous a menacés !

– Comment sais-tu qu'il s'agissait de menaces ?

– Elle criait !

– Parce que tu l'effrayais !

Derrière eux, Carmen écoutait sans comprendre. Zinacantlán se tourna vers elle. Il la dévisagea longuement. Puis il lui tendit la main :

– N'aie crainte, la rassura-t-il en espagnol. Je sais que tu ne nous veux aucun mal.

– Tu… tu parles espagnol ? s'étonna-t-elle.

– J'ai été prisonnier des blancs durant un certain temps. Viens, n'aie pas peur !

Après une hésitation, Carmen saisit la main que lui tendait l'Indien. Ce sauvetage inespéré lui faisait presque oublier son but. Se souvenant brusquement du danger qui planait sur la ville maya, elle s'accrocha au bras du jeune Indien :

– Je dois voir votre chef, s'exclama-t-elle. Vous courez un grave danger. Une femme que vous croyez des vôtres s'est introduite dans votre ville pour vous voler un objet précieux. Elle veut vous livrer à l'armée espagnole.

– Comment sais-tu cela ? s'alarma Zinacantlán.

– Je… j'appartiens à l'Espagnol qui commande sa main, répondit-elle en cillant.

– Quel est le nom de cette femme ?

– Malinche.

L'expression de Zinacantlán se décomposa. Malinche.

Malintzin. L'étrangère était une traîtresse. Il fallait avertir le roi au plus vite.

Il allait se précipiter vers la Grande Pyramide quand une pensée arrêta son pas. Le roi seul ne pourrait peut-être pas faire face à Malinche. D'autant plus que Cozmatzin s'était suffisamment épris de l'étrangère pour refuser de croire les propos d'une blanche. Mais l'Indien avait lu dans les yeux de Carmen qu'elle ne mentait pas. Ils avaient besoin de renfort : Juan, les jumeaux, vite !

Il prit Carmen par la main et l'entraîna à sa suite vers le Grand Palais. Il se rappela tardivement de l'existence des guerriers et leur lança par-dessus son épaule :

– Alertez le *Nacom* immédiatement ! La cité court un grand danger ! L'étrangère est une traîtresse ! *Vite* !

Ils parvinrent rapidement au Grand Palais. Zinacantlán entra en trombe dans la grande salle et courut vers la couche où dormaient Juan et Olxa.

– Juan, réveillez-vous !

Il passa dans la chambre contiguë et secoua les jumeaux :

– Valerio, Miguel ! Debout, il y a urgence !

– Que se passe-t-il ? cria Juan depuis l'autre pièce.

Le chef de la résistance maya s'habilla en hâte sans oublier de s'armer de son épée et de son pistolet. À ses côtés, Olxa s'était levée, elle aussi.

– Malintzin, expliqua Zinacantlán tandis que les jumeaux accouraient, est une espionne. Elle sert les Espagnols qui la connaissent sous le nom de Malinche.

– Malinche ! s’exclama Olxa. Voilà pourquoi son accent me paraissait étrange ! J’ai entendu parler de cette femme. Elle n’appartient pas au peuple maya, mais à celui des Aztèques. Elle a trahi son peuple et s’est alliée aux Espagnols !

– Elle a été chargée de voler un objet précieux et d’ouvrir les portes de la ville à l’armée espagnole, continua Zinacantlán.

– Il s’agit d’une carte, précisa une silhouette invisible.

Valerio, Miguel, Juan et Olxa pivotèrent en direction de la voix : Carmen se tenait sur le seuil du Palais.

– Qui es-tu ? demanda Juan.

– Je m’appelle Carmen. J’appartiens au *señor* Lucas. C’est lui qui est à l’origine de la mission de Malinche.

– Lucas, dis-tu ? Ce traître veut reprendre mon plan, n’est-ce pas ?

– Vous êtes Juan ?

– Oui, c’est moi.

– Lucas parle beaucoup de vous. Oui... c’est votre carte qu’il convoite. Malinche doit vous la dérober. Où est-elle ?

À ces mots, Juan pâlit.

– Palsambleu… Cozmatzin !

– Nous n’aurions jamais dû la lui confier, enragea Olxa.

– Et en plus cet imbécile s’est entiché de Malinche ! fulmina Juan.

Il sortit comme un diable du Palais. Comprenant l’imminence de la catastrophe, Olxa, Valerio et Miguel lui emboîtèrent le pas en courant. Carmen voulut les suivre mais Zinacantlán la retint :

– Les Espagnols savent-ils que tu es ici ?

– Non. Je me suis enfuie.

– Reste ici. Tu ne dois pas être vue.

Il la ramena à l'intérieur du Grand Palais et s'étant assuré qu'elle y serait en sécurité, il se hâta à la suite des jumeaux. Pourraient-ils éviter le pire ?

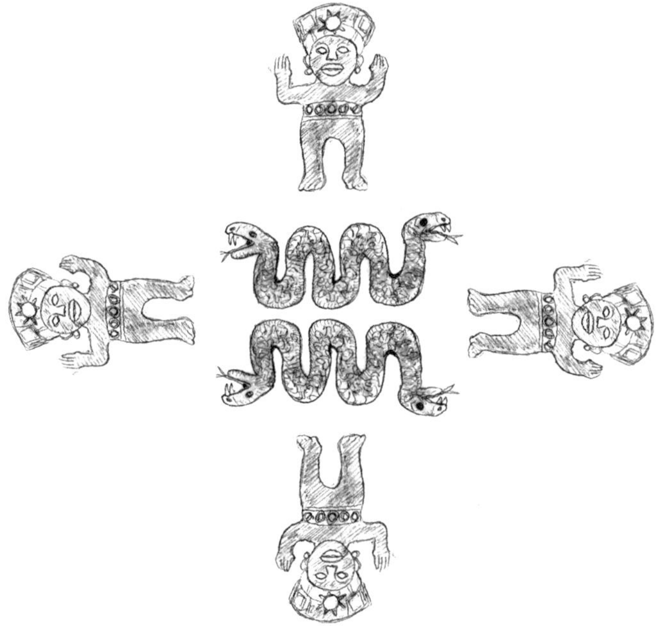

Chapitre 2

La victoire de Malinche

— Viens ! Je le garde ici, déclara Cozmatzin.

Malinche se rapprocha du souverain, essayant de modérer son avidité. Le roi se dirigea vers une statuette du dieu *Itzamná* qui trônait sur un autel de pierre. Il souleva l'idole. Sur le socle de pierre qui la supportait, était ancrée une anse de bois. Cozmatzin tira sur l'anneau et souleva un carré de calcaire. Une cavité peu profonde s'ouvrait juste en dessous. À l'intérieur reposait un parchemin roulé. Malinche ne put réprimer un élan d'impatience vers l'objet tant convoité. Cozmatzin le saisit délicatement et le lui tendit :

– Tiens, vois par toi-même ! Voici la carte pour laquelle tant des nôtres sont morts.

L'Indienne allongea la main vers le précieux document. Enfin, elle le touchait. Ses doigts se refermèrent dessus comme un étau. Elle avait réussi. Elle avait pénétré la cité des Mayas, dupé le grand chef de *Tulum*, volé la carte de Juan. Bientôt, elle serait riche.

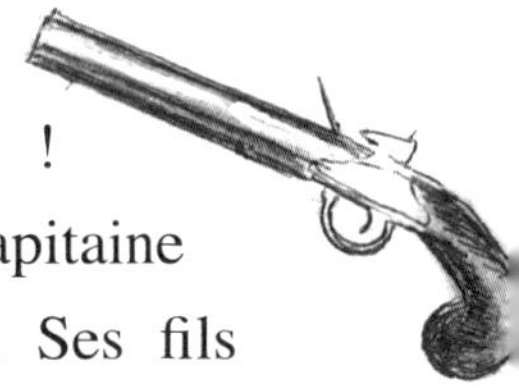

– Cozmatzin ! hurla soudain la voix de Juan.

Malinche sursauta. Juan ! Maudit soit-il ! Comment l'avait-il démasquée ? L'ancien capitaine jaillit dans le palais du roi, épée au poing. Ses fils accoururent à ses côtés, armes dégainées. Zinacantlán apparut derrière eux, muscles contractés, prêt à l'attaque. Olxa surgit à sa droite et assassina l'Aztèque du regard. La traîtresse serra les dents. Quatre et demi contre un. Car la femme ne valait sans doute pas un homme. Quant à Cozmatzin, la situation le dépassait totalement. Elle devait profiter de sa perplexité pour s'enfuir. Juan leva sa rapière dans sa direction :

– Rendez-vous Malinche ! Nous savons qui vous êtes ! Vous n'aurez pas cette carte.

– Je l'ai déjà, rétorqua-t-elle avec un rictus méprisant.

Tous les regards convergèrent vers la main gauche de l'Indienne.

– Lâchez ce plan ! cria Valerio en braquant son pistolet vers sa tête. Ou je vous fais sauter la cervelle !

– Je vous déconseille d'essayer ! menaça-t-elle en tirant elle-même un pistolet de sous sa robe.

Elle pointa l'arme à feu vers Juan, le regard inflexible.

– Que comptez-vous faire avec cela ? ricana l'Espagnol. Vous serez morte avant d'avoir pu tirer ! Nous avons l'avantage sur vous !

Malinche garda le bras tendu vers Juan, haletante. Elle détourna soudain son arme pour en poser le canon sur la carte.

– Vous croyez ? À votre place, je n'en serais pas aussi sûre. Un pas, un geste et je réduis ce plan en cendres !

– Non ! cria Olxa.

À ces mots, Cozmatzin parut se ressaisir. Il voulut attraper Malinche mais celle-ci perçut la menace : elle lui donna un coup de pied dans l'entrejambe avec une violence surprenante pour une femme. Elle contourna le corps plié en deux et se plaça face à tous ses assaillants : Juan, Valerio et Miguel qui la tenaient toujours en joue.

– Laissez-moi passer ! ordonna-t-elle, le pistolet toujours braqué sur la carte. Ou je vous jure que je réduis en poudre votre précieux parchemin.

– Vous n'oseriez pas, répliqua Juan.

– Vous vous trompez. Je ne vous laisserai pas la victoire, même si je dois mourir. Abattez-moi et dites adieu à votre secret. Faites-moi place.

Juan la fusilla du regard mais, impuissant, il abaissa son arme. À ses côtés, ses fils, révoltés mais tout aussi impuissants, l'imitèrent.

Malinche s'avança vers la porte du palais, le doigt posé sur la gâchette. Juan, les jumeaux, Zinacantlán et Olxa s'écartèrent contre leur gré sur son passage. Elle sortit du palais, descendit l'escalier arrière. En bas des marches, le *Nacom* accourait, flanqué de quatre guerriers.

– Dites-leur de s'écarter ! cria Malinche à Juan.

– Écartez-vous ! répéta le chef de la résistance maya.

– Cette femme est une traîtresse ! rétorqua le Nacom.

– Obéissez ! hurla Olxa.

Sous l'injonction de Dame Olxa, les soldats mayas reculèrent à contrecœur. Malinche termina sa descente. Sitôt qu'elle fut en bas des marches, elle prit la fuite, emportant le précieux parchemin. N'écoutant que leur courage, les guerriers en faction à la porte sud tentèrent de lui barrer le passage. Elle appuya sur la détente de son pistolet : l'un des deux s'effondra.

L'Indienne traversa la plage et disparut derrière la crête rocheuse qui façonnait la crique de *Tulum*.

Juan hurla de rage et frappa le sol de son épée.

– Non !

Près de lui, sa femme et ses fils demeuraient tout aussi désemparés. Malinche avait la carte. Bientôt, Lucas la lirait. Il découvrirait l'emplacement du secret des Mayas et irait le piller.

– Que *Kukulkan* vide cette traîtresse de son sang, jura tout bas Olxa.

– Tout est perdu, souffla Miguel.

– N'y a-t-il aucune solution ? demanda Valerio.

Son père se tourna vers eux, le regard embrasé par la colère.

– Que veux-tu que nous fassions ?

Zinacantlán se tenait immobile comme une statue, le regard vague. Soudain, un éclair brilla dans ses pupilles :

– À moins que… commença-t-il.

Carmen sursauta lorsque le groupe revint au Grand Palais.

Avaient-ils réussi ? Un pressentiment terrible la prit à la gorge lorsqu'elle découvrit leurs mines sombres et dépitées.

– Nous ne sommes pas arrivés à temps, déclara Juan. Malinche avait déjà la carte. Elle a menacé de la détruire. Nous n'avons rien pu faire.

L'accablement s'empara de Carmen. Elle avait fait tout cela pour rien.

– Alors, tout cela a été vain, murmura-t-elle, les lèvres serrées.

– Peut-être pas, la reprit Zinacantlán.

– Que veux-tu dire ?

– Il reste peut-être une solution pour contrecarrer les plans des Espagnols. Serais-tu prête à nous aider ?

Carmen dévisagea intensément le jeune Indien, le capitaine blanc, la femme et les jumeaux. Elle lut dans chacun de leur regard l'attente, l'espoir.

Les *aider*. Cela signifiait rompre totalement avec les Espagnols, au péril de sa vie. Abandonnerait-elle le monde européen qui, certes, la méprisait, pour protéger un monde inconnu ? Risquerait-elle sa vie pour éviter que d'autres ne connaissent un sort semblable au sien ? Elle cilla. Elle n'avait jamais autant douté de toute sa vie. Elle marchait sur une corde au-dessus d'un gouffre : elle pouvait choisir de revenir sur ses pas, sur le versant espagnol de la montagne ou alors passer de l'autre côté. Mais, si elle reculait, ne risquait-elle de glisser sur la corde, de chuter dans le vide ? Elle releva lentement un menton tremblant:

– Oui. Je vous aiderai.

Zinacantlán l'observa en silence. De cette fille à peine plus jeune que lui se dégageait une détermination impressionnante. Juan hocha la tête et s'agenouilla près d'elle.

– Tu as bien dit que les Espagnols ignoraient ta présence ici, n'est-ce pas ?

– Oui.

– Tu constitues notre seul avantage face aux hommes de Lucas, la seule personne qui puisse les approcher sans soupçons. Voici ce que tu vas faire. Tu vas retourner au campement, le plus discrètement possible. Personne ne doit savoir que tu es venue ici. Pour peu que Malinche ait déjà rejoint le camp, l'effervescence de son arrivée occultera ton retour. Tu es proche de Lucas, dis-tu ?

– Vous êtes européen. Vous devinez ma position, répliqua-t-elle sombrement.

– Alors, utilise-la au mieux ! Lucas gardera sûrement avec lui la carte que Malinche a volée. Fais en sorte de lui reprendre ce plan. Nous allons les battre à leur propre subterfuge.

Carmen opina. Si Malinche l'avait fait, elle réussirait.

– Mais si je ne peux pas sortir du camp ? objecta-t-elle.

– Un soldat maya t'escortera à distance, décida Juan. Il veillera à te protéger et à récupérer la carte le cas échéant.

– Moi, intervint Zinacantlán. Je la suivrai et je la protégerai.

– Et moi ? Que gagnerai-je dans ce pacte ? demanda Carmen.

– Que désires-tu ?

– Je veux… la liberté.

Carmen réalisa alors que par ces simples mots, elle renonçait définitivement au monde européen. Juan la fixa, impassible. Comment cette fille était-elle parvenue à prendre une telle décision ?

Son inflexibilité impressionnait Zinacantlán, qui ne détourna pas son regard du sien. Cette blanche si frêle montrait un cran digne d'un Maya. Elle s'était mise en danger pour eux, pour les avertir. Elle méritait leur protection, il y veillerait.

– Devons-nous partir immédiatement ? demanda-t-il à Juan.

– Je pense que c'est nécessaire pour la réussite de notre plan. Es-tu prête, Carmen ?

La jeune fille eut une dernière hésitation. Puis elle serra la main de Juan :

– Marché conclu, confirma-t-elle.

– L'Indienne est revenue ! clama soudain un soldat.

Son cri réveilla tous ses compagnons qui rappliquèrent au centre du campement. Malinche venait de réapparaître, suivie des deux hommes qui l'escortaient. Son nom fut répété et scandé par tous les militaires si bien qu'il parvint rapidement aux oreilles de Montejo. Il se leva d'un bond pour rejoindre le groupe qui s'était formé autour du feu allumé au centre du camp. Où se trouvait Lucas ? Comment se faisait-il que le coquin n'ait pas déjà bondi hors de sa tente ? À moins, songea Montejo, que l'alcool n'ait eu raison de lui. Après une brève hésitation, il décida qu'il n'irait pas le réveiller. Cela lui servirait de leçon, à lui et à ses vices… Il s'offrirait à lui tout seul un avant-goût de ce que leur rapportait Malinche.

Il sortit de sa tente et se dirigea vers elle. Si les soldats s'écartèrent sur son passage, l'Indienne ne bougea pas d'un pouce. Le feu rougeoyait dans son dos, formant comme un halo autour d'elle. Le visage aussi fermé que de coutume, elle attendit que l'*Adelantado* parle.

– Ainsi, vous avez réussi, dit-il en se frottant les mains. Vous l'avez ? Le parchemin de Juan, vous l'avez ?

– Où se trouve Lucas ? demanda-t-elle, impassible.

– Est-ce important ? Nous pouvons déjà partager ce secret à deux, avant qu'il ne le voie. Après tout, je connais le Nouveau Monde mieux que lui.

– Je verrai Lucas avant quiconque, clarifia-t-elle.

Montejo eut un recul de surprise, abasourdi du ton avec lequel Malinche s'adressait à lui. Il la jaugea d'un œil hautain, avec la condescendance des blancs pour un peuple inférieur. Elle soutint son regard, inébranlable. Elle haussa même les sourcils avec provocation.

– Où se trouve Lucas ?

– Suis-moi ! céda Montejo, les poings serrés.

Accroupis derrière des buissons, Carmen et Zinacantlán observaient la scène à distance. Le souffle court, ils reprenaient haleine, cachés dans l'ombre. Ils avaient couru pour rattraper Malinche et venaient tout juste d'atteindre le campement. Ils arrivaient à temps pour voir l'Indienne pénétrer dans la tente voisine de celle du conquistador.

– Ils vont voir Lucas, chuchota Carmen. J'y vais. Je me glisserai dans la tente par l'arrière. Reste ici ! recommanda-t-elle à Zinacantlán. Tu ne dois pas être vu par les Espagnols.

– Comment saurais-je lorsque tu auras récupéré la carte? demanda-t-il.

– Je… réfléchit-elle. J'allumerai une torche devant la tente de Lucas.

– Bien. Au moindre problème, je serai là, prêt à t'aider.

– D'accord... Il faut que j'y aille, maintenant. Il ne doit pas se rendre compte que je l'ai quitté.

La jeune fille se leva d'un bond. Zinacantlán la retint par le bras. Coupée dans son élan, elle rejeta la tête vers lui.

– Pourquoi nous aides-tu ? lui demanda-t-il.

Carmen tressaillit. Ce regard noir et profond, ce visage cuivré qui la dévisageait lui révéla combien ils étaient différents. Et pourtant, cette main qui la retenait la bouleversait.

– Pour la même raison que vous, murmura-t-elle. Pour la

liberté. Pour que tu ne connaisses jamais l'esclavage que des hommes qui te ressemblent endurent. Pour que vos femmes ne soient jamais soumises comme je le suis.

– J'ai été esclave des blancs.

– Alors nous savons tous deux de quoi nous parlons.

Chapitre 3

Échec

— Vous avez réussi… vous avez réussi !

La voix de Lucas, avinée mais extatique, parvint à Carmen. Elle rejoignit sa tente, releva un pan de la tenture avant de se glisser dessous.

– Vous avez dupé le roi de *Tulum* ? se moquait Lucas avec un rictus.

– Cela n'a guère posé de problèmes, rétorqua Malinche. L'homme est si faible face à la beauté… En revanche, j'ignore comment mais j'ai été démasquée par Juan.

– Juan ? s'exclama Lucas. Ce damné ? Comment a-t-il su ?

– Je ne sais pas. Sans le pistolet que vous m'aviez confié, je ne serais pas sortie de *Tulum*.

– Je le tuerai, jura Lucas. Oui, je le tuerai de mes mains. Mais avant cela, montrez-moi la carte, je vous prie.

Malinche glissa la main sous son *huipil* et en extirpa le précieux parchemin. Lucas s'en saisit avec la délicatesse qu'on réserve à un trésor. Il le déroula et s'imprégna avidement de l'image. Cette vision l'emplit d'une assurance nouvelle. Le plan agissait sur lui comme un filtre magique.

– C'est bien cela ? s'assura Montejo, lorgnant sur la carte.

– Oui, c'est bien cela, confirma Lucas à voix basse. Après tant d'années, je tiens enfin ce que Juan a voulu me cacher.

– Étudions-le dès maintenant !

– Je vais d'abord en imprimer le moindre détail dans mon esprit, répliqua Lucas. Ensuite, je vous en ferai part. Cela est légitime, non ? Sans moi, vous ne contempleriez pas cette carte. Je l'examinerai donc avant vous.

Montejo serra les poings mais ne trouva aucun argument pour contredire le petit Espagnol. Il sortit de la tente de mauvaise grâce. Lucas releva lentement les yeux vers Malinche. Il la gratifia d'un sourire charmeur :

– Merci, ma chère. Je constate que vous avez respecté votre parole en venant me rendre des comptes en premier. Je vous félicite pour votre habileté.

– N'oubliez pas que j'entends recevoir une compensation dans cette affaire.

– Je ne l'oublie pas.

Ce disant, Lucas se rapprocha et leva une main caressante vers la joue de Malinche. L'Indienne l'arrêta.

– Pas ce genre de compensation. Vous ne croyez tout de même pas m'abuser comme vous le faites avec les autres ?

– Nous aurions pu nous offrir un supplément.

– Que croyiez-vous ? Que je coucherais avec vous ? Vous me répugnez.

– Tant pis. Dans ce cas, nous nous contenterons de notre part d'or.

– Cela me semble préférable.

Sur ces mots, elle sortit de la tente. Lucas s'assit et étala soigneusement le parchemin sur la table basse. Toute son attention se fixa sur le tracé d'encre.

Derrière la tenture, Carmen comprit que le moment d'agir était venu. Elle ramassa la flasque de rhum abandonnée à terre, dénuda à moitié ses épaules et, écartant le pan de toile, elle s'avança vers Lucas, nonchalante.

– Eh bien, *señor* ? ronronna-t-elle. Vous m'avez abandonnée ?

Lucas leva les yeux de sa carte. La seule vue de Carmen dans des atours aussi séduisants le détendit. Décidément, cette nuit lui promettait des plaisirs de toutes natures.

– N'était-ce pas toi qui m'avais quitté ? répondit-il.

– Voyons, *señor*, je n'ai pas bougé de votre lit. Vous vous êtes levé trop précipitamment sans doute. Que lisez-vous?

– Ah, Carmen… tu ne comprends probablement pas tout cela mais ce que je lis me réchauffe le cœur. Tout comme toi, lorsque je te vois.

– Je vous plais, ainsi ?

– En tout point. Que tiens-tu dans ta main droite ?

– Votre rhum que vous avez oublié près de moi. Pourquoi ne pas fêter dignement ce document qui vous réjouit tant ?

– Quelle merveilleuse idée tu as ! Approche donc !

Carmen le rejoignit et s'installa sur ses genoux. Tandis que les mains de Lucas parcouraient sa poitrine, elle lui tendit le flacon.

– Tenez, *señor.* À votre gloire !

– Cette nuit est la plus belle de ma vie, dit-il, en saisissant la gourde.

Il but à longs traits, sa main droite entourant la taille de Carmen. Puis, il reprit sa lecture, sans lâcher la jeune fille. Elle devait détourner son attention de la carte, le faire boire, encore. Elle le saisit par son menton et l'embrassa avec ferveur. Tandis qu'il resserrait son étreinte, elle lui tendit à nouveau le flacon.

– Encore un peu, *señor* ? On ne fête pas chaque soir sa meilleure nuit.

– Tu as raison, acquiesça-t-il.

Il s'empara du rhum et en avala une nouvelle rasade. Puis il reposa ses lèvres sur celles de Carmen. Elle le tira vers le lit :

– Venez ! Ce sera plus commode là-bas.

Il la suivit en emportant le parchemin. Ils s'étendirent derrière le rideau de toile. Carmen ouvrit la besace où elle avait vu Lucas ranger ses réserves d'alcool et en sortit une nouvelle bouteille. Elle s'allongea près de lui. Pour donner le change, elle avala une petite gorgée avant de lui tendre à nouveau le liquide ambré. Lucas but, encore et encore, sa main se faisant plus pesante sur la taille de Carmen. Elle répondit à ses caresses, l'enjôla, sans oublier de lui tendre la bouteille entre deux baisers. Peu à peu, Lucas se laissa aller. Carmen réussit à ce qu'il s'allonge. Sous l'emprise de l'alcool et de la volupté, il somnola avant de sombrer définitivement dans le sommeil.

Carmen se redressa, le souffle court. Elle avait réussi, réussi à tromper cet homme qui la méprisait. Elle eut une moue de dégoût. Ses yeux regardèrent vers la main droite de Lucas : il serrait toujours le plan. Lentement, avec maintes précautions, elle déplia les doigts noueux et fit glisser le parchemin. Un rayon de lumière perça brusquement la toile : l'aube naissait. Carmen se leva et sortit de la tente à reculons, à l'affût du moindre sursaut de conscience de Lucas.

Un feu. Elle devait allumer un feu qui avertirait Zinacantlán de son succès. Hélas, elle ne distinguait aucun foyer à proximité d'elle. Le plus proche était celui au centre du campement. Tant pis. Elle courut le risque, se hâta vers les flammes mourantes, y saisit une branche qui crépitait encore. Elle ramassa encore une poignée de feuilles de palmiers, revint près de la tente de Lucas et mit le feu aux ramures.

Zinacantlán s'était posté derrière un buisson qui lui offrait une vue globale sur le camp espagnol. L'embrasement des feuilles de palmiers n'échappa pas à son attention.

Carmen s'inquiétait de savoir si l'Indien recevrait son appel. Dans l'incertitude, elle agita l'une des feuilles.

– Eh, toi, là ! Qu'est-ce que tu fabriques ? tonna soudain une voix.

La jeune fille sursauta si violemment qu'elle lâcha son flambeau. Trois soldats avaient repéré son manège. Ils marchaient sur elle, menaçants. Cette agitation ameuta d'autres Espagnols. Montejo, alerté par leurs cris, sortit en trombe de sa tente.

Lucas rêvait. Il marchait au milieu d'un pays d'or. Il entra dans un palais richement décoré, traversa plusieurs salles jusqu'à une chambre où Carmen l'attendait sur un lit somptueux. Il s'approcha avec délectation près de la couche où elle reposait telle une sculpture antique et l'embrassa avec ferveur. Mais ses mains n'agrippèrent que du vide. À sa grande surprise et à sa grande déception, Carmen avait disparu. Il l'appela, en vain. À la place de la jolie voix de la putain, des cris désagréables lui écorchèrent les oreilles. Des cris de soldats. Quels imbéciles osaient beugler ainsi ? Il sortit de la chambre, traversa le palais… non, les voix provenaient de plus loin encore...

Lucas ouvrit brutalement les yeux. Une migraine lui vrillait la tête mais il reconnut tout de même les voix de son rêve. Ces cris-là résonnaient avec la plus détestable réalité : il s'agissait des hommes de Montejo. Que leur arrivait-il ? Il se mit sur son séant et s'aperçut que Carmen ne se trouvait plus à côté de lui. Un horrible pressentiment fit monter son taux d'adrénaline. Il pencha la tête vers la main qui tenait le parchemin de Juan. Il avait disparu. En une fraction de seconde, il comprit. La garce ! Comment avait-elle osé, cette catin, cette misérable ? Comment pouvait-elle s'être alliée aux sauvages ? Il bondit sur ses pieds, d'abord chancelant mais la rage raffermit vite son pas.

Il rejeta avec fureur le pan de toile qui fermait sa tente et resta figé. Carmen se tenait à deux pas, serrant contre elle le rouleau de parchemin. La carte de Juan. Les yeux de la jeune fille s'agrandirent de terreur en voyant que Lucas avait déjà repris conscience. Perdant tout son sang-froid, elle se mit à courir.

– Rattrapez-moi cette fille ! hurla Lucas, hors de lui.

Zinacantlán avait assisté à l'enchaînement foudroyant des événements. Il bondit par-dessus le buisson, courut jusqu'au camp. Il y parvint juste au moment où Carmen en sortait.

Un soldat s'interposa brusquement entre eux, empêchant la jeune fille de poursuivre. Sans peur ni hésitation, Zinacantlán fit tournoyer sa fronde et projeta une pierre vers le blanc. Elle percuta son casque, le déstabilisant temporairement. Profitant de cette diversion, l'Indien lui faucha les jambes. L'homme s'écroula.

Hélas, les deux jeunes gens n'eurent pas le temps de s'échapper : un groupe armé les encerclait déjà, leur barrant toute issue. Carmen se rapprocha de Zinacantlán.

Deux silhouettes se profilèrent dans le dos des militaires : Montejo et Lucas. Ce dernier écarta les hommes d'un mouvement de bras et fit face aux deux prisonniers. Un rictus de haine et de dégoût déformait ses traits. Il regarda Carmen avec mépris. Celle-ci ne sut où elle puisa le courage nécessaire mais elle soutint son regard haineux.

– Comment as-tu osé ?... COMMENT AS-TU OSÉ ? explosa-t-il. Je te faisais confiance… et toi… toi, sale traînée, tu m'as trahi ! Je t'aurais offert mon amour, mon or…

– Vous appelez cela de l'amour ? rétorqua-t-elle, trouvant la témérité de répliquer. Je ne suis rien à vos yeux ! Rien qu'un objet destiné à assouvir vos désirs. Quant à votre or, je lui crache dessus ! Ces richesses ont pour prix le sang et la vie des milliers d'Indiens que vous massacrez.

– Comment as-tu l'impudence de me parler ainsi, toi, une catin ? Comment as-tu eu l'audace de me tromper et de me voler.

– J'en suis fière !

Le regard assassin, elle cracha à ses pieds.

– Gardes, reprenez-lui le parchemin ! ordonna Lucas. Quant au sauvage, je m'en chargerai...

Un des soldats empoigna Carmen par le bras. Elle se débattit, cria. Zinacantlán se porta à son secours et rua l'homme de coups. Mais celui-ci ne lâcha pas prise ; il déplia de force le poignet de la jeune fille, écarta ses doigts et lui arracha la carte qu'il lança à Lucas.

– Non ! hurla-t-elle.

Elle échappa à l'emprise de l'homme et s'élança pour rattraper le plan au vol. Mais Lucas s'en empara, dégaina son épée et d'un geste sec allongea sa rapière. La lame s'enfonça dans le flanc droit de Carmen. La jeune fille s'immobilisa, le souffle coupé. La sensation d'une aiguille chauffée à blanc transperça sa chair. Un froid glacial succéda immédiatement à cette douleur insoutenable et liquéfia ses jambes. Elle porta la main à la tache de sang qui se formait sur son corset et s'effondra au sol.

– Voilà tout ce que tu mérites, lui cracha avec mépris Lucas.

– Carmen ! s'écria Zinacantlán.

La vilenie de l'Espagnol l'anima d'une fureur sans bornes. Avec l'énergie de la rage, il percuta son geôlier, lui arrachant son pistolet. Il se redressa et tira plusieurs coups dans la foule. La fumée embruma l'atmosphère. Les soldats s'écartèrent, paniqués.

Zinacantlán se précipita vers le corps inerte de Carmen. Il tenta de la ranimer. Courageusement, il la hissa sur son dos.

À cet instant, Lucas surgit, armé de son épée. L'Indien braqua le pistolet vers lui :

– Un geste et je vous tue, menaça-t-il, vibrant de haine.

L'Espagnol porta la main à sa ceinture, persuadé d'y trouver son propre pistolet. Mais ses doigts ne rencontrèrent qu'une gaine vide. Par le diable ! Il l'avait oublié dans sa tente. L'Indien le tenait toujours en joue. Zinacantlán recula, tira encore quelques coups de feu au hasard, avant de prendre la fuite.

Agile comme un fauve, il s'enfonça dans la forêt proche. Il devait semer ses assaillants.

– Devons-nous les poursuivre, *señor* Lucas ? interrogea l'un des soldats.

Lucas fixait les fourrés. Habité par la colère, il avait envie de lancer toutes les troupes de Montejo à la poursuite des fuyards mais il se ravisa.

– Non. J'ai le plan. La fille crèvera à coup sûr. Nous nous occuperons de ces sauvages en temps voulu.

Il tourna les talons, maudissant Carmen et toutes les femmes. Puis il glissa le parchemin entre sa peau et sa chemise. Désormais, plus rien ne l'en séparerait.

Zinacantlán freina sa course, hors d'haleine. Il guetta un cliquetis d'armure, un bruissement de pas, une alerte.

Rien d'autre que le bruissement de la forêt : les soldats ne s'étaient pas lancés à leurs trousses.

Il s'agenouilla et déposa le corps de Carmen sur le sol. La jeune fille respirait de manière saccadée. Ses yeux étaient clos, elle était plongée dans une sorte d'inconscience. Il écarta les boucles blondes de son visage et posa une main sur sa joue.

– Carmen, tu m'entends ? Réponds-moi !

La jeune fille demeura un instant sans réaction. Plus elle battit faiblement des paupières et ouvrit les yeux. L'or de ses pupilles était dilaté par la souffrance.

– Tu m'entends, Carmen ? s'assura Zinacantlán.

Elle hocha imperceptiblement la tête. La douleur tordait sa bouche.

– J'ai échoué, souffla-t-elle dans un râle. Je vais mourir, je le sais.

– Ne dis pas cela. Concentre-toi sur une seule chose : vivre. Tu m'entends ? insista-t-il en prenant son visage en ses mains.

– Je ne sais pas si j'y arriverai.

Elle effleura son flanc rouge. Zinacantlán posa la main sur la blessure pour limiter l'écoulement de sang. Son geste arracha un cri de douleur à la jeune fille. Il ne pouvait rien faire.

– Je vais te ramener à *Tulum*, dit-il. Il faut que tu tiennes jusque là-bas. Tu m'as compris ? Carmen ! Tu dois tenir !

Elle remua faiblement les lèvres pour signifier qu'elle avait entendu. Sa tête retomba alors de côté et elle s'évanouit. L'Indien la souleva précautionneusement et la prit dans ses bras. D'un pas rapide, il se hâta vers *Tulum*.

L'aube embellissait la Grande Pyramide de taches roses quand les guerriers mayas de la porte sud annoncèrent le retour de Zinacantlán. Valerio et Miguel se levèrent d'un bond. Leur ami était sauf ! Ils sortirent en trombe du Grand Palais où ils patientaient depuis la nuit en se rongeant les sangs. À l'extérieur, Cozmatzin avait été mis au courant du stratagème imaginé par Juan pour récupérer la carte. Olxa était assise à leurs côtés. Juan fixait le vide, anxieux. Non loin de lui, le Grand Prêtre Tetzicatl avait également été prévenu. Sa raideur encore plus marquée que d'habitude révélait sa crainte que le secret des Mayas ne tombe entre les mains ennemies.

– Zinacantlán est revenu ! leur lança Valerio en passant devant eux.

Cette annonce tira Juan de sa torpeur : il emboîta prestement le pas aux jumeaux, suivi d'Olxa, du roi et de Tetzicatl Tous se posaient la même question : la fille avait-elle réussi ?

Ils obtinrent leur réponse dès que Zinacantlán pénétra dans la cité, la jeune blanche sans connaissance dans ses bras.

La cause était perdue. Les Espagnols détenaient le précieux plan.

– Que s'est-il passé ? s'exclama Miguel en accourant.

– Après ! répliqua l'Indien. Il faut qu'elle s'allonge.

– Venez au Grand Palais ! leur enjoignit Olxa.

Dans la salle principale, Zinacantlán déposa Carmen avec délicatesse sur un lit. Tetzicatl s'était approché. En tant que Grand Prêtre, il avait étudié la religion mais aussi la médecine.

– Comment a-t-elle été blessée ? demanda-t-il.

– Lucas l'a transpercée de son épée, répondit Zinacantlán.

– Cela fait-il longtemps qu'elle est inconsciente ? s'enquit à son tour Juan.

– Depuis que nous avons fui le campement.

– Laisse-moi la voir. J'ai vu de nombreux blessés pendant mes abordages avec les pirates.

L'ancien capitaine s'agenouilla près de la blessée. Il lui tapota les joues, essayant de la ranimer.

– Mademoiselle… vous m'entendez ? Mademoiselle !

Carmen reprit lentement connaissance. Son visage était blême. Juan se pencha sur sa plaie.

– Son corset semble avoir évité qu'elle ne perde trop de sang. Mais je vais devoir le lui retirer pour voir la blessure. Olxa, aide-moi !

Avec précaution, la mère des jumeaux délaça le corset de la jeune fille. Délicatement, ils mirent la plaie à nu. Dès qu'elle ne fut plus comprimée par le corset, un flot de sang s'écoula. L'entaille n'était pas large mais profonde. Juan appliqua sa main contre la blessure pour freiner l'hémorragie. Carmen gémit de douleur. Le capitaine observa un instant l'entaille.

– J'ai fait des études, il y a longtemps, en Espagne, marmonna-t-il. Je peux la soigner mais cela risque d'être délicat.

– Que veux-tu faire ? interrogea sa femme.

– Ligaturer la plaie. Ce sera plus efficace que de la cautériser. Mais plus risqué aussi.

– Vous ne pouvez pas mettre sa vie en jeu ! s'emporta Zinacantlán. Elle s'est sacrifiée pour votre plan !

– Si nous ne faisons rien, elle va mourir, rétorqua Juan.

– Avez-vous déjà pratiqué cette opération ?

– Non, mais je l'ai vue faire.

– Ce n'est pas suffisant !

– Je le guiderai, intervint Tetzicatl. Les Mayas pratiquent aussi la ligature. Nous avons du fil et des aiguilles en obsidienne.

– Parfait, acquiesça Juan. Pouvez-vous me les apporter ?

– J'y vais.

– Olxa, va avec lui ! Je me charge de la fille.

– D'accord.

Zinacantlán fixait anxieusement les joues exsangues de Carmen. Le courage de la jeune fille face à Lucas l'avait impressionné. Une fille aussi forte ne pouvait pas, ne devait pas mourir. Il ne le tolérerait pas.

Tetzicatl et Olxa revinrent bientôt. La noble Maya portait un coffret avec du matériel de chirurgie. Le Grand Prêtre, lui, portait une coupelle d'où s'élevait de la fumée.

– Que faites-vous avec votre encensoir ? questionna l'ancien capitaine.

– C'est pour elle. Cette vapeur des dieux la transportera dans l'autre monde durant l'opération. Elle ne souffrira pas.

Juan fronça les sourcils mais n'émit pas d'objection. Tetzicatl pouvait bien croire que sa fumée possédait des vertus divines, lui savait que les plantes brûlées par les Mayas provoquaient un effet comparable à celui de l'opium consommé par les blancs. Les Mayas utilisaient une herbe appelée *peyolt*. À forte dose, elle pouvait causer des hallucinations mais bien dosée elle pouvait également anesthésier. Olxa ouvrit le coffret et lui tendit une aiguille et un cheveu humain qui, chez les Mayas, faisait office de fil. Tetzicatl se plaça de l'autre côté du lit et agita l'encensoir au-dessus du corps de Carmen tout en psalmodiant.

– Sortez ! recommanda Olxa au roi, à ses fils et à Zinacantlán. Cet encens a le pouvoir d'endormir.

Ils s'exécutèrent mais Zinacantlán sortit à contrecœur. La fumée envahit la pièce. Tetzicatl approcha la coupe fumante du visage de Carmen. Elle battit des cils. Olxa prit sa main :

– Respire un grand coup ! l'encouragea-t-elle.

La jeune fille obéit et avala une bouffée de fumée blanche. L'effet de la drogue fut immédiat : ses paupières s'alourdirent et elle sombra à nouveau dans l'inconscience. Pendant ce temps-là, Juan avait enfilé le cheveu dans l'aiguille d'obsidienne. Il nettoya la plaie au *balché*, l'alcool des Mayas puis il commença à recoudre les bords de la plaie. Il se forçait à rester pleinement concentré pour rester le plus précis possible. Olxa veillait à ce que Carmen ne se réveille pas. Tetzicatl agitait l'encensoir, tout en récitant des prières à l'intention des dieux.

Dehors, Valerio, Miguel et Zinacantlán attendaient avec appréhension le résultat de l'opération. Les jumeaux avaient confiance dans le savoir-faire de leur père. Zinacantlán craignait que l'Espagnol échoue et que la jeune blanche ne meure. Il priait tous les dieux de la protéger. Juan réapparut dix minutes plus tard. Un sourire éclairait ses lèvres.

– Elle est hors de danger, annonça-t-il. J'ai recousu la plaie. Tetzicatl et Oxla sont en train de lui poser un cataplasme qui accélérera la guérison.

Ses fils lui rendirent son sourire et Zinacantlán soupira de soulagement. Carmen vivrait. Il devança Valerio et Miguel à l'intérieur du Palais pour juger de l'état de la malade.

Dans la pièce principale, la fumée s'était dissipée. Étendue sur le lit, Carmen n'avait pas encore repris connaissance. Tetzicatl achevait de lui appliquer un cataplasme à base de feuilles de *Chaya,* plante connue des prêtres pour leurs vertus nutritives. Il savait que cela favoriserait la cicatrisation. Dès qu'il eut terminé, Olxa banda soigneusement la blessure et rhabilla la jeune fille.

Zinacantlán s'approcha et remarqua que les traits de Carmen s'étaient détendus : elle dormait sereinement. Derrière lui, Valerio, Miguel et Cozmatzin s'assurèrent eux aussi de son état.

– Nous devons parler, déclara Juan à Cozmatzin. Les Espagnols sont en possession de la carte. Lucas s'aventurera tôt ou tard à l'intérieur des terres pour découvrir le secret de vos prêtres, ajouta-t-il à l'intention de Tetzicatl.

– Par ta faute ! l'accusa sourdement le Grand Prêtre. Si tu n'avais pas créé cette carte...

– Ma faute ? répéta Juan, scandalisé. Dois-je rappeler lequel d'entre nous s'est laissé berner par une espionne à la solde des Espagnols ?

– Comment pouvais-je savoir qu'elle avait trahi son peuple ? riposta le roi. Elle semblait de notre clan.

– Arrêtez ! les interrompit Olxa. Nous ne sommes pas là pour nous blâmer les uns les autres. Nous avons commis des erreurs et nous avons tenté de les réparer grâce à la jeune blanche. Elle a échoué. Nous devons maintenant nous concentrer sur la manière d'empêcher les Espagnols d'atteindre le lieu secret.

– Olxa a raison, intervint Valerio. Lucas et Montejo connaissent peut-être mal la région mais ils disposent de chevaux et de la carte de Juan. Ils vont se diriger vers le point marqué sur le plan.

– Et que proposez-vous ? demanda Cozmatzin à l'assemblée.

– Nous devons retrouver le lieu secret avant les Espagnols, décréta Olxa.

– Les prendre de vitesse ? déduisit le Grand Prêtre.

– Exactement ! Juan, tu as mémorisé les coordonnées marquant l'emplacement, n'est-ce pas ? Serais-tu en mesure de nous guider à travers la forêt ?

– ... Oui, oui, je pense. Si Cozmatzin permet ce départ.

Tous les regards convergèrent vers le roi, suspendus à sa décision. Celui de Juan se fit particulièrement insistant. Cozmatzin répugnait à confier la protection d'un secret maya à un blanc. Cependant, il n'oubliait pas qu'il avait failli cette nuit-là. Ils devaient agir au plus vite. Juan avait consacré dix ans de son existence à former une élite maya censée s'opposer à la colonisation espagnole. Il était temps de tester sa résistance.

– Soit, accepta-t-il. Vous partirez.

Chapitre 4

Course

Lucas sortit de sa tente comme une flèche et entra fin excité dans celle de Montejo.

– ENFIN ! exulta-t-il en brandissant la carte sous le nez du conquistador.

– Alors ? Qu'avez-vous appris ?

– J'ai *enfin* découvert ce que Juan a toujours voulu me cacher.

L'Espagnol s'assit en tailleur près de Montejo et déplia le plan sur ses genoux. Il pointa son index osseux sur le point secret qu'Olxa et l'ancien capitaine avaient révélé quelques jours auparavant.

–Voyez-vous ce point ?

– Eh bien ?

– C'est la clé. Le lieu que Juan a découvert grâce aux Mayas, celui qu'il a toujours tenté de me dissimuler. Mais j'ai mieux qu'une simple indication.

Son doigt dériva sur les coordonnées tracées à l'encre.

– Nous possédons même les latitudes et longitudes de cet endroit sacré.

– Comment peux-tu être certain qu'il s'agit des bonnes coordonnées ?

– Parce qu'il n'y a que deux points inscrits sur cette carte : *Tulum* et ce lieu sans nom. Or, j'ai calculé les coordonnées de *Tulum*, elles ne correspondent pas à celles-ci. Nous sommes maintenant en possession de tous les éléments pour lancer notre expédition, Montejo. Qui sait, ce point cache peut-être les trésors de l'Eldorado…

– Eh bien, qu'attendons-nous pour lever le camp ?

– Je n'osais pas me substituer à votre commandement auprès des soldats, murmura mielleusement le traître.

– Ce serait bien la première fois que tu t'abstiendrais.

L'*Adelantado* se leva et quitta sa tente. Dehors, Lucas entendit le rassemblement sonner.

– Debout, tas de fainéants ! hurlait Montejo. La route de l'or nous attend. Nous partons dans une demi-heure.

Juan avait réuni ses hommes. Usant de son autorité naturelle, il les avait informés de leur départ imminent. Les guerriers, accoutumés à son commandement, avaient aussitôt rassemblé leurs effets. Les départs précipités ne les affolaient plus. Depuis qu'ils appartenaient à la résistance maya, ils avaient vécu une vie de nomade. Les quelques jours passés à *Tulum* leur étaient apparu

comme une trêve dans leur vie sans cesse en mouvement. Après maintes délibérations, Cozmatzin avait décidé de demeurer à *Tulum*. Il parerait ainsi à l'éventualité d'une nouvelle attaque.

Valerio et Miguel souhaitaient évidemment suivre leur père, qui avait accepté. Il avait également consenti à ce que Zinacantlán les accompagne car l'Indien avait ardemment insisté pour faire partie de l'expédition.

Olxa, après de longues minutes passées à palabrer avec Juan, avait fini par le convaincre de l'accepter parmi eux. Tetzicatl s'était imposé sans discussion, au nom de la foi maya, rappelant que le secret qui risquait d'être violé par les Espagnols avait toujours été protégé par la caste des prêtres.

Un branle-bas inhabituel agitait les rues de *Tulum*. Les guerriers allaient et venaient, les bras chargés d'armes et de victuailles. Les habitants se doutaient d'une menace.

Zinacantlán s'était muni de sa fronde et d'un arc. Il n'emporterait rien d'autre. Tandis que les guerriers parachevaient leurs préparatifs, il erra dans les rues de *Tulum*, soucieux. Les blancs s'étaient lancés sur la piste d'un secret que les Mayas protégeaient depuis des siècles. Ils ne devaient pas s'en emparer. Alors qu'il réfléchissait, ses pas le ramenèrent inconsciemment vers le Grand Palais. Il s'y arrêta, se demandant si Carmen avait repris connaissance. L'inquiétude de savoir si la jeune fille allait bien le poussa à passer le seuil.

À sa grande surprise et à son plus grand soulagement, il trouva la jeune blanche réveillée, adossée contre le mur qui

s'élevait derrière son lit. Mais sa joie fut de courte de durée : prostrée, les bras étendus le long du corps, Carmen paraissait flotter dans un monde situé à mi-chemin entre la vie et la mort. Son regard vague fixait le néant et le feu doré que Zinacantlán avait vu danser dans ses yeux s'était éteint.

– Carmen ? l'appela-t-il doucement.

Tirée de sa torpeur, elle tourna lentement la tête vers lui. Elle le dévisagea longuement, si longtemps qu'il crut un instant qu'elle ne se souvenait pas de lui. Mais un faible sourire éclaira subitement son visage. Oui, il s'agissait bien de l'Indien qui lui avait sauvé la vie. Ses lèvres pâles s'animèrent.

– Merci, souffla-t-elle d'une voix triste mais reconnaissante. Merci de m'avoir sauvée.

Elle porta une main à sa blessure et l'effleura. Elle souleva sa robe et découvrit le bandage qui masquait la cicatrice.

– Juan l'Espagnol maîtrise les techniques de chirurgie, expliqua Zinacantlán. C'est lui qui t'a soignée. Comment te sens-tu ?

– Je… je ne sais pas. J'ai l'impression que mon esprit vit indépendamment de mon corps... Peut-être aurais-je dû mourir.

– Ne dis pas cela ! s'insurgea l'Indien. Je n'avais jamais vu une blanche parler comme tu l'as fait à Lucas. Tu ne mérites pas la mort.

– Pourtant… j'ai échoué, murmura-t-elle. J'ai échoué à récupérer cette carte.

Elle parlait d'une voix absente. Elle avait cru être capable de s'opposer à Lucas, de sauver des vies.

– J'imagine que les Espagnols vont attaquer cette ville ?

– Non, la détrompa Zinacantlán. Nous pensons que Lucas et Montejo vont plutôt se lancer sur les traces du lieu secret indiqué sur le plan. Juan, l'homme qui t'a soignée, a quitté depuis longtemps le camp des Espagnols pour rallier celui des Mayas. Il a réuni des rebelles pour résister à l'envahisseur. Nous ne laisserons pas Lucas pénétrer dans ce lieu.

– Comment ferez-vous ? Les Espagnols disposent d'armes, de chevaux...

– Nous devons les devancer. Courir plus vite que le jaguar. Juan rassemble ses hommes en ce moment. Je pars avec eux.

Une flamme de vie se ralluma dans les yeux de Carmen. Lucas ne projetait pas de tuer les Indiens. Pas tout de suite. Peut-être était-il encore temps de le contrer ? Peut-être sa faute pouvait-elle être réparée ? Elle se redressa à demi ; ce seul mouvement raviva la douleur sous ses côtes. Elle grimaça, mais planta un regard résolu dans celui de Zinacantlán :

– Laisse-moi venir avec vous !

– Es-tu folle ? Tu es blessée. Ce sera bien trop difficile pour toi...

– Je ne vous ralentirai pas, je te le promets. Lucas a peut-être atteint ma chair, ajouta-t-elle en fronçant les sourcils mais il a surtout sali mon âme. Je veux l'empêcher d'agir, l'empêcher de détruire d'autres vies. Je veux qu'il connaisse l'humiliation.

Celle qu'il m'a infligée, celle que ressentent les Indiens qu'il capture et qu'il vend comme esclaves. Je veux voir sa face dans la boue. Ce sera ma vengeance.

Zinacantlán fixa longuement Carmen. Sa véhémence lui rappelait la colère qu'il éprouvait pour son maître lorsqu'il était esclave. L'entendre de la bouche d'une blanche le déstabilisait.

À cet instant, un raclement de bottes lui parvint. Il se retourna : Juan était entré dans la grande salle alors même que Carmen achevait sa phrase. Il dévisagea la jeune Espagnole avec gravité. La force de ses mots l'avait lui aussi interpellé. Elle lui renvoyait, tel un miroir, la haine qu'il nourrissait lui-même à l'égard de Lucas. La détermination de la jeune fille l'impressionnait. Il s'approcha lentement et s'agenouilla près de sa couche :

– Je m'appelle Juan, dit-il. Je sais que nous nous sommes déjà vus mais l'urgence de la situation n'a pas favorisé les présentations. C'est moi qui ai soigné ta blessure. N'aie crainte, tu n'en conserveras qu'une légère trace.

– Merci, répondit-elle, les lèvres tremblantes. Vous êtes le chef de la résistance indienne, n'est-ce pas ? C'est bien vous qui partez ?

– Oui.

– Laissez-moi venir avec vous !

– Tu as du courage, Carmen. Je sais ce que tu ressens.

– Non. Non, vous ne savez pas, rétorqua-t-elle, le regard dur.

– Si. J'ai été l'ami de Lucas avant qu'il ne me trahisse.

– Vous avez été son… ami ?

– Je connais cette fureur qui t'anime. Elle m'a moi-même donné la force de me battre pendant dix ans. Tu es la bienvenue au sein de notre expédition. Zinacantlán, je sais que tu veilleras sur elle, dit-il en se tournant vers le jeune Maya.

– Comme l'aigle au sommet de sa montagne, acquiesça l'Indien.

L'ancien capitaine se releva :

– Penses-tu pouvoir marcher ? demanda-t-il à la blessée.

– Oui, je pense, si on m'aide.

– Je laisse ce soin à celui qui t'a déjà sauvée.

Il lui sourit puis quitta le Grand Palais. Elle le suivit du regard, reconnaissante. Zinacantlán se rapprocha d'elle et prit sa main.

– Essaye de te lever. Doucement, je reste à tes côtés.

– D'accord, acquiesça-t-elle en saisissant sa main.

Valerio et Miguel terminaient leurs préparatifs. Les jumeaux s'étaient munis de vivres pour une semaine et, à présent, ils affutaient leurs épées. Quand il avait volé l'artillerie de Montejo, Juan avait conservé de la poudre et des balles en réserve. Il en avait confiées à ses fils pour qu'ils rechargent leur pistolet. De cette façon, ils s'équiperaient à la fois d'armes blanches, propres au corps à corps et d'armes à feu, plus efficaces pour les combats à distance. Tandis qu'il enfournait des galettes de maïs dans une besace, Valerio songeait à la fille espagnole. Elle était à peine plus âgée qu'eux et pourtant, elle avait trouvé le courage de trahir Lucas. Les blancs alliés aux Mayas se comptaient sur les doigts d'une main ; qu'une si jeune fille ose un tel acte le surprenait. Il jeta un regard en coin à son frère. Miguel n'avait presque pas parlé depuis que Juan avait soigné Carmen et cela l'inquiétait. Il était d'une nature très loquace et ce silence subit révélait un état inhabituel.

– Tu vas bien, Miguel ? lui demanda-t-il.

– Hum… pardon ?

– Tu as l'air ailleurs. Qu'est-ce qui te préoccupe ?

– À ton avis ? À quoi penserais-je d'autre qu'à Lucas ? Il a la carte. Combien de temps mettra-t-il, avec Montejo, pour parvenir au lieu secret ? Sommes-nous de taille à les devancer ?

– Pourquoi pas ? Ils ont peut-être l'avantage des chevaux mais leurs soldats portent des armures encombrantes qui ralentiront leur progression. Les guerriers de Juan, eux, marchent presque nus et ils sont acclimatés à ce pays. De plus, ils connaissent bien mieux la région.

– Mais cela sera-t-il suffisant ?

– Nous devons essayer. Quelle alternative avons-nous ? La jeune fille n'a pas eu assez de chance pour reprendre le plan à Lucas. Elle m'intrigue, pas toi ? Je veux dire, à part notre père, elle est la première blanche que nous rencontrons qui s'oppose aux Espagnols.

– Si elle a été au service de Lucas, je trouve normal qu'il l'ait dégoûtée des agissements des blancs. Sans compter Montejo, qui voit les Indiens comme des sous-hommes.

– Il y a peut-être autre chose… Cette fille, ne crois-tu pas qu'elle ait été la maîtresse de Lucas ? Je veux dire… elle est mignonne. Il peut l'avoir achetée…

– Si, j'y ai pensé. Quand partons-nous ?

– Je ne sais pas. Je vais voir Juan.

Valerio se leva, laissant Miguel finir sa tâche. Le jeune garçon laissa son regard soucieux se perdre dans les ruelles de *Tulum*. Bientôt, il ne les contemplerait plus. Il se demanda à quoi pouvait ressembler la forêt du Nouveau Monde.

– Miguel ? l'appela soudain une voix chaleureuse.

Le jeune blanc tourna la tête. Pamitl venait de surgir sur le chemin. Un sourire lumineux éclairait son visage. Les événements de la nuit dernière avaient momentanément éclipsé l'image de la jeune Indienne dans l'esprit de Miguel. Sa réapparition soudaine lui apporta une bouffée de chaleur et de réconfort. Il prit conscience de son attachement à la jeune fille.

– Pamitl ! Comment vas-tu ? s'exclama-t-il en accourant vers elle. Nous nous sommes vus hier et pourtant j'ai le sentiment que cela fait très longtemps.

– L'agitation règne en ville. Les guerriers se préparent, rassemblent leurs armes. J'ai appris que des Mayas vont quitter *Tulum*, lui confia-t-elle avec anxiété. Vas-tu… partir avec eux ? l'interrogea-t-elle en prenant ses mains dans les siennes.

Ainsi, elle savait. Elle savait qu'ils allaient partir. Elle serrait les lèvres avec courage. Les femmes de son peuple étaient habituées à voir partir les hommes à la guerre. Mais derrière sa fierté, Miguel décela une supplication, l'espoir qu'il demeure à *Tulum*. Ce regard le bouleversa. Pourtant il ne pouvait lui mentir.

– Mon père est le chef de la résistance maya. Je dois le suivre.

– Pourquoi ? N'y a-t-il pas un autre moyen ?

– Non. Mon frère et moi savons utiliser les armes à feu. Nous serons d'une plus grande utilité aux côtés des guerriers. Je le fais pour protéger *Tulum*, pour te protéger, Pamitl. Les Espagnols vont s'aventurer dans les terres. Nous devons les en empêcher.

– Oui… les en empêcher, acquiesça-t-elle en serrant plus fort ses mains dans les siennes.

Il sembla à Miguel que cette étreinte remontait jusqu'à ses épaules pour redescendre dans sa poitrine et lui broyer le cœur. Il dévisagea Pamitl, se nourrit de son visage comme d'un élixir qui lui donnerait du courage. Leur séparation le déchirait, d'autant qu'ils ignoraient encore quand ils se reverraient.

Pamitl avait conscience que l'avenir qui se profilait devant eux était incertain. Ils avaient eu si peu de temps pour se connaître.

Ses mains lâchèrent brusquement celles de Miguel, se posèrent sur son visage et elle l'embrassa.

À cet instant, le tambour sonnant le rassemblement roula. C'était l'heure du départ. Miguel se sépara à regret de Pamitl. Elle lui sourit. Leurs doigts s'enlacèrent et il partit à grandes enjambées sans lui dire au revoir, sans se retourner, passant et repassant dans sa mémoire l'image de ce premier baiser.

Lorsque Miguel rejoignit la porte sud, les guerriers mayas, menés par Juan, étaient sur le départ. Le jeune homme se faufila jusqu'à la tête du cortège où il retrouva Valerio. Il remarqua également Zinacantlán qui soutenait Carmen.

– Où étais-tu, Miguel ? demanda Valerio à son jumeau en le prenant par le bras.

– Je disais au revoir à Pamitl, lui chuchota-t-il.

– Toi alors…

– Carmen vient avec nous ?

– Apparemment ! Zinacantlán l'aide à marcher et elle semble avoir la force et la volonté de nous suivre.

– Sommes-nous au complet ? lança Juan au-dessus des têtes.

– Oui ! répondirent ses hommes à l'unisson.

– Alors, en route !

L'ancien capitaine ouvrit la marche et la troupe, comme un seul homme, se mit en route.

Alors que le groupe de Juan s'ébranlait, Lucas et Montejo cheminaient déjà depuis deux heures dans l'impressionnante forêt du Nouveau Monde. Les soldats avançaient en ligne : les cavaliers en tête, les fantassins à l'arrière. Ils détaillaient le nouvel environnement qui les entourait avec crainte. Tous se tenaient à l'affût, redoutant une attaque d'Indiens ou de bêtes sauvages. Personne, hormis Malinche, ne s'était jamais aventuré dans les profondeurs du Nouveau Continent. Ils tremblaient à l'idée des périls que cachaient ces lieux hostiles. L'humidité et la chaleur y étaient plus écrasantes que sous une serre.

Montejo ouvrait la marche, monté sur un cheval brun. Il transpirait tout comme ses hommes. Pourtant, il ne s'en rendait pas compte car il ne pensait qu'à une seule chose : il avançait sur la route de l'or. Il savait que toutes les souffrances qu'il endurait actuellement ne représentaient rien en comparaison de ce qui l'attendait à l'orée de cette forêt sauvage. L'or guidait son pas, maintenait ses sens en éveil, obnubilait son esprit et occultait sa crainte des bêtes sauvages.

À l'autre extrémité de la rangée de soldats, Lucas fermait la marche, droit sur sa monture grise. Malinche chevauchait près de lui sur une bête d'un noir de jais. Lucas dominait les fantassins et pouvait constater la progression de leur épuisement à mesure qu'ils avançaient. Depuis leur départ, Montejo lui semblait habité par une force qui l'empêchait de voir la réalité. Le conquistador semblait croire qu'un seul jour leur suffirait pour parvenir au lieu indiqué sur la carte de Juan. Quel imbécile ! Lucas savait pertinemment, pour avoir établi leur itinéraire, que trois jours au minimum seraient nécessaires. Mais cela, l'*Adelantado* l'avait oublié et, à intervalles réguliers, il exhortait les militaires à accélérer l'allure, sans tenir compte de leur fatigue grandissante. Lucas savait que tuer les hommes à la marche ne leur apporterait aucun avantage. À nouveau, Montejo beugla sa harangue :

– Allons, braves soldats ! Marchez plus vite ! Ne sommes-nous pas les conquistadors ? Les richesses du Nouveau Monde ne nous appartiennent-elles pas ?

– Oui, répondirent les soldats en chœur mais d'une voix lasse et sans conviction.

Lucas eut un rictus : sous cette chaleur accablante, rien n'aurait motivé ces hommes, pas même toutes les promesses d'or du monde. Seule la pensée d'une halte les occupait. Lui le savait mais Montejo, dans sa bêtise, forçait l'allure. Lucas éperonna son cheval et remonta la ligne :

– Montejo ! l'apostropha-t-il. Avez-vous perdu la raison ?

– Qu'y a-t-il encore, Lucas ? Qu'ai-je fait qui perturbe ton avis pointilleux ?

– À mon avis, rien. En revanche, je ne suis pas sûr que vous

soyez juste avec vos soldats. Si vous les observiez un tant soit peu, vous vous rendriez peut-être compte de leur état.

– Qu'ont-ils, mes hommes ? lui demanda-t-il d'un ton hautain, sans se retourner.

– Ils sont épuisés ! Et si vous persistez à leur faire accélérer le pas alors qu'ils ne sont pas accoutumés à cette chaleur, vous allez les achever ! Franchement, voulez-vous perdre les quinze soldats qu'il vous reste ? Si vous voulez mener cette expédition à son terme, les bêtes comme les hommes auront besoin de haltes.

L'*Adelantado* grogna mais freina l'allure de sa monture. Aussitôt, ce fut toute la colonne qui ralentit et un soupir de soulagement parcourut les hommes.

– À ce rythme, râla le conquistador, les Indiens parviendront avant nous au lieu secret.

– Je n'en crois pas un mot, répliqua Lucas. Nous avons su rapidement nous mobiliser et nous disposons de chevaux. Même avec des haltes, même en marchant à côté des bêtes pour les reposer, nous serons les plus rapides.

Chapitre 5

La forêt du Nouveau Monde

La jungle qui bordait la côte du Nouveau Monde devenait inextricable lorsqu'on s'enfonçait dans les terres. La résistance maya pénétra bientôt sous le couvert de ses arbres immenses.

Valerio et Miguel découvrirent une végétation luxuriante qui les surprit à plus d'un titre. Du sol s'élevaient des herbes d'une hauteur impressionnante. Tout autour d'eux grimpaient des plantes qui s'accrochaient amoureusement aux troncs des arbres dont le feuillage à la cime dessinait comme un ciel de verdure. Miguel écarta une liane dans laquelle il s'était empêtré. L'air poissait, charriant une odeur aigre d'organismes en voie de décomposition. Les cris aigus des perroquets répondaient aux hurlements des singes qui restaient invisibles.

La première heure de marche passa très vite pour les jumeaux, ce qui ne fut pas le cas de la seconde car la chaleur et l'humidité s'insinuaient dans leurs muscles comme le venin d'un serpent, alourdissant leurs membres, raidissant leurs épaules et les faisant dégouliner de sueur. Valerio, qui marchait en permanence tête baissée se demandait comment les hommes de Juan faisaient pour toujours avancer le dos droit et le pas alerte.

À la halte de milieu de journée, Valerio se laissa choir à terre, tout en se demandant comment il trouverait la force de se relever. Jamais il ne s'était senti aussi fatigué. Il jeta un œil en direction de Zinacantlán : il semblait aussi peu affecté que les autres guerriers mayas.

Zinacantlán se tenait près de Carmen qui avait suivi courageusement l'allure toute la matinée.

– Comment te sens-tu ? lui demanda Zinacantlán.

– Harassée… je n'ai pas l'habitude de marcher autant et ma blessure recommence à me lancer.

– Je vais te porter. Cela t'évitera de trop souffrir.

– Je ne veux pas être un fardeau pour toi.

– Cela ne me dérange pas. Je suis fort, habitué au climat de ce pays. Je ne crains ni la chaleur ni la marche. J'ai enduré bien pire lorsque j'étais l'esclave des blancs. Et toi, tu as besoin d'aide.

– Merci... C'est bien la première fois que quelqu'un m'accorde autant d'attention.

Lorsque Juan annonça la fin de la pause, Zinacantlán prit précautionneusement Carmen sur son dos avant de repartir de l'avant. Valerio admira son endurance et le prit en exemple pour retrouver assez d'énergie pour poursuivre.

L'après-midi lui parut interminable. Quand la nuit fut trop sombre pour continuer en toute sécurité, Juan proposa une halte. Valerio accueillit cette annonce comme un message divin. À peine son cerveau eut-il reçu l'information que ses jambes l'abandonnèrent et il s'assit avec la lourdeur d'une pierre.

Les Mayas allumèrent un feu autour duquel ils se rassemblèrent afin d'y passer la nuit. On déballa les vivres mais avec parcimonie car Juan avait estimé à cinq jours la durée de leur voyage.

Miguel, tout aussi fourbu, se traîna jusqu'à son frère en grignotant un morceau de noix de coco. Valerio lui sourit. Ils mangèrent en silence, incapables du moindre effort.

Miguel observait le cercle des hommes autour du feu. Il avait remarqué que les guerriers parlaient peu. Comme Zinacantlán, ils privilégiaient l'action aux mots.

Tetzicatl avait fait quelques offrandes aux dieux, les priant de les guider et de les protéger de la fureur des hommes blancs. Miguel se doutait qu'il renouvellerait cette prière chaque soir. Une figure se détachait dans la ronde, c'était Juan, assis en tailleur, qui tenait Olxa tout contre lui. À la grande surprise du jeune garçon, leur mère avait suivi la marche avec une résistance et une dignité admirables. Malgré le danger que représentait Lucas, elle n'aurait pas supporté qu'on la sépare à nouveau de celui qu'elle aimait. Elle préférait risquer mille fois la mort à ses côtés que de demeurer en sécurité loin de lui.

Tous s'endormirent rapidement, épuisés. Seuls deux hommes, désignés comme guetteurs jusqu'à la prochaine relève, demeurèrent éveillés, surveillant les alentours avec une rigidité stoïque.

Le feu découpait des zones d'ombre sur leur profil d'aigle, creusant des cernes autour de leurs yeux de schiste. Les flammes crépitaient dans le silence de la forêt, troublé parfois par un cri aigu, un hululement d'oiseau, un craquement de branches.

En retrait de l'assemblée, adossés à un tronc d'arbre, Carmen et Zinacantlán ne dormaient pas encore. Tezticalt avait pansé avec un nouveau cataplasme la blessure de la jeune fille. Les douleurs lancinantes qui l'avaient reprise un peu plus tôt commençaient à s'atténuer sous l'effet de l'onguent. Zinacantlán l'avait portée tout l'après-midi. Comme beaucoup d'Indiens, il avait appris à ne pas tenir compte de la fatigue. Même si leur halte soulageait ses membres endoloris, il n'aurait admis pour rien au monde être à bout de forces devant Carmen. La jeune blanche avait étendu ses jambes devant elle et palpait doucement le bandage qui recouvrait sa plaie.

– Tu as toujours mal ? s'enquit Zinacantlán.

– Moins. Le cataplasme endort mon mal.

– Le Grand Prêtre connaît beaucoup de remèdes et il sait invoquer les dieux : ils te protégeront.

– Les dieux, je ne sais pas… rit la jeune fille. En revanche, je sais que sans toi, je n'aurais jamais réussi à vous suivre.

– Après ce que tu as tenté de faire pour le peuple maya, c'est la moindre des choses. Si tu veux le savoir, je n'imaginais pas que…

– Que ?

– Qu'une femme blanche puisse montrer autant de courage.

Carmen baissa la tête et sourit. L'Indien aimait lorsque cette joie mutine animait son visage ; le bonheur lui seyait tellement mieux que la tristesse.

– Je ne pense pas qu'il s'agisse d'une question de sexe ou de couleur de peau, réfléchit-elle. Beaucoup de femmes blanches seraient incapables de faire ce que j'ai fait. Mais elles n'ont pas vécu ce que moi j'ai vécu. La vie nous change, nous transforme.

– Et ta vie à toi ? Quel destin t'ont donné les dieux pour que tu deviennes celle avec qui je parle aujourd'hui ?

Carmen esquiva la question ; une fossette se creusa aux commissures de ses lèvres et elle murmura :

– Ma vie ne vaut pas la peine d'être contée. Tu devrais dormir.

– Je ne me coucherai que lorsque tu dormiras.

– Je n'aime pas beaucoup la nuit. C'est une période traître. Je l'associe à de mauvais souvenirs. Elle me fait peur.

– Ici, tu n'as rien à craindre. Mets-toi près de moi, il ne t'arrivera rien. Les bêtes sauvages représentent un danger bien moindre que les dragons tonnerres des Espagnols. Crois-moi !

Carmen lui sourit avec reconnaissance et s'allongea sur l'herbe épaisse. Zinacantlán s'étendit près d'elle. Carmen ferma les paupières avec une sensation qu'elle n'avait pas ressentie depuis des années : la sécurité.

L'aube se leva beaucoup trop tôt au goût de Valerio. Il grogna avec mauvaise humeur lorsque Miguel le secoua. Il se redressa péniblement, avec l'atroce impression de mouvoir des muscles de bois.

Juan était déjà debout, surveillant ses hommes chargés de faire disparaître toutes traces de leur campement. S'il advenait que Lucas passe par-là, il ne devait en aucun cas se douter que les Mayas les avaient devancés.

Carmen patientait, assise près de Zinacantlán. D'agréables couleurs rosissaient ses joues ce matin-là, signe d'une amélioration de sa santé. Valerio passa une main lasse sur sa figure pour tenter de se réveiller. Une main douce se posa alors sur son épaule : sa mère se penchait vers lui, une gourde d'eau à la main :

– Veux-tu boire ?

– Oui, remercia Valerio et il s'empara de l'outre. Depuis combien de temps les hommes sont-ils levés ?

– À peine dix minutes. Mais nous partons à l'instant. Nous ne devons pas perdre de temps.

Les jumeaux acquiescèrent. Ils brossèrent leur chemise poudrée de mousse et rengainèrent leurs armes.

Malgré la difficulté du réveil, Valerio supporta mieux la marche que la veille. Quand ils interrompirent leur route, il se sentait moins las. Il alla s'asseoir près de Zinacantlán et Carmen.

Miguel, quant à lui, demeura près des guerriers mayas. Il évaluait sa réserve de poudre tout en observant Olxa du coin de l'œil. Sa mère parlait avec Tetzicatl en maya, à une telle vitesse qu'il ne saisissait que des bribes de leur conversation. Il lui sembla que l'échange portait sur le danger qui menaçait le peuple indien ; Tetzicatl craignait que les dieux ne punissent les Mayas si les Espagnols violaient un lieu sacré. Olxa répliqua vivement mais le Prêtre ne lâcha pas prise. Le ton monta et Olxa balaya d'un geste sec de la main l'air, signifiant qu'elle arrêtait de discuter. Elle se dirigea alors vers un sac dont elle retira de l'encens qu'elle fit brûler. Miguel la rejoignit.

– Que voulait Tetzicatl ?

– Extérioriser ses craintes sur quelqu'un, répondit-elle, agacée.

– Quelles craintes ?

– Il croit que notre échec à récupérer le parchemin de Juan provient du mécontentement des dieux. Cela expliquerait aussi, selon lui, que toutes les divinités qu'il a invoquées jusqu'ici ne répondent pas à ses prières.

– Pourquoi les dieux seraient-ils mécontents ?

– Parce les Espagnols ont débarqué sur nos terres, et qu'ils envahissent peu à peu notre pays.

– Tu crois en ces dieux, mère ?

– Bien sûr ! Une branche de ma famille appartenait à la caste des prêtres. J'ai été éduquée dans ce culte. Tout le monde respecte ces dieux.

– Père n'y croit pas.

– Juan est un homme particulier, rappela-t-elle. Il ne croit ni en nos dieux ni en celui des hommes blancs. Mais il a l'intelligence de les respecter. Peut-être un jour sentira-t-il la présence protectrice d'*Itzamná* ou de *Kukulkan*. Je le lui souhaite. Et toi, Miguel ? Crois-tu en un dieu particulier ?

– Longtemps, dit-il en prenant place près d'Olxa, j'ai cru au Dieu dont me parlait l'homme qui m'a élevé, en Espagne. Je pensais qu'il n'existait qu'un être divin suprême et que lui seul guidait l'humanité. Et puis, j'ai découvert le Nouveau Monde, *Tulum*, les Mayas, toi maman. Vous croyez en plusieurs dieux et la manière dont ils rythment votre quotidien me ferait presque croire qu'ils existent réellement… du moins dans cette partie du monde. Un peu comme si chaque dieu régnait sur son propre pays. Cela me trouble, je l'avoue. J'ai beaucoup de pensées confuses et je ne suis sûr d'aucune. Maintenant, je ne sais plus trop que croire. Si les sacrifices me répugnent, les dieux mayas m'intéressent parce qu'ils me donnent un autre visage de la divinité. Toi qui les connais bien, pourrais-tu m'en apprendre plus à leur sujet ?

– Oh, le sujet est très vaste ! Juan a mis des mois avant de comprendre toute notre cosmogonie !

– J'ai beaucoup entendu parler d'*Itzamná*.

– C'est l'inventeur de l'écriture ; il nous protège des calamités publiques. Nous avons aussi des dieux du firmament, comme *Chaac*, le dieu de la pluie, *Kin*, le soleil, *Uh*, la lune, les dieux des quatre points cardinaux...

– Et qui est *Kukulkan* ?

– Un grand dieu, celui qui a créé le monde et qui nourrit les hommes. Il est représenté par un serpent à plumes. C'est aussi le dieu de la guerre.

– N'avez-vous que des dieux ? Pas de déesses ?

– Si, nous en avons, répliqua Olxa avec fierté. *Ixchel* est la femme d'*Itzamná* et la patronne de la médecine. Ma mère lui vouait un culte très fort. À ma naissance, il fut même question de me donner son nom. C'est en son honneur que j'ai étudié les techniques de guérison.

– Tu peux remercier cette déesse de ton savoir, dans ce cas.

– Je lui fais des offrandes très fréquemment et j'ai même fait plus.

– Vraiment ?

– *Xaman-Ha*, le village où j'ai grandi, était jadis une ville florissante. Sais-tu pourquoi ?

– Non ?

– Parce qu'elle constituait un point d'embarquement pour l'île de *Cozumel*, un très haut lieu de pèlerinage dédié à la déesse *Ixchel*. J'ai plusieurs fois effectué ce voyage pour lui rendre hommage. J'ai toujours eu une bonne mémoire et j'ai réussi à accumuler un grand savoir. J'attribue mes facultés à la volonté d'*Ixchel* et je l'en remercie souvent.

– Est-elle la seule déesse ?

– Non, nous vénérons également *Ixtab*, la déesse du suicide.

– Du suicide ?

– Oui. Les suicidés bénéficient d'un ciel idéal.

– Les suicidés accèdent au paradis ? l'interrompit Miguel, bouche bée. Mais… dans la religion catholique, c'est un péché grave qui conduit à l'enfer !

– L'enfer ? Étrange ! Le suicide est une mort si honorable, pourtant.

– Moi, je souhaite mourir autrement.

Il observa le filet de fumée d'encens qui s'élevait en un tourbillon sinueux vers la cime des arbres.

– Pour qui brûles-tu cet encens ? demanda-t-il.

– Pour *Ek*, le dieu de l'étoile polaire et des voyageurs. Afin qu'il nous guide sur notre chemin.

Puis, la résistance maya reprit la route. Tetzicatl avait calculé la distance qu'ils avaient parcourue depuis *Tulum* et Juan avait confirmé son résultat. Ils avançaient à bonne allure. Cela rassurait le Grand Prêtre, qui marchait d'un pas moins nerveux.

À quelques mètres derrière les jumeaux, Zinacantlán et Carmen cheminaient plus lentement. L'Indien ne quittait plus la jeune blanche. Une attraction inexplicable et une volonté de lui apporter son aide le maintenait constamment à ses côtés, au grand ravissement de la jeune fille. Jamais on ne lui avait porté une telle attention. À ses côtés, elle réapprenait à vivre.

Elle souffrait moins que la veille. Zinacantlán lui parlait de temps à autre en espagnol. S'exprimer dans cette langue que ne comprenaient pas les autres Mayas créait entre eux une complicité à la fois singulière et délicieuse. Carmen avançait, la tête ailleurs, lorsqu'elle posa le pied sur un corps mou.

– Attention ! s'écria Zinacantlán.

Il la tira brusquement en arrière, à l'instant même où elle se rendit compte qu'elle venait de marcher sur un serpent. Elle trébucha et se serait effondrée si l'Indien ne l'avait pas rattrapée. Il la redressa avec délicatesse.

– Merci ! Décidément, je suis vraiment maladroite.

– Tu n'y es pour rien. Tu ne connais pas ces forêts.

– Je les traverserai quand même, rétorqua-t-elle avec détermination.

– Comment te sens-tu ? Veux-tu que je te porte à nouveau ?

– Non, merci, refusa-t-elle avec dignité. Je me montrerai forte, moi aussi.

Ils poursuivirent leur route jusqu'au coucher du soleil. Le lendemain ressembla à la veille comme deux gouttes d'eau. La nuit suivante sembla tomber un peu plus tard que les précédentes. Tetzicatl, qui maîtrisait l'astronomie, assura que les journées s'allongeaient et qu'elles égaleraient en durée les heures nocturnes d'ici peu.

Enfin, arriva le moment de la halte. Miguel, dont les pas étaient réglés depuis quatre heures sur la même cadence, ressentit un fourmillement lui chatouiller les mollets, signe de relâchement. Il s'affaissa au sol avec un soupir de contentement et contempla d'un œil dorénavant familier l'installation du campement. Il connaissait maintenant chacun des visages graves et fiers des guerriers. Ils se réunirent tous autour du feu. Miguel aurait souhaité engager une conversation avec eux mais leur expression sévère l'en empêchait. Il craignait de leur déplaire s'il brisait leur sage assemblée par des paroles inutiles. Ils parlaient le langage des yeux et cela leur suffisait pour se comprendre. Parfois, un rire fusait.

Miguel se perdit à son tour dans ses pensées. Une main posée sur son épaule le ramena tout-à-coup à la réalité : un guerrier maya, parmi les plus jeunes, était penché vers lui. Il lui souriait :

– Nous avons chassé des canards. Veux-tu en manger avec nous ?

– Eh bien… oui, oui bien sûr ! accepta Miguel en se levant.

Il ne croyait pas à sa chance : lui qui rêvait justement d'intégrer leur cercle ! Le jeune Maya le mena jusqu'à la ronde autour du foyer. Deux hommes brisèrent la chaîne du cercle pour leur faire place. Miguel s'assit, en prenant bien garde d'imiter leurs façons : il croisa les jambes, posa les mains à plat sur ses genoux. Juan lui avait expliqué que les Mayas chassaient de manière très organisée et partageait équitablement entre eux le gibier. En effet, le guerrier le plus âgé tenait devant lui les trois volatiles qu'ils avaient abattues avant de les faire rôtir. Il en découpa une aile qu'il se réserva puis fit circuler le reste. Chacun se servit de manière équitable. Quand on présenta le canard à Miguel, il en détacha un os veillant à ce que sa portion de viande n'excède pas la taille de celle de ses voisins. Puis, il fit passer la carcasse au suivant. L'homme le remercia d'un regard ; Miguel lui répondit de même. Le jeune Indien qui l'avait invité lui tendit un sac dont le fond était tapissé de graines :

– *Kun xca*. Graines de courge. Tu veux ?

– Oui, merci.

Miguel attrapa une poignée de graines et en mit une dans la

bouche. Elle croqua sous sa dent, comme une friandise. L'Indien acquiesça, satisfait.

– Pourquoi m'avoir invité ? demanda Miguel, en avalant quelques graines supplémentaires.

Le jeune homme ne répondit pas mais se tourna vers le doyen de l'assemblée qui prit la parole :

– Tu es le fils de Juan. Nous avons remarqué que tu t'intéressais à nos coutumes. Tu parles des dieux avec Dame Olxa. Tu ne méprises pas notre peuple. Ton âme nous ressemble, même si ton visage est blanc. Je lis en toi un cœur juste et bon.

Miguel cligna des yeux, rempli de reconnaissance. Son jeune voisin lui offrit à nouveau des graines de courge, avec le naturel d'un frère partageant son repas. Miguel aurait aimé leur offrir quelque chose à son tour. Il se rappela soudainement que son père lui avait confié que les Mayas ne connaissaient pas le fer. Il venait de trouver son cadeau ! Il tendit la jambe et glissa la main dans sa botte, là où il cachait son couteau de marin lorsqu'il piratait sur *La Libertad del Mar*. Il extirpa l'arme et la tendit à l'Indien :

– Tiens. Pour toi. C'est un cadeau.

Le jeune homme ouvrit de grands yeux stupéfaits et observa avec circonspection la lame, comme doutant du cadeau. Comme Miguel lui tendait avec insistance, il s'en saisit délicatement. Il glissa son index sur la lame, frotta ses doigts l'un contre l'autre, surpris par cette pierre qu'il ne connaissait pas. Il accrocha le couteau à son pagne et remercia Miguel d'un signe de tête.

Puis, l'Indien farfouilla dans un autre sac et ouvrit une boîte contenant une poudre ocre. Il y enfonça son pouce avant d'approcher un doigt coloré du visage de Miguel. Celui-ci cligna des yeux mais se laissa faire. Le jeune Maya lui traça deux traits sur chaque joue avec application. Il recula pour juger de son travail avant d'opiner du chef, satisfait. Ils se sourirent. Maintenant, ils se ressemblaient. Maintenant, ils étaient frères.

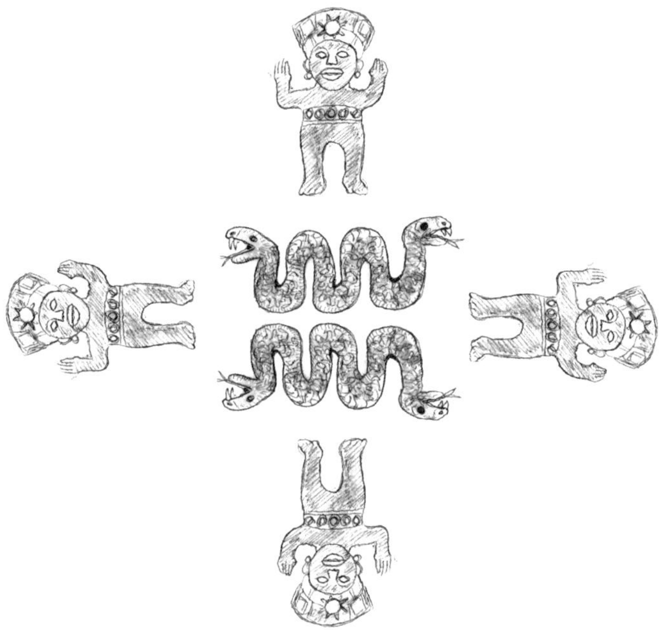

Chapitre 6

Le secret de Carmen

L'immobilité de la nuit semblait avoir figé le temps. Appuyée contre un tronc d'arbre, le regard perdu, Carmen ne parvenait pas à trouver le sommeil. La douleur de sa blessure était revenue, la tiraillant de plus belle. La moiteur de l'air et l'angoisse du noir augmentaient son malaise.

Elle distingua soudain deux silhouettes dans l'ombre. C'était Zinacantlán, de garde, qui cédait sa place à la relève. La jeune fille l'observa contourner le foyer pour se diriger vers elle. Les flammes cuivraient son corps de bronze. Il était tout le contraire des hommes qu'elle avait connus jusque-là, qui la payaient pour profiter de ses charmes.

Zinacantlán croisa, surpris, le regard éveillé de Carmen.

– Tu ne dors pas ?

– Ma blessure…

– Laisse-moi voir !

L'Indien s'agenouilla près d'elle et entreprit de délacer son corset. Carmen, le souffle court, eut un mouvement de recul. Son instinct, tel celui d'un animal craintif, prenait le pas sur sa raison. L'Indien crut qu'il lui avait fait mal et ralentit son geste. Carmen, le cœur battant, se laissa faire. Il releva sa chemise et effleura la zone qui entourait la plaie avec délicatesse, nettoya la blessure avant de remettre soigneusement le cataplasme en place. Puis, il posa délicatement sa main sur le tissu. La jeune fille perçut la chaleur de sa paume sur sa peau.

– Jamais un homme n'a pris de telles précautions avec moi, avoua-t-elle à voix basse.

– Même Lucas, avant que tu ne le trahisses ? Ne t'aimait-il pas ?

Carmen ricana, amère.

– Il aimait mon corps. C'est différent.

– Était-ce ton mari ? demanda encore l'Indien, essayant de comprendre.

– Non, répondit-elle sourdement. Et je ne serai jamais sa femme.

– Mais alors… que représentais-tu pour lui ?

– J'étais… son esclave, cracha-t-elle, en butant sur les mots.

– Tu travaillais pour lui ?

– Oui… enfin, pas de la manière où tu l'entends.

– Comment ?

Elle le dévisagea avec tristesse. Les questions de Zinacantlán traduisaient sa naïveté et son ignorance de la perversion européenne. Les Indiens n'imaginaient pas échanger du plaisir contre de l'argent. Toute union charnelle ne pouvait être motivée, pour eux, que par une volonté partagée. Forcer une femme était du domaine de l'impensable dans leur société où le viol était puni de mort.

– Dans mon monde, certains hommes payent les femmes pour qu'elles les aiment, expliqua Carmen.

– Mais les aiment-elles vraiment ? s'étonna Zinacantlán.

– Non. Elles ne jouent qu'un rôle. Mais dès le moment où elles acceptent, elles deviennent les esclaves des hommes, soumises à leur volonté.

– Dans mon pays, les esclaves sont des prisonniers de guerre. Pourquoi une femme libre accepterait-elle de s'asservir, si la nature l'a faite indépendante ?

– Parce que… parce qu'elles ont besoin de l'argent que les hommes leur donnent.

– Ce que vous donne votre mère la Terre ne suffit-il pas à vous nourrir ?

– Dans mon pays, il y a bien longtemps que les puissants ont volé la terre aux pauvres. Beaucoup de démunis deviennent esclaves des grands pour survivre, même les femmes.

– Et toi, tu… tu as fait ça ?

– Je n'avais pas le choix ! s'écria-t-elle.

Zinacantlán la fixa, bouleversé. La gorge de la jeune blanche palpitait d'émotion, sa mâchoire se crispait de colère.

– Calme-toi ! dit-il en posant ses mains sur ses épaules. Explique-moi, lentement !

– Je… je ne veux pas, refusa-t-elle en fuyant son regard. Je n'ai jamais parlé de ça, à personne.

– Alors, raconte-le-moi maintenant. Je veux savoir.

– Pourquoi t'intéresses-tu à moi ?

– Parce que tu souffres. Je veux t'aider, mais pour cela je dois connaître le mal qui t'habite.

Carmen tapota les larmes qui perlaient à ses paupières. Longtemps, elle avait enfoui son passé, l'avait refoulé en pensant pouvoir l'effacer à jamais. Mais les souvenirs déferlaient comme un incendie dévastateur. Elle avait peur : peur de parler, peur de se rappeler, peur de souffrir. Ses lèvres tremblaient, comme si elle voulait empêcher les mots d'en franchir la barrière. Zinacantlán serra sa main avec force. Il insista, la supplia.

Alors, elle céda. Les phrases filèrent entre ses lèvres.

– Je suis née, pour mon plus grand malheur, dans une famille différente, murmura-t-elle. Mes parents croyaient en un Dieu auquel ne croyaient pas les autres Espagnols. Ils devaient se cacher car, dans mon pays, un seul dieu est toléré. Ce n'était pas le leur. L'Inquisition, une sorte de caste de prêtres, était chargée de veiller à ce que tout le monde vénère la même divinité. Elle a pourchassé mes parents parce qu'ils étaient juifs. D'après eux, parce qu'ils étaient **différents**, ils devaient disparaître. Moi, j'étais la fille de ces « hérétiques » et, par suite, coupable. Comme ma sœur.

– Ta sœur ?

– Ma petite sœur. Nous vivions à la campagne… Une nuit, l'Inquisition a surgi à notre porte. Des hommes effrayants encapuchonnés de blanc ont sommé mes parents de sortir. Ils savaient que s'ils obéissaient, on les brûlerait. Alors, ils ne sont pas sortis. Les prêtres, fous de rage, ont mis le feu à notre grange. La paille s'est embrasée, la fumée m'a étouffée… une poutre est tombée sur la tête de mon père et l'a…

Carmen avala sa salive, les larmes coulaient sur ses joues.

– Ma mère a réussi à nous faire sortir, ma sœur et moi, par la porte arrière que ne surveillaient pas les inquisiteurs. Elle nous a ordonné de fuir à travers champs. À ce moment-là, un morceau du plancher du premier étage s'est détaché. Elle se trouvait juste en dessous… L'Inquisition a tué mes parents. En une nuit, ma sœur et moi, nous avons tout perdu. Tout.

– Qu'avez-vous fait ?

– Si nous voulions survivre, nous devions partir en ville. Quand nous sommes arrivées à Séville, j'avais quatorze ans. Nous n'avions rien. Pas d'argent, pas de terres, pas de nourriture. Nous avons volé. Pendant un an, nous avons vécu de petits travaux pénibles, mal payés. Nous passions nos nuits dans les quartiers des gueux, parmi les estropiés que l'on oublie parce qu'ils ne peuvent plus travailler. Nous mourrions de faim. J'avais conscience que si je ne trouvais pas rapidement une solution, nous ne vivrions pas une année de plus. Une fois, un homme m'a dit que j'étais belle, qu'il pouvait me payer si je le voulais. J'ai refusé. Et puis, ma sœur est tombée malade. Elle était faible et je ne pouvais pas l'aider. Alors je me suis rappelé cet homme. J'ai suivi son conseil.

– Tu as aimé des hommes pour de l'argent ?

– Je prenais des clients au hasard, parfois un bourgeois, qui payait mieux que les autres. J'ai travaillé ainsi pendant une année.

– Ta sœur le savait ?

– Non. Elle était fatiguée. Je ne voulais pas l'inquiéter davantage. Nous ne parlions pas de ça entre nous. Elle a fini par guérir, mais j'ai continué. Peut-être l'aurais-je fait encore longtemps, si cet événement ne s'était pas produit… Un soir, un client a voulu me prendre sans payer. J'ai crié mais il est entré dans une rage folle et m'a projetée au sol. Il était en train de se coucher sur moi quand ma main s'est posée sur une barre de fer rouillée. Je… je l'ai frappé, avec la force que donne la panique. Tout-à-coup, j'ai senti que sa poigne se relâchait, qu'il s'affaissait sur moi, qu'il ne bougeait plus. Je l'avais… je l'avais TUÉ. J'ai tué un homme… répéta-t-elle, le regard vide.

J'étais trop horrifiée par mon geste pour avoir le réflexe de m'enfuir. Notre bagarre avait attiré les badauds, la police a surgi. Ils m'ont empoignée. C'était fini. Je me suis retrouvée en prison. Quelques jours plus tard, on m'a conduite devant un tribunal. J'ai été condamnée pour meurtre.

En sortant de la salle, j'ai aperçu une petite silhouette sur les bancs publics. Ma sœur a tenté de se lever mais je l'en ai dissuadée. Je ne voulais pas qu'elle se retrouve mêlée à tout ça. D'un cri muet, je lui ai ordonné de m'abandonner à mon sort. Je suis sortie. Je ne l'ai jamais revue.

Après ma condamnation, je suis restée un mois en prison, avec d'autres filles. Un mois durant lequel j'aurais pu devenir folle. Et puis, une nuit, la porte de ma cellule s'est ouverte. Des gendarmes nous ont fait sortir, les filles et moi. Ils nous ont escortées jusque sur le port et nous ont fait embarquer dans la cale d'un bateau. Comme de la marchandise. Le navire a appareillé le lendemain. Trois mois plus tard, nous débarquions à Cuba. Là, j'ai été vendue à un tenancier. Là, je suis véritablement devenue une esclave. C'est Lucas qui m'a achetée et emmenée sur le Nouveau Continent. Jusqu'à ce que je le trahisse. Pour vous aider. Pour que jamais vos femmes ne soient traitées comme je l'ai été.

Zinacantlán dévisagea Carmen, silencieux. La jeune fille fixait toujours le vide, les yeux hantés par toutes les souffrances et les humiliations qu'elle avait subies. Elle n'osait plus relever la tête vers l'Indien, tant l'aveu d'une vie aussi vile lui faisait honte. Elle avait vendu son corps, elle avait tué, elle avait trahi.

– Je dois te dégoûter, murmura-t-elle à Zinacantlán.

L'Indien cilla, atterré par les mots de la jeune fille. Il détaillait son visage pâle, ses yeux pailletés d'or, sa silhouette frêle. Il aurait voulu la secouer, la forcer à réagir, à prendre conscience de sa valeur humaine. Elle devait comprendre qu'il ne la haïrait jamais. Il prit son visage dans ses mains et le releva vers lui :

– Me dégoûter ? Tu crois me dégoûter ? chuchota-t-il. Le seul sentiment que j'éprouve quand je te vois, Carmen, quand j'écoute ton histoire, c'est de l'admiration. J'admire ton courage, ton dévouement, ta résistance face à l'adversité. Tu as su conserver la volonté de vivre coûte que coûte, même loin de ton pays natal, même esclave des hommes ! Tu aurais pu abandonner, te laisser mourir, dans ta prison ou sur le bateau qui t'a emmenée à Cuba. Mais non, tu as choisi de te battre. Et après cela, tu oses prétendre que tu me dégoûtes ?

Carmen tressaillit. Elle plongea son regard noyé dans celui de Zinacantlán. Elle n'osait pas croire que ces pupilles noires et profondes puissent vraiment lui marquer du respect. Elle sentait ses grandes mains posées sur ses pommettes. Elle avait de la valeur pour quelqu'un… Ce bonheur pouvait-il lui être destiné ? Elle existait aux yeux de quelqu'un.

La main de l'Indien glissa vers sa taille. Il se pencha lentement avant de poser ses lèvres sur les siennes. Elle goûta ce parfum intense, nouveau. Pour la première fois de sa vie, elle embrassait vraiment, consciemment.

À la même heure de la nuit, à des lieues de distance, les soldats de Montejo bivouaquaient dans un silence morne. Les hommes grognaient, las et épuisés. Les fantassins se plaignaient de leurs jambes lourdes, les cavaliers pestaient à cause de leur postérieur ankylosé par la longue chevauchée.

À l'écart de cette ronde tassée auprès d'un feu, une femme au visage de statue contemplait le néant de la nuit avec indifférence.

Malinche avait voyagé toute sa vie ; elle était insensible aux douleurs de la vie nomade.

Plus en retrait, Lucas et Montejo parlementaient, faisaient le bilan de la journée. Bientôt, leur rêve d'or deviendrait réalité.

C'est alors qu'un soldat envoyé en éclaireur pour une mission de reconnaissance interrompit leurs réflexions, apparemment surexcité :

– Commandant ! Commandant ! criait-il.

– Qu'y a t-il ? demanda Montejo, étonné de son excitation.

– Il faut absolument que vous veniez voir cela !

– La nuit tombe, rétorqua l'*Adelantado*. Nous verrons demain.

– Mais, commandant… je crois que nous avons trouvé le lieu que nous cherchions !

Chapitre 7

La ville du temps passé

Juan avançait tête baissée, plongé en pleine méditation. Leur départ de *Tulum* datait de cinq jours à présent. Les journées se ressemblaient toutes. Pourtant, il pressentait qu'il touchait au but. Ses calculs concordaient avec ceux du Grand Prêtre. À chaque heure, à chaque pas, ils se rapprochaient davantage du lieu secret dont les coordonnées dansaient inlassablement dans sa mémoire. Ce lieu qu'Olxa, Tetzicatl et lui-même avaient contribué à préserver mais qu'aucun d'eux n'avait jamais vu.

Le chef de la résistance maya glissa un œil par-dessus son épaule : ses hommes restaient unis malgré la difficulté de la route. Mieux, il avait remarqué que son fils, Miguel, s'intégrait de manière surprenante au groupe des Indiens. Juan était favorable au métissage et que son fils suive son exemple le remplissait de fierté.

Il était aussi fier de Valerio mais pour une autre raison, son fils montrait des qualités incontestables dans le maniement de l'épée. Il observait avec amusement ses deux garçons si semblables de visage mais avec des centres d'intérêts si différents. Il lui semblait que chacun d'eux avait hérité d'une part de son caractère, comme si sa personnalité s'était divisée en deux.

Valerio remercia quand on annonça enfin la halte de midi. Depuis un bon moment, un besoin naturel le taraudait. Il quitta vivement le groupe en quête d'un coin tranquille. Alors qu'il revenait, il se retrouva comme à découvert. Pouvait-il s'agir d'une clairière ? Valerio n'en avait encore jamais vue dans la haute et dense forêt du Nouveau Monde. Intrigué, il s'avança. Les troncs s'espacèrent, la lumière perça davantage. Et, soudain, il n'y eu plus d'arbres du tout. Une immense surface complètement déboisée s'ouvrait au regard du jeune garçon qui en demeura bouche bée. Un frisson d'éblouissement le parcourut : c'était incroyable, inimaginable...

Transporté par sa découverte, il se mit à courir pour rejoindre au plus vite ses compagnons.

Miguel avait vu son frère s'éclipser discrètement vers la forêt. La durée de son absence commençait à l'inquiéter. Où diantre s'était-il fourré ?

Valerio déboula brusquement, dans un état d'excitation extrême :

– Père ! Je l'ai trouvé ! Le lieu secret !

– Comment ? bondit Juan.

– Là, à une centaine de mètres à peine ! Il faut que vous veniez voir ça, tous ! C'est extraordinaire !

Son excitation se propagea à tout le groupe. Les Mayas se levèrent comme un seul homme, dans un tumulte bon enfant. Miguel les devança et courut derrière son frère, gagné par son enthousiasme.

Valerio guida le cortège, traversa la clairière et stoppa net. Juan, à côté de lui, resta muet de stupéfaction. Derrière eux, toute la résistance maya se massa, des dizaines de paires d'yeux se levèrent, s'agrandirent face au spectacle grandiose qui se dévoilait à eux.

La jungle s'était évanouie cédant la place à un ensemble de bâtiments époustouflants. Une pyramide, la plus imposante que les jumeaux aient jamais vue, semblait les contempler de toute sa hauteur.

Une immense base carrée l'enracinait dans le sol avant qu'elle ne s'élève vers le ciel par des degrés imposants ; à son sommet, le temple s'élevait majestueusement. Sur chacune des quatre façades de la pyramide se déroulait un escalier central qui permettait d'accéder au temple : les marches devaient atteindre un tel nombre que les jumeaux transpiraient d'avance en songeant à leur ascension. Si la pyramide imposait par sa hauteur, à sa gauche s'étalait un bâtiment qui l'égalait par sa longueur. Un temple plus modeste y avait été bâti. Devant s'alignaient trois rangées de colonnes surmontées d'un toit plat ; le nombre des piliers semblait infini ou tout au moins, devait dépasser le millier. Enfin, à la droite de la pyramide, se succédaient d'autres bâtiments de forme rectangulaire, surmontés d'une crête de calcaire, typique des temples mayas.

Comment des édifices aussi majestueux avaient-ils pu être érigés au milieu de la forêt tropicale ? Comment un tel joyau avait-il pu naître en cet endroit ?

Juan, les mains croisées en guise de compas, calcula rapidement leurs coordonnées.

– C'est bien ici, confirma-t-il. Voilà donc le lieu secret indiqué sur la carte : une ville maya monumentale...

– C'est incroyable... murmura Miguel. Des temples dans un endroit pareil !

Olxa s'était avancée. Elle observait, émerveillée, l'immense cité au moins trois fois plus étendue que *Tulum*.

– C'est étrange, souffla-t-elle, troublée. Quel calme !

– Ce n'est guère étonnant, répliqua Tetzicatl en s'avançant à son tour.

Une ride creusait son front et son regard balayait le site de long en large.

– Cette ville est abandonnée, déclara-t-il.

– Quoi ? s'exclama Valerio.

L'affirmation causa un choc parmi la troupe. Tous les regards convergèrent vers Tetzicatl, avant de se reporter à nouveau sur le paysage. Le Grand Prêtre avait raison : la ville était vide et sans doute depuis longtemps. Les première secondes d'extase passées, chacun vit la réalité de la cité. Des pans du toit surmontant les

colonnes s'étaient effondrés, les couleurs des temples étaient passées, aucun signe de vie aux alentours. La nature avait repris ses droits, l'herbe mangeait les édifices, des plantes grimpaient le long des façades qu'elles recouvraient de leurs branchages. Tel un monstre insatiable, elle cherchait à engloutir les temples orgueilleux.

– Que sont devenus les habitants ? murmura Miguel.

Juan détaillait les environs, à l'affût de la moindre agitation. Ce fut un filet de fumée provenant du côté droit de la pyramide qui attira son regard.

– Non, nous ne sommes pas seuls, opposa-t-il au Grand Prêtre.

À cet instant, il y eut comme un mouvement au pied du tourbillon de fumée : le soleil réfléchit comme un éclat de métal. Une silhouette humaine, cuirassée et armée d'un long bâton d'acier, fit son apparition : c'était un soldat espagnol.

– Baissez-vous tous ! ordonna Juan. Reculez vers les fourrés !

Sans chercher à plus comprendre, tous se courbèrent. Des guerriers réussirent à se dissimuler derrière les arbres les plus proches et levèrent leurs armes. Juan leva une main pour leur imposer le silence. Comme des chasseurs à l'affût de leur proie, tous se turent, guettant l'apparition d'autres silhouettes de métal.

Le soldat espagnol semblait effectuer une ronde. Les avait-il repérés ? Il demeura un instant immobile, tourné dans leur direction. Miguel, plaqué derrière un large tronc d'arbre, retenait sa respiration. Il priait les dieux païens qu'on ne les découvre pas. Finalement, le blanc se détourna et disparut à nouveau de l'autre côté de la pyramide. Miguel poussa un soupir de soulagement et osa enfin tourner la tête vers son frère, caché à un arbre d'intervalle.

La rage crispait tous les membres de Valerio, jusqu'à ses ongles qui s'enfonçaient dans l'écorce. Ils étaient arrivés trop tard. Lucas avait découvert la ville en ruines avant eux et avait déjà établi un campement dans la cité.

Derrière un tronc noueux, Juan, le dos raide, pensait la même chose que son fils. Il enrageait d'avoir failli malgré leur rythme rapide. Il cogna son poing contre le tronc avec dépit.

– Maudit soit Lucas ! jura-t-il. Comment ai-je pu échouer ?

– Ne te blâme pas ! le calma sa femme en posant une main sur son épaule. Nous avons fait tout ce que nous pouvions. Je me demande, ajouta-t-elle, tandis que son regard glissait à nouveau vers la ville, ce que les Mayas ont bien pu cacher ici.

– Que veux-tu dire ?

– Cette cité n'est certainement pas la seule chose que les Indiens aient cherché à protéger. Quelque chose d'autre, de plus important, doit reposer ici.

– Quel que soit ce dont il s'agit, les Espagnols ont déjà dû s'en emparer.

– Je ne crois pas. S'ils avaient trouvé un trésor, ils ne camperaient plus ici. Or, ils sont toujours là. Ils nous ont certes devancés mais ils en sont à présent au même point que nous. Ils cherchent ce qui a été caché dans cette ville.

– Mais l'endroit est désert, objecta Miguel. Si cette cité avait été abandonnée, les habitants n'auraient-ils pas emmené leur trésor avec eux ?

– Non, continua Olxa. Si un secret d'une telle valeur avait été déplacé, cela se serait su parmi les prêtres. Or ni Tetzicatl ni moi-même n'en avons jamais entendu parler. Si les Indiens ont caché quelque chose ici, il s'y trouve toujours.

– Reste à savoir où, conclut Valerio.

– Et à le découvrir avant les Espagnols, acheva son jumeau.

Juan regarda ses fils, sa femme puis, hochant la tête, il se tourna vers ses hommes et déclara d'une voix grave :

– Nous allons monter un camp à couvert des arbres. Interdiction de faire du feu. Lucas et Montejo ne doivent en aucun cas s'apercevoir de notre présence. S'ils ignorent que nous sommes ici, alors nous pourrons mener nos recherches tranquillement.

– Il s'adressa ensuite plus particulièrement à Olxa, aux jumeaux, à Tetzicatl, Zinacantlán et Carmen :

– Dès que le campement sera monté, je veux vous voir tous les six. Nous devons discuter d'une stratégie pour dénicher ce trésor avant les Espagnols.

Autour du feu de camp espagnol, les soldats affichaient une mine dépitée. À une dizaine de mètre d'eux, Lucas arborait un visage tout aussi sombre.

Après trois jours de chevauchée acharnée, la découverte de la cité en ruines avait transporté les hommes. Enfin, ils quittaient la forêt ! Le panorama grandiose qui les avait accueillis les avait enthousiasmés. Lucas, à ce moment-là, était persuadé d'avoir enfin atteint son but. Ces ruines monumentales dissimulaient sans doute le trésor du Nouveau Monde ! Avidement, il avait ordonné, avec l'assistance de Montejo, de fouiller tous les temples, toutes les maisons.

En vain ! Les soldats n'avaient exhumé que des pierres. Les temples, hormis quelques sculptures, étaient vides de toute richesse. En guise de trésor, les Espagnols avaient dû batailler contre des lianes, trancher des branches, arracher de la végétation de toute sorte et tout ça pour ne rencontrer que de la pierre, encore et encore.

Lucas encaissait difficilement ce nouveau coup dur. Après toutes ces années passées à rechercher le parchemin de Juan, après l'avoir enfin retrouvé, n'aboutir qu'à une cité délabrée l'avait anéanti ! De qui les Mayas se moquaient-ils ? La sensation humiliante d'être nargué par les fantômes des Indiens disparus le hantait. Leurs visages déformés de sauvages semblaient rire de lui.

Pourtant, Lucas en était persuadé, quelque chose se cachait ici. Un trésor tellement subtil que des fouilles ordinaires ne pouvaient pas le mettre à jour.

Aussi, malgré un moral au plus bas chez les soldats, il était persuadé qu'ils étaient proches d'une découverte. Avec Montejo, ils se creusaient les méninges pour trouver, mais quoi ? Le sentiment de tourner en rond horripilait Lucas tout comme le visage de l'*Adelantado* le répugnait de plus en plus.

Assise à l'écart, Malinche observait les ruines d'un air absent. Lucas lui jeta un regard en coin : si leur précieuse interprète avait démontré ses qualités en volant la carte de Juan, elle ne s'était pas impliquée outre mesure depuis. Elle avait adopté une forme de passivité qui l'agaçait profondément. À leur arrivée dans la cité abandonnée, elle n'avait nullement proposé son aide aux conquistadors et n'avait émis aucune théorie sur l'endroit où pouvait se cacher le trésor. Connaissait-elle le pays, les coutumes mayas ? Elle ne leur avait livré qu'une unique information : cette ville fantôme se nommait *Chichén Itzá*. Lucas se demandait d'ailleurs d'où elle tenait cette certitude. Cette femme ne pouvait pas avoir eu vent de ce lieu par hasard. Malinche était loin d'être stupide. Si elle se murait dans le silence, c'est qu'elle agissait sciemment. Savait-elle quelque chose ? Leur mentait-elle ? Depuis deux jours, il nourrissait un sentiment de défiance à son égard.

Mais qu'importe ! Avec ou sans son aide, il ferait main basse sur l'or. Il s'était juré de l'obtenir avant que Juan ne les rattrape. Il tiendrait alors sa revanche.

Le soleil déclinait sur *Chichén Itzá*. Le crépuscule répandit des traînées de lumière fauve sur la végétation ; la grande pyramide se para d'une teinte ambrée qui aurait pu laisser croire à un temple d'or.

– Quels sont nos moyens de contrer les Espagnols ?

À couvert à l'abri de la forêt, Juan tenait conseil. Assis en cercle autour de lui, sa femme, ses deux fils, Tetzicatl, Zinacantlán et Carmen. L'impossibilité de faire du feu, de peur d'être repérés, ne favorisait pas la convivialité.

– Nous ne pouvons pas attendre en croisant les bras, reprit Juan avec fermeté dans l'intention de faire réagir son auditoire.

– Et que proposes-tu ? rétorqua Tetzicatl d'un ton désagréable. Tu nous avais promis de devancer les blancs ; or, je constate qu'ils sont arrivés ici bien avant nous et qu'ils ont eu tout le temps de fouiller la cité. Si quelque chose se cachait ici, ils l'ont trouvé.

– Peut-être n'ont-ils pas cherché au bon endroit, objecta Olxa posément. Les blancs sont ignorants du raffinement de notre architecture et de ses caches secrètes. Je ne pense pas que les Mayas qui vivaient ici aient laissé un trésor à la vue de tous.

– L'un de vous deux sait-il comment se nomme cette ville ? demanda Juan en portant son regard sur sa femme et sur le Grand Prêtre.

Les deux Mayas secouèrent la tête en signe de dénégation. À voix basse, Zinacantlán traduisait les propos qui se tenaient à Carmen.

– Nous n'avons jamais entendu parler de cet endroit, admit Olxa. Mais cette pyramide qui nous domine est la plus imposante que j'aie jamais vue ; cette cité a forcément connu un âge prospère. Le roi qui la gouvernait possédait sans doute de grandes richesses, la majesté des temples le prouve.

– Les Mayas auraient-ils pu cacher leur trésor dans l'un de ces temples ? tenta Juan.

– Peut-être. Mais nous ne pouvons pas en être certains.

– Alors, que faire ? s'enquit Valerio. Fouiller les temples ?

– C'est cela, ricana Tetzicatl, caustique. Courons vers ces temples et faisons-nous tirer dessus comme des lièvres ! Quelle belle partie de chasse !

– As-tu une autre solution ? répliqua Valerio d'un ton amer.

– Et s'il n'y avait pas de trésor ? intervint Zinacantlán.

Les six autres tournèrent la tête vers le jeune Maya. L'Indien avait énoncé son propos avec un grand sérieux. Son hypothèse n'avait effleuré l'esprit de personne. Olxa secoua la tête :

– Non, c'est impossible. Le secret de l'emplacement de ce trésor se transmet dans ma famille depuis des générations. Pourquoi les anciens l'auraient-ils inventé de toutes pièces ? Cela n'a aucun sens.

– Elle a raison, renchérit le Grand Prêtre. Trop de précautions ont été prises pour préserver ce lieu. Tout cela n'a pas été fait pour rien.

– Et puis, ajouta Olxa, j'ai perçu une présence dès notre arrivée. Quelqu'un ou quelque chose vit ici.

– Les Espagnols se trouvent à deux pas de nous, rappela Valerio.

– Non, il s'agit de quelque chose... d'autre, murmura-t-elle, tandis que son regard fuyait vers la pyramide.

Un silence suivit son affirmation et tous les regards glissèrent vers la cité endormie. La tiédeur flottait encore dans l'air mais la fin du jour, cet indéfinissable moment, entre chien et loup, envahissait de nuances bleues et noires la forêt, l'entourant d'une aura mystérieuse et inquiétante à la fois. Les soldats espagnols dormaient là-bas, de l'autre côté de la grande pyramide, tandis que eux se terraient dans les sous-bois. Et là, quelque part entre les deux camps se cachait peut-être le trésor des Mayas.

– Nous pouvons tenter de fouiller les temples les plus éloignés des Espagnols, proposa Juan. Nous limiterons ainsi les risques.

– C'est une bonne idée, approuva Miguel.

– Je vais envoyer deux éclaireurs effectuer une ronde afin de localiser les lieux où se sont implantés les Espagnols. Nous verrons alors dans quels édifices nous rendre sans trop de danger.

Chapitre 8

Chichén Itzá

Valerio se retourna sur le dos et épousseta la mousse qui collait à sa chemise. Il leva les yeux vers le ciel et sa nuit infinie. Il se sentait incapable de dormir. Trop d'interrogations s'affrontaient dans sa tête et il ne décolérait pas d'avoir été doublé par Lucas. Cette cité vide, en ruines, le troublait. Pourquoi les Mayas se seraient-ils transmis l'emplacement d'une ville délabrée ? Des richesses reposaient-elles vraiment ici ? Les Espagnols avaient-ils mis la main dessus ? Non, peu probable, ils seraient déjà repartis. Mais alors, où chercher ? Et que chercher, au juste ?

Un silence lourd hanta le campement cette nuit-là, comme si les Indiens retenaient leur souffle. Miguel, lui, était parvenu à trouver le sommeil.

Soudain, un craquement de bois sec fit sursauter Valerio. Il se redressa sur un coude et guetta les fourrés denses. Un second craquement. Un mouvement, presque imperceptible, sur la droite.

Les pupilles dilatées, les oreilles dressées, il scruta les taillis. Rêvait-il éveillé ? Un mouvement d'herbe s'aplatissant sous un poids lui parvint. C'était le bruit de quelqu'un qui marche. Le jeune garçon s'assit avec précaution, balayant l'obscurité de ses yeux. Une silhouette se dressa soudain au-dessus des buissons. Valerio s'allongea sur le sol à la hâte. Les bruits de broussailles s'atténuèrent peu à peu. Le son s'étouffa… l'homme s'éloignait. Valerio réveilla son frère.

– Qu'est-ce… marmonna celui-ci.

Son jumeau lui plaqua une main sur bouche. Miguel ouvrit brutalement les yeux, il se débattit pour protester mais son frère lui intima de se taire.

– Que se passe-t-il ? chuchota-t-il tout de même.

– Là… quelqu'un nous observe, répondit son frère en désignant la zone touffue devant eux.

Miguel sonda à son tour la forêt épaisse et noire. Valerio se leva prudemment :

– Viens, suis-moi ! murmura-t-il.

Ils se redressèrent avec lenteur et s'enfoncèrent dans les fourrés, à la poursuite de leur visiteur. Valerio marchait en tête, raide de l'attention qu'il prenait à étouffer ses pas. L'intrus était-il venu pour les espionner et pensait-il s'être échappé sans avoir éveillé le moindre soupçon ? Il se trompait ! S'agissait-il d'un Espagnol ? Les avait-il repérés ? Les jumeaux savaient qu'ils s'exposaient au danger en filant seuls à la poursuite de l'inconnu. Mais la volonté de découvrir son identité les poussait à courir ce risque.

Les pas de l'étranger, si faibles fussent-ils, résonnaient de manière régulière, aussi les jumeaux ne perdirent pas la trace de leur suspect.

L'ombre quitta les sous-bois et se dirigea vers la gauche, si rapidement, qu'aucun des garçons n'aperçut son visage. L'homme se glissa entre les rangées du « temple aux mille colonnes » comme l'avait surnommé Miguel. Au milieu de cette armée minérale, ils furent bien en peine de retrouver l'individu qu'ils filaient. Ce dernier zigzaguait entre les piliers avec vivacité. Se savait-il repéré ? Cherchait-il à les semer ? Ils accélérèrent le rythme. La silhouette parvint à l'extrémité des colonnades. Là, elle bondit vers la forêt. À ce moment, un nuage céda sa place à la lune qui perça la nuit. Un rai de lumière tomba sur l'inconnu et les jumeaux distinguèrent un dos bronzé. Un Indien. C'était un Indien. D'où venait-il ?

Sans perdre une seconde, l'inconnu pénétra dans les bois. Valerio interrogea Miguel du regard : devaient-ils continuer ? Son frère hocha la tête. Avançant à un rythme soutenu, ils talonnèrent l'Indien qui fuyait maintenant à couvert sous les arbres.

Les deux adolescents découvrirent que la cité s'étendait bien au-delà ce qu'ils avaient imaginé. Mangées par les lianes et la jungle, des cases en ruines leur apprirent que des habitants modestes avaient jadis vécu ici. Valerio s'arrêta brusquement. Il tendit l'oreille, recherchant le bruit du pas délicat de leur suspect. Un silence de mort lui répondit. Miguel avait pilé net derrière lui et fouillait lui aussi les taillis à l'affût du moindre signe de vie. Ils avaient perdu la trace de leur espion. Soudain, il repéra un son :

– Écoute... souffla-t-il à Valerio. Tu entends ?

– Oui… On dirait le crépitement d'un feu…

Ils se dirigèrent à pas de loup dans cette direction. La jungle se clairsema peu à peu, laissant la place à une large clairière après les derniers arbres sentinelles.

Les jumeaux s'immobilisèrent. Au centre de cette place se dressait une large plate-forme carrée desservies par quatre escaliers. Surgissant en haut des rampes de pierre, des têtes de serpent finement sculptées dominaient ceux qui osaient s'aventurer sur les marches. Au centre de la plate-forme brûlait un grand feu. Tout autour se tenaient des Indiens, agenouillés et parlant à voix basse.

– Qui sont ces hommes ? murmura Miguel. Que font-ils là ?

– Je ne sais pas, répondit Valerio, les sourcils froncés. Mais ici, la forêt les coupe du centre de la ville. Les Espagnols ne peuvent pas les repérer.

– Lucas ne se doute probablement pas que la cité s'étend jusqu'ici. Après tout, nous l'ignorions aussi.

– Et notre homme, où a-t-il disparu ? grommela Valerio en se retournant vers la forêt.

À cet instant, un craquement sec retentit derrière eux. Ils firent volte-face et pâlirent : cinq guerriers mayas les encerclaient, le visage menaçant. Quatre d'entre eux pointaient des flèches vers les jumeaux ; une machette au tranchant luisant pendait au bras du dernier. Les deux frères déglutirent. Leur expression hostile ne présageait rien qui vaille. Une bouffée de panique envahit Miguel : allait-on les confondre avec les hommes de Lucas ? La couleur de leur peau ne jouait pas en leur faveur. Peut-être allaient-ils les abattre sur le champ… Ils devaient réagir, montrer qu'ils étaient du côté des Mayas. Dans un maya approximatif, bégayant de peur, il intervint :

– Nous pas ennemis… nous pas servir le clan des blancs… Nous appartenir à la résistance maya cachée dans les bois près de la grande pyramide.

Les guerriers les observèrent, impassibles. Avaient-ils compris ? Durant une fraction de seconde, Miguel en douta. Mais finalement, l'un d'eux ordonna avec un mouvement sec de sa flèche :

– Suivez-nous !

Les guerriers les escortèrent jusqu'à la plate-forme. Au pied des marches, sous le regard terrifiant des serpents sculptés, les deux frères sentirent leur courage fléchir. Les

Indiens autour du feu s'étaient levés et toisaient les intrus avec peu d'aménité. On les força à gravir l'escalier et ils se retrouvèrent alors face à une dizaine d'inconnus. Un seul homme était demeuré assis. Son visage buriné et les fils blancs qui parsemaient sa longue chevelure laissaient présumer qu'il devait s'agir de leur chef.

Contrairement à ses compagnons, il n'afficha aucune animosité à l'égard des jumeaux. On leur commanda de s'asseoir face à lui ; ils s'exécutèrent, attendant la suite avec anxiété. Le jeune Maya avec lequel Miguel avait noué une amitié lui avait appris que l'on ne montrait jamais sa peur face à un autre guerrier. Qu'il soit ami ou ennemi, on le fixait toujours dans les yeux. Malgré le fourmillement glacé qui lui liquéfiait les membres, le jeune homme appliqua ses conseils et releva la tête vers le chef maya. Leurs regards se rencontrèrent, se pénétrèrent et s'explorèrent mutuellement. Miguel battit des cils, troublé par la profondeur de ces prunelles.

– Qui êtes-vous ? finit-il par leur demander d'une voix grave.

– Je m'appelle Miguel, se présenta le jumeau qui connaissait le mieux le maya. Et voici mon frère, Valerio.

– Vous avez suivi un de mes frères guerriers. Pourquoi ?

– Il espionnait notre campement.

– Le campement des blancs ?

– Non ! Nous n'appartenons pas à la troupe des hommes blancs. Nous voyageons avec des guerriers mayas qui se sont donné pour but de défendre les Indiens contre l'invasion espagnole.

– Vous fraternisez avec les Indiens ? s'étonna l'homme. Pourtant, votre peau est blanche.

– Notre mère est une Maya, expliqua Miguel. Et quelle que soit la couleur de la peau, je ne trouve pas justifiables les crimes que commettent les Espagnols.

Le chef le dévisagea un long moment.

– Tu parles avec beaucoup de raison pour un homme aussi jeune, concéda-t-il avec respect. Qui t'a appris notre langue ?

– Un ami indien qui parle la mienne et qui a été esclave des blancs. Je me suis perfectionné grâce à ma mère et aux guerriers de la résistance.

À cet instant, un des hommes se pencha vers le chef et lui murmura quelque chose à l'oreille. Valerio crut reconnaître la carrure de l'homme qu'ils avaient filé.

– On me rapporte une chose étrange, dit le chef. Un homme blanc dirigerait cette résistance dont tu parles. Est-ce vrai ?

– Oui. C'est notre père.

– Est-il comme toi pâle de peau, mais frère de cœur des Mayas ?

– Oui. Sans doute l'est-il même plus que moi, car il a vécu de nombreuses années à leurs côtés. Il aime et admire ton peuple.

– Et que faites-vous ici ?

Valerio et Miguel échangèrent un regard indécis. Devaient-ils avouer la véritable raison de leur présence à des inconnus ? Les mettre au courant d'un secret déjà trop divulgué ? D'un autre côté, depuis que les Indiens savaient qu'ils n'entretenaient aucun lien avec les blancs, leur animosité s'était évanouie pour céder place à une curiosité dépourvue de menaces. Rencontrer des alliés paraissait même faire plaisir à leur chef. L'atmosphère s'était détendue et Miguel pressentait qu'il pouvait leur dire la vérité.

– Nous cherchons un trésor que les Mayas auraient caché ici.

– Un trésor ! D'où tenez-vous cela ? demanda calmement le chef, bien que les jumeaux perçussent un vif intérêt dans sa voix.

– Le secret de ce trésor se transmet dans la famille de notre mère qui appartient à la caste des prêtres, expliqua Miguel. Aujourd'hui, nous sommes venus pour le retrouver.

– Pourquoi aujourd'hui ?

– Lorsqu'elle a rencontré notre père, notre mère a partagé ses connaissances avec lui. Ils ont tracé ensemble une carte qui localisait l'emplacement de ce trésor. Mais ce plan est tombé aux mains des blancs. Nous voulons percer son secret avant eux, pour le préserver et éviter que des hommes sans scrupules ne s'en emparent.

– Ces blancs que tu évoques, sont-ce ceux que mes hommes ont vu camper près de la Grande Pyramide ?

– Oui, ce sont eux.

Le chef hocha la tête gravement. Il fit signe à l'un des Indiens de s'approcher et lui communiqua des ordres à voix basse. L'Indien héla trois de ses camarades et partit sur le champ.

Autour du feu, les guerriers s'assirent à nouveau ; le chef demeura silencieux, les yeux clos, plongé dans une intense méditation. Les deux frères crurent presque avoir été oubliés. Valerio relança la conversation :

– Et toi, qui es-tu ?

– On me nomme Achua, répondit le chef en ouvrant les yeux. Mes ancêtres étaient prêtres et guerriers. Je suis le chef et le guide des pèlerins des terres intérieures.

– Des pèlerins ?

– Oui. Cette ville est un lieu sacré. En doutiez-vous encore pour venir y chercher un trésor ?

– Mais où sommes-nous exactement ? intervint Miguel.

– L'ignorez-vous ?

– Oui. Nous connaissions l'emplacement du lieu que nous cherchions mais pas son nom.

– Alors, vous avez le droit de savoir. Nous nous trouvons ici dans l'ancienne ville de *Chichén Itzá*.

– *Chichén Itzá* ?

– Cela signifie « la bouche des puits des sorciers de l'eau ». Dans le passé, ce fut une cité très prospère.

– Pourquoi a-t-elle été abandonnée ?

– On ne sait pas. Cela remonte à plusieurs siècles. Pourtant, la ville n'a jamais perdu de son prestige religieux. De nombreux Mayas viennent encore jusqu'ici faire des offrandes aux dieux.

– Tu as entendu parler du trésor que nous cherchons, n'est-ce pas ? reprit Valerio.

– Oui, j'en ai entendu parler, acquiesça Achua avec un sourire. Mais je ne sais pas où il se trouve. Personne ne le sait.

– Quelqu'un doit bien en avoir gardé la trace.

– Peut-être les habitants de *Chichén Itzá*, avant de disparaître.

– Où sont-ils allés ?

– Cela demeure un mystère. Tout ce que je sais, c'est que dans ce lieu vit encore une présence divine et que *Chichén Itzá* doit être protégée et vénérée. Les blancs ne doivent pas rester ici.

– Ils en ont pourtant l'intention.

– Nous les avons vu arriver dans la cité et la piller, sans le moindre égard pour la finesse de nos temples ni pour la splendeur de notre ville. S'il le faut, nous prendrons les armes contre ces profanateurs. Telle est la mission des pèlerins de *Chichén Itzá*.

– Si nous t'aidons à repousser les Espagnols, nous aideras-tu à retrouver le trésor de *Chichén Itzá* ? proposa Valerio.

Achua réfléchit un moment, avec la patience d'un sage. Ses yeux brillaient d'une lueur tranquille. Au bout de quelques minutes, il hocha le menton :

– Cela me paraît un pacte acceptable. Mais pour cela, je dois rencontrer votre chef.

– Marché conclu ! répliqua Miguel. À toi de nous suivre.

Juan était allongé contre le corps endormi d'Olxa. Il caressait distraitement sa chevelure, son autre main posée sur son petit ventre rond qu'il sentait s'élever et s'abaisser régulièrement au rythme de sa respiration.

Il avait envoyé des éclaireurs pour isoler la zone où les Espagnols s'étaient installés. Dès qu'ils reviendraient, il saurait quels temples fouiller en priorité. Se trouver si proche de Lucas le rendait nerveux, irascible. Son ennemi ne mettrait pas la main sur ce trésor. Pas après toutes les années qu'il avait consacrées à protéger ce secret, à entraîner des guerriers pour chasser les blancs du Nouveau Monde. Il ne supporterait pas de mettre les Indiens en danger. Cette crainte le poussait à s'acharner plus encore, à rechercher tous les moyens pour prendre l'avantage sur les Espagnols. Mais, surtout, cette crainte le privait de tout repos. Le sommeil, cette nuit-là, lui était refusé.

Tout à coup, un mouvement de feuillages qu'on écarte lui parvint. Il bondit sur ses pieds et dégaina sa rapière, pointe tendue vers les fourrés.

– Père, c'est nous !

Valerio surgit des buissons, Miguel dans ses pas. Derrière eux venait un Indien que Juan ne connaissait pas, encadré par deux guerriers armés et au visage peint. L'ancien capitaine, sur la défensive, n'abaissa pas son épée.

– Qui sont ces hommes ? interrogea-t-il.

– Ce ne sont pas des ennemis, père, répondit simplement Miguel. Ils veulent nous aider.

Juan fronça les sourcils et pivota vers l'Indien le plus âgé, qui se tenait au centre. Achua, immobile, le dévisageait sans peur ni méfiance. Dignement, il se plaça face au chef de la résistance :

– Si tes fils disent vrai, tu comprends notre langue. Adresse-toi directement à moi, j'ai des oreilles pour t'écouter.

Juan tiqua. Il connaissait le franc-parler des Indiens et savait comment se comporter face à leurs chefs. L'homme qui se dressait face à lui n'affichait aucune hostilité et le considérait même avec respect. Il rengaina son épée. L'Indien inclina la tête pour approuver son geste pacifique.

– Maintenant nous pouvons parler, décréta Juan.

– Tes fils avaient raison. Tu es un homme sage, observa Achua, je le lis dans tes yeux. Pourquoi t'es-tu rallié à notre cause ?

– Pour vous apporter mon aide, mon savoir, pour vous exhorter à lutter et à ne jamais vous soumettre.

– Tu as l'âme d'un guerrier.

– Qui es-tu ?

– Mon nom est Achua. Je suis le chef des pèlerins de *Chichén Itzá*.

– *Chichén Itzá* ?

– La ville que tu foules de ton pied porte ce nom. Ce lieu est sacré

depuis des siècles. Mais aujourd'hui il est profané par la présence d'étrangers.

– Tu parles des Espagnols ?

– Oui. Mes hommes les surveillent depuis trois jours. Nous craignons le pire. J'invoque sans cesse les dieux pour qu'ils nous protègent de cette menace. Mais des renforts seraient les bienvenus. Tes fils m'ont proposé un pacte.

– Le chef Achua connaît l'existence du trésor, Juan, expliqua Valerio en maya. Il accepte de nous aider dans nos recherches si tu allies tes forces aux siennes.

Juan considéra ses fils. Décidément, Valerio et Miguel devenaient de véritables frondeurs ! Voilà qu'ils partaient seuls à la rencontre d'Indiens et qu'ils négociaient avec eux ! Juan sourit en coin devant ces initiatives dans lesquelles il se reconnaissait. Les jumeaux lui avaient déniché des êtres vivants dans une cité qu'il croyait déserte ; mieux encore, ils avaient obtenu d'eux de l'aide. C'était une bénédiction pour eux tous. Juan répondit sans hésitation :

– Cela me semble un marché honnête. Mes hommes sont plus d'une centaine. À combien s'élève le nombre des tiens ?

– Nous sommes trente. Mais chacun de mes hommes a la férocité du fauve et la précision de l'aigle. Tous se montreront à la hauteur pour défendre *Chichén Itzá*.

– Je propose que nous nous rassemblions tous ici.

– Non, mes hommes savent exactement quoi faire là où ils se trouvent et ils connaissent bien les environs. Si j'ai besoin de leur aide, nous avons convenu d'un signal qui les fera accourir aussi vite que le vent.

– Bien… j'ai envoyé trois de mes guerriers localiser les zones de la ville vierges d'Espagnols. Nous pensions fouiller les temples les plus éloignés de leur présence pour rechercher le trésor.

– C'est inutile. Le trésor n'est pas là-bas. Ces temples ont été occupés par de nombreux pèlerins et prêtres ; aucune richesse ne s'y cache.

– Que sais-tu à propos de ce trésor ?

– Une chose après l'autre, mon frère. La nuit est bien avancée ; tes hommes dorment, les miens aussi. Attendons la lumière protectrice de *Kín*, le dieu soleil, pour éclairer ta quête. Écoute la voie de la sagesse et dors jusqu'à l'aube. Ensuite, je te parlerai du trésor.

Juan hésita un instant à brusquer le chef indien afin qu'il lui révèle ce qu'il savait à propos du trésor. Son regard croisa à cet instant celui d'Achua. Devant son expression sereine et sage, il renonça aussitôt à son acte brutal.

– Tu as raison, acquiesça-t-il. Nous parlerons demain.

Chapitre 9

Les temples sacrés

— Vous devriez aller dormir, conseilla Malinche. Les nuits blanches obscurcissent le jugement.

Avachi près du feu, les épaules raides et la tête lourde, Lucas forçait ses paupières à demeurer ouvertes. Une énième journée de fouilles s'achevait et, une fois de plus, seules des pierres avaient été exhumées. L'échec l'excédait, le mettait sur les nerfs. Son humeur s'était dégradée depuis leur arrivée à *Chichén Itzá*. Il piquait une colère pour un rien, pire que Montejo, ce qui n'était pas peu dire ! Il buvait litre de rhum sur litre de rhum. Il avait la sensation que seul l'alcool lui permettait de réfléchir. Pourtant, ce soir-là, son esprit embrumé butait contre les parois de son cerveau, résolument hermétique à toute forme de pensée. Il avait l'impression horripilante de tourner en rond.

Aussi, lorsque Malinche lui lança cette remarque, il rétorqua d'un ton rogue :

– Mêlez-vous de ce qui vous regarde ! J'essaye de réfléchir, ignorante ! Vu le peu d'aide que vous m'avez fournie depuis notre arrivée, il faut bien que quelqu'un agisse ! J'espérais qu'une Indienne m'apporterait quelques connaissances mais à part le nom de cette ville, vous ne me servez à rien !

– Je vous rappelle que je ne vous sers pas. Et que sans moi, vous ne vous trouveriez pas ici. Alors excusez-moi de ne savoir que le nom d'un lieu où je n'ai jamais mis les pieds et dont je pourrais fort bien tout ignorer ! répliqua-t-elle, acerbe. Je ne suis pas native de cette région, figurez-vous.

– Mais vous connaissez le nom de cette ville. Comment ?

– *Chichén Itzá* fut une cité de renom même si aujourd'hui elle a largement perdu de son prestige.

– Son prestige, ricana Lucas, enivré. Tu parles, rien qu'un tas de pierres ! Mais le trésor ? reprit-il violemment. Où se trouve le trésor ?

– Je n'en sais rien.

– Vous connaissez les pratiques indiennes ? Où les dirigeants de cette damnée ville auraient-ils pu cacher leurs richesses ?

– Justement, les rois aztèques les conservaient dans leurs temples mais nous avons mis à sac tous ceux de cette ville. Je ne vois guère d'autres endroits où il aurait pu être dissimulé. Je ne connais pas exactement les procédés mayas.

– Que l'enfer brûle ces païens !

– *Señor* Lucas ! appela soudain un soldat.

Lucas se retourna et jaugea le freluquet qui se hâtait vers lui au pas de course.

– T'ai-je sonné ? lança-t-il d'un ton peu amène.

– Non... *señor*, mais j'ai une information à vous transmettre.

– Voyez Montejo pour ça.

– C'est qu'il dort, *señor*… Alors, vu que vous, vous êtes réveillé, j'ai pensé…

– Ne pensez pas, parlez !

– Voilà, avec les gars du guet, depuis plusieurs heures, on sent une présence autour de nous.

– Vous avez rencontré les fantômes des sauvages, sans doute ? ironisa Lucas.

– Non ! se défendit l'homme. Non, *señor*, nous croyons plutôt qu'il s'agit d'Indiens, d'Indiens bien vivants, de sauvages qui se cacheraient dans les sous-bois.

À ces mots, un éclair zébra le regard de Lucas. Les murs de son cerveau devinrent enfin perméables à la pensée et il y vit tout-à-coup plus clair. Il se tourna vers le soldat. Des Indiens, des Indiens rôdaient autour d'eux. Peut-être restait-il quelques habitants à *Chichén Itzá*. Si tel était le cas, ils savaient probablement quelque chose concernant le trésor. Il se redressa et se fit plus affable :

– Voilà une information capitale, mon bon ami, dit-il au soldat d'une voix doucereuse. Accentuez votre surveillance ! Si vous apercevez un de ces Indiens, capturez-le ! Celui qui me rapportera un sauvage touchera une prime spéciale.

– Bien, *señor* Lucas ! enregistra l'homme en se mettant au garde à vous.

Et il repartit d'un pas alerte, impatient d'annoncer l'offre de récompense à ses camarades.

Olxa ouvrit les yeux : la végétation gorgée de rosée reflétait les premières lueurs du jour. Le soleil avait à peine crevé l'horizon et la jungle exhalait déjà chaleur et humidité. La belle Maya tendit une main derrière elle et ses doigts rencontrèrent la chemise de Juan. Elle se retourna, se redressa sur un coude pour lui caresser le front et les joues. Ses mains glissèrent vers son cou et elle se pencha vers lui pour l'embrasser. Ce contact tira Juan de sa torpeur : il serra Olxa contre lui et l'embrassa à son tour avant de lui murmurer :

– Ces dix dernières années, j'ai rêvé chaque nuit de sentir ta peau douce sous mes doigts, d'humer le parfum de tes cheveux, de te serrer...

– J'en rêvais souvent, moi aussi… peut-être communiquions-nous par le monde des esprits ?

– Qui sait ? Je t'aime, Olxa. N'as-tu pas peur, ici ? Ne crains-tu pas Lucas ?

– Pas avec toi. J'ai confiance en toi, en nos guerriers, en nos fils. Je suis si fière d'eux.

– Moi aussi. Ils nous ressemblent.

Ils se sourirent et s'embrassèrent à nouveau. Olxa se redressa et balaya les environs du regard. Elle sursauta. À l'écart des guerriers encore assoupis, un Indien dans la force de l'âge se tenait assis en tailleur, les yeux clos. Plus troublée qu'effrayée, elle posa une main sur le bras de son époux :

– Juan… Il y a un inconnu, là, un Maya.

– Ne t'inquiète pas ! Cet homme est notre allié.

Brièvement, à voix basse, il lui narra la rencontre de la nuit passée. Il lui expliqua les tenants du pacte proposé par Achua. Olxa écouta attentivement.

– Cet homme peut nous apporter une aide précieuse, je le sais, affirma Juan. Je vais lever les hommes. Toi, réveille Tetzicatl et explique-lui la situation ! Le chef des pèlerins m'a assuré qu'il nous confierait ce qu'il sait dès l'aurore.

– D'accord.

Elle se leva et serpenta entre les corps affaissés pour parvenir jusqu'au Grand Prêtre, adossé à un arbre.

Pendant le même temps, Juan se ceintura de son épée et entreprit de réveiller ses troupes. Les guerriers, habitués à réagir rapidement, furent bien vite debout. Endormis l'un contre l'autre, Valerio et Miguel furent eux aussi rapidement sur pieds. Zinacantlán, avec Carmen dans son sillage, leur demanda :

– Qui est cet homme ?

Miguel l'informa des péripéties de la nuit.

– Venez ! l'invita-t-il. Juan acceptera certainement que vous assistiez tous les deux aux révélations qu'il va nous faire.

Quelques instants plus tard, Juan, Olxa, Tetzicatl, les jumeaux, Zinacantlán et Carmen étaient rassemblés autour du chef indien. Achua n'avait pas quitté d'un pouce sa position de méditation ; il avait simplement patienté jusqu'à ce que l'on vienne à lui. Juan se plaça face à lui, les autres formant comme une ronde autour d'eux.

– As-tu écouté la voix de *Uh* la lune ? demanda Achua à Juan. A-t-elle guidé ton sommeil ?

– Je le crois, répondit l'ancien capitaine, car ce matin j'ai le cœur tranquille. La rage qui m'habitait hier soir m'a quitté.

– Là est la vertu du sommeil. C'est bien. Tu es prêt à entendre ce que je sais. Vous êtes tous prêts, je le sens, ajouta-t-il à l'intention de l'ensemble de ses auditeurs.

– Que savez-vous à propos du trésor de *Chichén Itzá* ? s'enquit Valerio, avide.

– Je sais ce que racontaient les prêtres et les sages de jadis. Autrefois, *Chichén Itzá* fut une cité riche, prospère, pleine de vie. De hauts dignitaires la commandaient et y honoraient les dieux. On y a bâti des édifices à leur gloire, plus hauts que des montagnes. Les Anciens disaient qu'ils établissaient de cette façon un contact avec les esprits. Vous souvenez-vous de ce que signifie *Chichén Itzá* ?

– « La bouche des puits des sorciers de l'eau », se remémora Miguel avec précision.

– Oui, c'est exact. Ces puits font référence à des lieux bien précis de la ville : deux larges gouffres remplis d'eau. L'un servait aux habitants pour s'alimenter en eau ; l'autre, sacré, n'était utilisé que par les prêtres -les sorciers- qui y jetaient des victimes humaines et des offrandes en sacrifice pour satisfaire la volonté des dieux. Aujourd'hui, ces sacrifices n'ont plus lieu mais les puits existent toujours. Il s'agit d'un lieu sacré où je mène les pèlerins. Ce sont ces gouffres qui constituent la singularité de la ville.

– J'ai entendu parler de ces puits, intervint Tetzicatl. C'est l'endroit où les hommes peuvent entrer en contact avec les dieux.

– Tout le monde savait cela. Être sacrifié représentait un très grand honneur : les victimes accédaient directement au monde des dieux. Si l'une d'elles survivait plus d'une nuit au fond du puits, les prêtres la graciaient et la remontaient sur la terre des hommes. Ils l'interrogeaient alors sur les visions divines qui s'étaient offertes à elle et qui devaient guider le peuple maya dans les mois qui suivaient.

– Et il y avait beaucoup de survivants ? interrogea Juan.

– Très peu. La majorité se noyait.

– Alors, selon vous, résuma Miguel, les lieux les plus importants de *Chichén Itzá* sont ceux qui entretiennent un rapport avec les dieux ?

– Bien sûr ! La grandeur des palais des rois n'est que le miroir de leur prétention. La véritable majesté de la cité repose sur les liens qu'elle entretient avec les cieux, des liens que les siècles ne peuvent pas rompre. Si les Mayas de *Chichén Itzá* ont caché un trésor ici, la sagesse veut que ce trésor dorme dans un lieu protégé par les puissances divines.

– Y en a-t-il beaucoup ? s'enquit Juan.

– Essentiellement trois.

– Certains pourraient-ils ne pas avoir été fouillés par les Espagnols ?

– Oui, c'est probable. Les blancs ne se sont pas aventuré au-delà du cœur de la ville et certains monuments ont été érigés à l'écart.

– Pourrions-nous voir ces lieux pour aviser lequel se prêterait le mieux à la cache d'un trésor ?

– Oui.

– Peux-tu nous servir de guide ?

– Évidemment ! Je suis le guide des pèlerins, dit Achua en se levant.

* * *

Juan avait choisi cinq guerriers pour les accompagner et parer à toute embuscade. À pas feutrés, tous se coulèrent dans l'ombre d'Achua. En file indienne, ils longèrent la périphérie de *Chichén Itzá*, sous le couvert des bois. Le chef des pèlerins connaissait parfaitement la configuration du lieu. Il savait où les Espagnols campaient et il effectua un large détour afin de s'en tenir à distance. Il mena la résistance maya jusque vers un édifice d'une longueur impressionnante juste derrière la pyramide.

Vu de loin, les jumeaux n'avaient pas vraiment pris conscience de la taille du monument. Achua s'avança à découvert, inspecta les environs avant d'inviter les autres à le rejoindre :

– Ici, dit-il, les blancs ne peuvent pas nous voir.

Tous le rejoignirent et firent face à l'impressionnant agencement de bâtiments qui s'offrait à eux.

Deux murs d'une hauteur stupéfiante s'élevaient à leur droite et, à leur gauche, ils s'étiraient en profondeur sur une longueur de plus de cent mètres. Un petit temple avait été construit au-dessus du mur de droite, tout à son extrémité. L'herbe et la mousse en léchaient la base. Ces deux immenses parois délimitaient un terrain rectangulaire tout aussi long. Au fond, un troisième mur faisait face au visiteur et clôturait le terrain. Un autre temple trônait au sommet de cette paroi. En se retournant, ils remarquèrent derrière eux un quatrième mur qui achevait de circonscrire la surface ainsi délimitée.

Le lieu, songea Valerio, ressemblait à un immense champ de course. Il remarqua alors que sur les deux façades qui les encadraient saillaient deux anneaux de pierre, disposés face à face. Ils étaient placés à une telle hauteur qu'il se demanda bien quelle pouvait être leur fonction, si loin de la portée des hommes. Étaient-ils simplement là pour tenir lieu de décoration ?

– Où sommes-nous ? demanda-t-il à Achua.

– Sur l'un des lieux sacrés de *Chichén Itzá*. Les bâtisseurs de la cité consacrèrent cet endroit au jeu de pelote.

– Un terrain de jeu ?

– Un jeu sacré. Deux équipes s'affrontaient ici, sous le regard des prêtres et de la noblesse qui observaient la partie depuis le temple qui nous domine, sur la droite. Le but consistait à se passer une balle sans qu'elle tombe et sans utiliser ni les mains ni les pieds.

– Ce devait être difficile…

– Le but à atteindre était plus ardu encore. Vois-tu l'anneau de pierre suspendu sur chacun des murs ?

– À quoi servent-ils ?

– Les joueurs devaient faire passer leur balle dans cet anneau pour marquer un point.

– C'est impossible !

– Pas si tu places ta foi dans les dieux.

Valerio contemplait la hauteur des anneaux, abasourdi. Comment lancer une balle jusque-là ? Étourdi, il recula pour mieux apprécier la hauteur et buta contre un poteau. Il se retourna et lâcha un cri : sur le piquet étaient enfilés des crânes humains, depuis longtemps réduits à l'état d'ossements. Leurs orbites vides et noires paraissaient le fixer avec férocité.

– Tel était le sort qui attendait l'équipe des vaincus, commenta Achua en s'approchant. À *Chichén Itzá*, une plate-forme entière est consacrée à ces poteaux où l'on empalait les têtes des perdants. Les prêtres sacrifiaient l'équipe perdante aux dieux, embrochaient les crânes et renouaient ainsi avec l'essence divine.

– C'est affreux ! murmura Miguel. Un jeu mortel…

– Ce jeu simulait les combats entre les différents dieux. Observez les bas-reliefs qui décorent les murs latéraux, conseilla le chef.

Les jumeaux s'approchèrent du mur de droite. Malgré l'usure du temps, des scènes de sacrifices y étaient encore visibles. Ils frissonnèrent : l'exécution des faibles, des joueurs indignes des dieux.

– C'est en raison de cette tradition cérémonielle que ce terrain est sacré ? interrogea Juan.

– Oui, approuva Achua.

– Mais le lieu est ouvert, observa l'ancien capitaine. Il me semble mal approprié pour cacher un trésor.

– Peut-être as-tu raison. Mais je te montre les places les plus dignes de l'abriter.

– Quels autres endroits seraient susceptibles d'avoir été choisis par les Mayas ?

– Venez !

Achua reprit son chemin et traversa le vaste terrain de jeu. Les jumeaux lui emboîtèrent le pas, encore sous le choc. Quand ils passèrent sous les anneaux de pierre, Miguel peina à évaluer la hauteur : elle dépassait bien les dix mètres. Combien de temps les joueurs s'entraînaient-ils pour acquérir la force d'envoyer la balle jusqu'à ce point, en plus sans utiliser ni mains ni pieds ? Il tenta d'imaginer la terreur des guerriers vaincus sentant l'approche de la mort, de ces hommes fixant le piquet où s'empaleraient bientôt leurs têtes. Quelle horreur ! Mais les Mayas ne craignaient pas la mort.

Au-delà du mur du fond qui clôturait le terrain, la forêt vierge reprenait ses droits. Achua s'y enfonça sans la moindre hésitation,

entraînant Juan et ses guerriers dans son sillage. Ils marchèrent une dizaine de minutes. La profusion de végétation pouvait presque faire oublier la proximité de la ville ; un instant, ils crurent avoir quitté *Chichén Itzá*. Mais la jungle s'éclaircit à nouveau et ils débouchèrent sur une nouvelle place où un ensemble de temples de plain-pied leur faisait face. Sur leur gauche, une maison arborait en haut d'un large escalier une frise sculptée avec des traces de peinture rose qui avait dû jadis être rouge sang.

Le lieu se singularisait par la présence d'une tour ronde surélevée. C'était la première fois que les jumeaux découvraient un monument de ce style. Juché au sommet d'une double série d'escaliers, le petit temple surprenait davantage par sa forme de rotonde que par ses dimensions.

– Étrange construction, releva Olxa.

– Oui, ce temple est unique dans la région. C'est un observatoire que les prêtres mayas utilisaient dans le passé, expliqua fièrement le chef des pèlerins. Ils observaient *Kin*, le soleil, *Uh,* la lune, et *Ek* l'étoile des voyageurs. Ils y formulaient des prédictions, quand entreprendre les semailles, prévoyaient le mécontentement des dieux. On dit que ceux qui étudiaient les astres bénéficiaient d'un contact privilégié avec les divinités et que celles-ci pouvaient leur apparaître sous la forme d'un esprit.

– Pouvons-nous y entrer ?

Achua se dirigea vers le temple rond et en gravit les marches. Les autres le suivirent. Parvenus au sommet, ils pénètrent dans l'édifice et se retrouvèrent face à un nouveau bloc circulaire, comme si une seconde tour avait été imbriquée dans la première. Un escalier en colimaçon se découpait à l'intérieur. Le chef des pèlerins s'y élança, suivi par les autres. Ils gravirent plusieurs étages avant de se retrouver à l'air libre, sur une plate-forme qui surmontait l'observatoire. De ce point de vue, ils dominaient toute la place, la forêt et au-delà, ils pouvaient même distinguer la cime de la pyramide de *Chichén Itzá*.

– Que c'est beau ! lâcha Carmen en émergeant de l'escalier.

– Oui, c'est vrai, confirma Zinacantlán à ses côtés.

– Magnifique, constata Tetzicatl à son tour, appuyé à la rambarde de la plate-forme. La hauteur se prête tout à fait à l'observation du ciel.

– Les prêtres ne se contentaient pas de guetter les étoiles, déclara Achua en redescendant de quelques marches l'escalier en colimaçon. Approchez !

Il était retourné dans la salle située au dernier étage, juste sous la plate-forme. Trois lucarnes y étaient percées.

– Ce ne sont pas que de simples fenêtres, précisa le chef des pèlerins. Ces ouvertures servent aussi de lignes de visée.

– L'une d'elle pourrait-elle être orientée vers le trésor ? interrogea Valerio, optimiste.

– Les prêtres ont creusé ces ouvertures selon les phénomènes du ciel. Mais observez par vous-même !

Juan descendit jusqu'à l'ouverture la plus proche et mit ses yeux au niveau de la trouée :

– Cette ligne-ci est orientée vers l'ouest.

– Et celle-là, lança Miguel le visage collé à une autre fenêtre, est dirigée vers le sud.

Il tira de sa tunique la boussole qu'il conservait de sa vie de pirate et vérifia ses dires. Oui, la ligne pointait bien vers le sud.

– Rien que des indications cardinales, déduisit Juan, visiblement déçu. Peu de chances pour que ces fenêtres nous montrent la direction du trésor.

– Alors, je ne vois pas où chercher d'autre, déclara Achua. Le jeu de pelote et l'observatoire sont les lieux les plus sacrés de la ville. Si aucun indice ne s'y cache…

– Présagiez-vous que nous ne trouverions rien ? demanda Juan un peu abruptement.

– Je ne présageais rien. Je vous ai montré les lieux que je connaissais. Je ne prétends pas connaître l'indice qui vous aidera. Je n'ai pas vécu dans cette cité aux temps des Anciens et j'ignore où ils ont dissimulé leur trésor.

– Vous aviez dit, intervint Olxa, que la ville comptait trois lieux sacrés et non deux. Quel est le troisième ?

– Nous ne pouvons pas nous y rendre. Il s'agit de la Grande Pyramide. Les étrangers campent à sa base ; impossible de passer sans être repérés.

Juan se sentit à nouveau submergé par l'intolérable sensation d'impuissance. Savoir que Lucas menait des recherches

semblables aux siennes, à quelques centaines de mètres de lui et qu'il risquait à tout moment de le devancer crispait chacun de ses muscles. Que faire ? Devait-il tenter de s'introduire dans la Pyramide malgré la présence des Espagnols ? Approfondir leurs recherches sur le terrain du jeu de pelote et dans l'observatoire ? La rage d'avancer en territoire inconnu accroissait encore son énervement. Dépité, il redescendit l'escalier en colimaçon d'un pas fébrile. Il dévala les marches si vite que les autres durent presque courir pour le rattraper.

Juan s'immobilisa à la sortie du temple. Il fixa la forêt, fronçant les sourcils.

– Que pouvons-nous faire ? murmura-t-il à sa femme qui le rejoignait.

– Je n'en ai aucune idée, répondit-elle désolée. Nous avons fait tout ce que nous pouvions. Achua a une connaissance géographique du lieu mais c'est un chef de pèlerins, pas un chasseur de trésor.

– Et Lucas ? Crois-tu qu'il ait récolté d'autres informations ?

– Par quels moyens aurait-il pu ?

– Je l'ignore et c'est justement le fait de ne pas savoir qui m'inquiète.

– Viens, retournons à notre campement, décida-t-elle pour couper court à leurs doutes. Tes hommes doivent t'attendre !

Le cortège qui quitta la place de *Chichén Itzá* ressemblait à une rangée de têtes basses, de regards abattus. Ils s'enfoncèrent

rapidement dans la jungle, reprenant la direction du centre de la cité. Les jumeaux suivaient leur père de près. Derrière eux venaient Achua, Tetzicatl, les guerriers de Juan, et, fermant la file, Carmen et Zinacantlán.

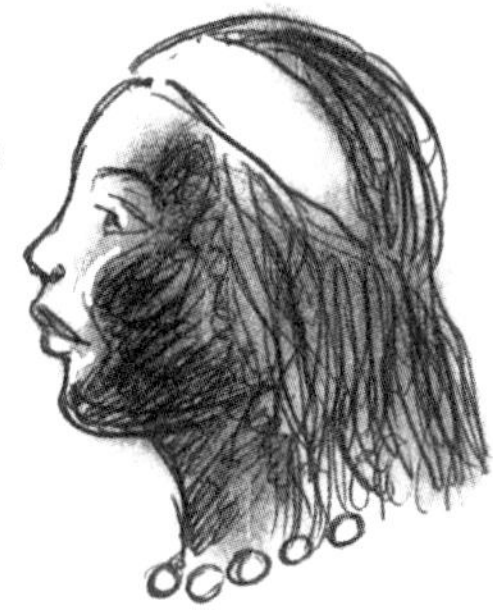

Ils avançaient péniblement quand la voix claire de Carmen retentit :

– Oh ! Regardez, là-bas ! On croirait une copie de la grande pyramide en plus petit !

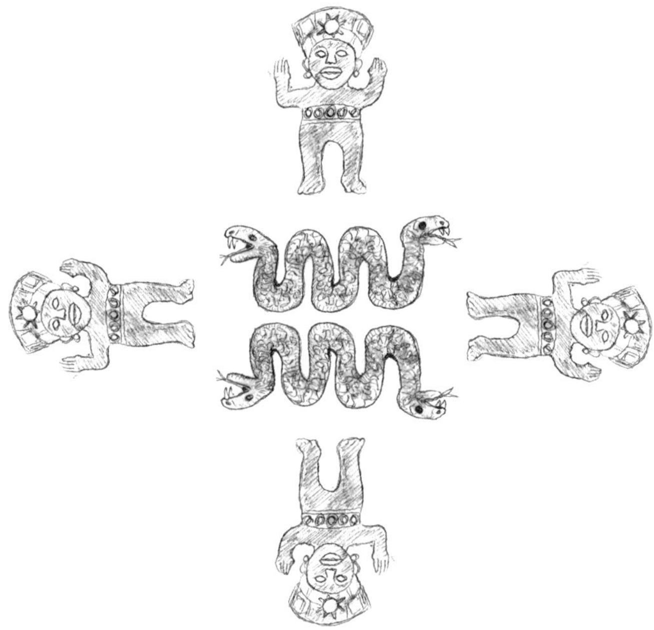

Chapitre 10

L'énigme

C'était exactement cela. Le temple découvert par Carmen possédait toutes les caractéristiques de la pyramide de *Chichén Itzá*, mais en modèle réduit. De base carrée, desservi par quatre escaliers, l'édifice se parachevait d'un petit temple à son sommet. Construit en terrasses comme la grande pyramide, le monument rappelait en tous points son aîné.

– Connais-tu cette pyramide ? demanda Juan à Achua.

– Oui.

– Pourquoi ne pas nous l'avoir montrée ?

– Elle n'appartient pas aux lieux les plus importants de *Chichén Itzá*.

– À quoi était destiné cet endroit ?

– Je ne sais pas. Personne ne le sait.

– Il ressemble beaucoup à la grande pyramide. Ne remplirait-il pas un rôle dans le complexe des monuments sacrés de la ville ?

– Je ne connais pas la fonction de ce temple. Le guide des pèlerins qui m'a précédé l'ignorait déjà. La symbolique de cette pyramide s'est perdue au fil des siècles.

– Y êtes-vous déjà entré ?

– Oui. Le temple ne contient qu'une pièce vide. Cet endroit est un véritable mystère.

– Un mystère ? Je ne crois pas aux mystères, décréta l'ancien capitaine en se lançant à l'assaut de l'escalier principal.

– Père, attends-nous ! s'exclama Valerio en courant à sa suite.

La voie ouverte par Juan rallia bientôt tout leur petit groupe. Leur chef grimpait en tête, le front obstiné. Chaque marche le portait à une terrasse supérieure de la pyramide à degré. Olxa remarqua que les dernières marches étaient gravées du faciès menaçant de *Chaac*, le dieu de la pluie. Parvenu à l'entrée du temple, Juan commanda à ses hommes de l'attendre à l'extérieur.

– Guettez les environs et alertez-moi au moindre mouvement anormal ! ordonna-t-il à l'un d'eux.

Les autres passèrent la voûte qui marquait l'entrée. Là, ils furent plongés dans une semi-obscurité, comme si la construction refusait que la lumière naturelle ne pénètre à l'intérieur. Ils clignèrent quelques secondes des yeux jusqu'à ce que leurs yeux s'habituent au manque de lumière.

Achua n'avait pas menti : le temple abritait une vaste salle complètement vide. Les murs, qui s'élevaient sur plus de deux mètres, conservaient d'anciennes traces de fresques. Hormis cet ornement, la pièce déroutait par sa nudité.

– C'est curieux, murmura Miguel. On ne s'attendrait pas à découvrir une salle vide dans un temple à la façade si soignée…

– C'est vrai, ça sonne faux !

– Il a peut-être été pillé, suggéra Zinacantlán.

– Non, assura Achua. Depuis des dizaines d'années, les pèlerins veillent sur ce lieu même s'ils n'y entrent pas. Personne n'a profané ce temple depuis que nous guidons des Indiens vers la ville sacrée.

– Les Mayas de *Chichén Itzá* auraient-ils sciemment bâti un temple vide ? C'est insensé ! intervint Miguel.

– Peut-être qu'il n'a jamais été achevé, émit Olxa.

Valerio marchait de long en large, en quête du moindre indice. Mais le temple ne présentait que des murs effrités et des dalles lisses. La déception énerva le garçon. Pendant un instant, il avait cru découvrir une piste ! Mais le petit temple semblait se rire de son optimisme. De rage, Valerio tapa les dalles du pied droit. Le coup résonna à travers la pierre.

Un sourcil froncé, il fixa le sol qu'il venait de heurter. Le son produit était bien étrange pour un dallage sensé être bâti sur des soubassements en terre. Intrigué, il frappa à nouveau. Tous se retournèrent et lui décochèrent un regard surpris :

– Qu'est-ce que tu fais ? l'interrogea Miguel, décontenancé.

– Le dallage résonne bizarrement, répondit-il, perplexe. Écoutez ! ajouta-t-il en maya pour que tous le comprennent.

Il frappa à nouveau le sol. Un écho souterrain se propagea dans la salle, comme surgi des enfers.

– Vous entendez ? Comme si cela sonnait... creux.

– Pourtant, le temple est construit sur la base de la pyramide, elle-même soutenue par d'épaisses couches de remblais, objecta Achua.

Valerio secoua la tête, pas convaincu. Il releva la tête et rencontra le regard de son frère, où il lut le même doute.

– Il n'y a qu'un moyen de le savoir, décréta-t-il. Miguel, aide-moi !

Il dégaina son épée et s'avança à peu près au centre de la salle. Là, il glissa la lame entre deux dalles et commença à gratter le mortier qui les jointoyait. Miguel comprit son idée et l'imita. Contrairement à ce que Valerio craignait, le joint s'effrita facilement. Le raccord qui scellait la dalle s'émietta et les jumeaux sentirent bientôt le poids de la pierre s'affaisser vers le bas.

– Glisse ta lame sous la dalle ! commanda-t-il à Miguel. À trois, nous la soulèverons ensemble. Prêt ?

– Prêt.

– Un, deux, trois !

Ensemble, ils appuyèrent sur leurs rapières comme sur des leviers. Ils hissèrent la pierre du dallage. Juan, Achua et Zinacantlán leur vinrent en aide, saisissant la dalle pour la déposer à distance.

Valerio épongea son front en sueur. Le cœur battant, il s'approcha de la faille.

Les soubassements de la pyramide n'avaient pas été remblayés de partout. Sous la dalle que les jumeaux venaient de déplacer, une cavité profonde de plus d'un mètre s'ouvrait. Elle s'enfonçait dans une obscurité effrayante, si noire que l'on n'en distinguait pas nettement le fond.

– Incroyable ! souffla Juan en s'agenouillant près de ses fils, une cache secrète !

– Donnez-moi du feu ! demanda Valerio en se penchant vers le trou. Je vais aller voir.

Zinacantlán alluma une torche confectionnée à la hâte et la lui tendit. Le jeune homme s'en empara et s'assit au bord de la fosse.

– Fais attention ! lui recommanda sa mère.

Il fixa les ténèbres qui s'ouvraient sous lui et hésita une fraction de seconde. Quels pièges, quels serpents ou bêtes venimeuses pouvaient bien dormir là-dessous ?

Et il se lança. La chute fut de courte durée. Il se retrouva un peu plus d'un mètre plus bas sur une épaisse couche de lianes.

– Tout va bien ? lui cria son frère.

– Ça va, confirma-t-il en levant sa torche. Je suis sur une sorte de lit de lianes. Mais le puits semble s'enfoncer plus profondément encore. Attendez ! Je coupe les branchages.

Avec son épée, il tailla dans les plantes entremêlées. Il dégringola cette fois sur plus de deux mètres, à toute vitesse. Il atterrit en roulant sur le côté. Dans sa chute, sa torche lui échappa.

Heureusement, elle ne s'éteignit pas. Il se redressa, le souffle court et ramassa le flambeau.

– Valerio, tu m'entends ? l'appela à nouveau Miguel.

– Oui, je t'entends. Je vais bien.

– Qu'est-ce que tu vois ?

Valerio effectua un pas en arrière et abaissa sa flamme pour éclairer le sol. C'est alors que son pied écrasa un objet long et dur qui craqua sous son poids. Il approcha la torche.

– Aaah !

– Qu'est-ce qu'il y a ? s'affola Miguel, accroché au bord du puits.

– Il… il y a un squelette ! Un squelette ! répéta-t-il en maya.

– Un squelette humain ?

– Oui !

– C'est une tombe, intervint Achua en se penchant à son tour. Probablement un personnage important. Peut-être un Grand Prêtre.

Valerio calma les battements de son cœur. Oui, une tombe. Ce n'était qu'une tombe, il devait garder son sang-froid.

– Distingues-tu autre chose ? lui lança Juan.

Valerio éclaira le puits. Autour des ossements, il découvrit des vases en céramique superbement conservés. Sur le squelette, il découvrit des lambeaux de tissus éclatants. L'homme semblait avoir été richement vêtu. L'hypothèse d'Achua se vérifiait.

Un objet retint soudain l'attention du jeune garçon : sur la poitrine du mort reposait une large plaque vert aquatique : du jade. Des idéogrammes rouge vif y étaient gravés. Délicatement, il s'en saisit.

– J'ai trouvé quelque chose ! exulta-t-il.

– Qu'est-ce que c'est ? interrogea son père.

– Une tablette de jade, gravée d'idéogrammes. Mère, penses-tu pouvoir la lire ?

– Si je la vois, peut-être !

Il devait remonter dans la salle du temple. Il leva la tête vers le sommet du puits. Hélas ! La situation ne s'annonçait pas simple. Il s'approcha des parois qui délimitaient l'excavation pour toucher la pierre : elle était totalement lisse, sans aucune prise pour pouvoir l'escalader.

– Je vais avoir besoin de votre aide ! cria-t-il. Je ne peux pas grimper !

– Attends ! le tranquillisa son père. Et s'adressant à Zinacantlán : demande à mes hommes de te tresser trois lianes pour en faire une corde.

Valerio dut patienter, reclus au fond de la cavité. Il ne se sentait guère rassuré au fond de ce trou, en compagnie d'un squelette. Tout en serrant contre lui la précieuse plaque de jade, il guettait l'apparition de la corde.

Enfin, la corde apparut et glissa jusqu'à lui. Valerio s'y accrocha fermement.

– Tirez ! entendit-il Juan ordonner.

Valerio coinça le manche de sa torche entre ses dents, glissa la plaque de jade dans sa ceinture, posa les pieds contre le mur et se sentit soulevé en même temps qu'il grimpait. Il émergea bientôt, soulagé de se retrouver parmi les autres.

– Tu n'as rien ? s'assura Olxa d'une voix inquiète.

– Ne t'en fais pas maman, tout va bien, la rassura Valerio. Regardez !

Il retira la plaque de jade et l'exhiba fièrement sous leurs regards curieux.

– On dirait une tablette funéraire ! s'exclama Tetzicatl.

– Peux-tu la lire ? demanda Valerio.

Le Grand Prêtre la saisit délicatement pour l'examiner. Ses doigts maigres et noueux passèrent sur les caractères. Une ride se creusa sur son front :

– Ces idéogrammes ont été tracés avec l'encre du sacrifice, l'encre des dieux...

– Que voulez-vous dire ?

– Du sang. Ces caractères ont été imprégnés avec du sang.

Miguel frissonna. Il ne s'accoutumerait jamais aux pratiques des Mayas qu'il jugeait barbares. L'idée que des scribes aient trempé leurs pinceaux dans le sang d'un mort - ou pire, d'un vivant - l'horrifiait. Le caractère sacré de l'objet impressionna Tetzicatl qui tenta de la déchiffrer mais bientôt, il secoua la tête et la rendit à Valerio.

– Je ne peux pas la lire. Il s'agit d'idéogrammes trop anciens, qui ne sont plus employés par les prêtres.

– Et toi, Achua, n'y décèles-tu aucun sens ? essaya le jeune garçon en lui tendant l'objet.

Le chef des pèlerins regarda attentivement les caractères :

– Désolé, ces caractères demeurent indéchiffrables à mon esprit.

– Puis-je voir la plaque ? intervint Olxa.

Le chef indien la lui remit. La noble Maya se concentra et soudain la joie éclaira son visage :

– Il s'agit d'une écriture ancienne, essentiellement utilisée par les femmes. Un langage similaire se transmet dans ma famille depuis des générations. Ma mère m'a enseigné comment le lire.

– Et tu comprends ce texte ? s'ébahit Miguel.

– À peu près, oui. Cela ressemble à une énigme.

– Et que dit-elle ? la pressa Juan.

Sa femme prit un temps de réflexion avant de leur révéler la signification du message codé :

– Voici ce qui est écrit :

« Quand le jour égalera la nuit
Le Serpent du Soleil de Chichén Itzá
Rampera vers Xibalba
Et révélera le secret enfoui
Des Mayas. »

Un silence perplexe suivit ses paroles. Tous s'interrogeaient sur la signification de l'énigme.

– Qu'est-ce que cela veut dire ? murmura Miguel, dérouté.

– C'est très obscur, marmonna Juan. Mais dans ce message, se trouve la clé du trésor des Mayas, j'en mettrais ma main à couper.

– Sauf que nous ignorons comment l'interpréter.

– Emmenons-la au campement ! décida Olxa. J'ai besoin d'y réfléchir calmement.

Le soleil avait atteint son zénith et malgré la densité du feuillage, la chaleur pesait sur les épaules des Mayas.

Adossée au tronc d'un arbre, Olxa méditait. Juan avait permis à ses guerriers de cesser l'entraînement, à condition de maintenir une surveillance active des alentours. Valerio, Miguel, Zinacantlán et Carmen s'étaient réunis pour déjeuner. Tout en grignotant, les jumeaux guettaient leur mère du coin de l'œil, espérant voir sur son visage apparaître la lumière de la découverte. Non loin d'elle, Achua et Tetzicatl attendaient eux aussi, bras croisés.

Chacun réfléchissait à sa manière. Valerio aiguisait de manière machinale sa rapière pour mieux se concentrer. Zinacantlán avait les yeux clos, tandis que Carmen se mordillait les ongles. Assis en tailleur, le menton reposant dans ses paumes, Miguel se triturait lui aussi les méninges. « *Quand le jour égalera la nuit* »… Était-ce une référence à une heure précise ? À un jour ? « *Le Serpent du Soleil de Chichén Itzá* ». De quel serpent pouvait-il s'agir ? Et que désignait le Soleil ? Se raccordait-il au mot Serpent ? Le Serpent du Soleil était-il un dieu ? Un personnage important de *Chichén Itzá* ? Il avait remarqué que les Mayas gravaient beaucoup de visages divins sur les murs des temples mais il n'avait encore jamais vu de soleil. Ce serpent devait ramper « *vers Xibalba* », le mot avait des consonances mayas.

– Qu'est-ce que *Xibalba* ? demanda-t-il à voix haute.

– Le royaume des morts, répondit Zinacantlán sans ouvrir les yeux. On l'appelle aussi l'infra-monde. Il s'étage en neuf niveaux. Au dernier vit le plus horrible des dieux : *Ah Puch*.

– Et où se trouve-t-il, selon les légendes ?

– Sous terre.

Donc, un lieu souterrain. Oui, songea Miguel, ça collait avec l'emplacement d'un trésor. Un trésor qui, selon l'énigme, serait révélé par ce fameux serpent. Mais là s'arrêtaient ses déductions, hélas. Il leva la tête : à quelques mètres d'eux, Juan faisait les cent pas : ses lèvres se pinçaient, traduction d'une réflexion intense.

– Et si… commença Olxa.

– Quoi ? bondit Juan. As-tu trouvé quelque chose ?

– Achua, appela-t-elle, ne nous as-tu pas dit que le jeu de pelote symbolisait une lutte divine ?

– Si, confirma-t-il en se rapprochant. Une légende raconte que deux frères descendirent dans l'infra-monde *Xibalba*, et se mesurèrent aux dieux lors d'une partie du jeu de pelote.

– Donc, le jeu de pelote pourrait représenter *Xibalba* sur Terre ?

– Eh, bien… oui, en effet.

– Seuls des mortels ont rivalisé avec les dieux ? Les divinités ne s'affrontent-elles les unes avec les autres ?

– Si, cela est très fréquent. L'une des luttes les plus connues est celle de *Kin* avec *Uh*.

– Du Soleil avec la Lune ?

– Exactement.

– Ce pourrait être la solution, souffla Olxa en baissant à nouveau la tête vers la tablette de jade.

– Quelle solution ? s'étonna Tetzicatl en observant la plaque par-dessus son épaule.

– Regardez ! « *Quand le jour égalera la nuit* » : je ne connais qu'un moment où se mêle également la nuit et le jour, c'est le crépuscule. Le ciel se divise alors entre le soleil, qui s'arque vers l'horizon, et la nuit qui englobe peu à peu l'univers.

– Oui, c'est vrai, approuva Miguel.

– « *Le Serpent du Soleil de Chichén Itzá* », poursuivit-elle. Ne serait-ce pas une référence à la lumière solaire qui diminue quand vient le crépuscule ? Sa lumière ressemble alors à un serpent qui rampe pour s'enfoncer sous l'horizon. En quelque sorte sous terre, vers *Xibalba*.

– Par les dieux, acquiesça Tetzicatl, impressionné, tout cela est exact.

– Si on applique cette possibilité à la cité de *Chichén Itzá*, il faut chercher un lieu symbolisant l'inframonde. Si je m'appuie sur tes dires Achua, tout porte à croire qu'il s'agit du Jeu de Pelote.

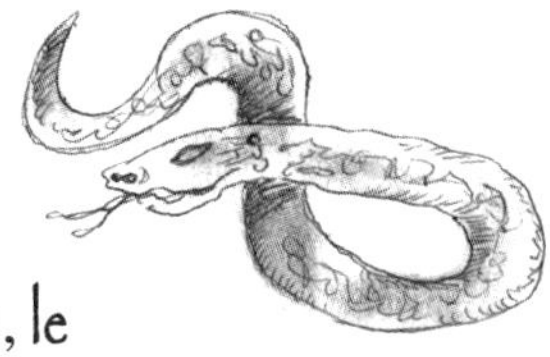

– Que j'avais écarté d'emblée, se remémora Juan, regrettant de s'être montré aussi catégorique.

– Si ta théorie est juste, inféra Tetzicatl, fébrile, le trésor que nous cherchons se trouve tout près du terrain de jeu de balle.

– Il faut aller le vérifier ! ajouta Olxa en se levant avec empressement.

– Je viens avec toi, l'arrêta Juan.

– Moi aussi, s'imposa Tetzicatl. S'il s'agit d'établir un lien avec le sacré, je peux être utile.

– Je connais cette ville depuis toujours, argua Achua. Ma présence vous servira.

Les jumeaux étaient sur le point de s'ajouter à la liste quand la voix d'un des guerriers de Juan retentit :

– Chef ! Chef ! cria-t-il en accourant.

– Que se passe-t-il ? s'inquiéta Juan en se retournant.

– Les blancs se sont remis en mouvement. Plusieurs patrouilles sont en marche. Et l'une d'entre elles s'éloigne du centre de la cité pour se diriger vers la zone de l'observatoire. C'est Lucas, ton ennemi, qui la commande. Devons-nous les suivre ?

L'angoisse glaça le sang de Juan. Lucas ne devait pas découvrir le temple où ils avaient trouvé la plaque de jade. Il croisa le regard de sa femme et sut instantanément qu'elle pensait la même chose que lui.

– Prends dix hommes avec toi, ordonna-t-il au guerrier et suivez-les !

– Juan, va avec eux ! l'intima Olxa. Tu sais où se trouve le temple à la fosse secrète. Tu seras plus à même de guider tes hommes et de surveiller les faits et gestes des Espagnols.

– Mais, et toi ?

– N'aie crainte, mon frère ! le rassura Achua. Tetzicatl et moi l'accompagnons.

– Es-tu sûre de vouloir y aller maintenant ? demanda Juan à sa femme, anxieux.

– Certaine. Le crépuscule ne tardera plus. Si mes suppositions sont justes, *le serpent du soleil* nous désignera l'emplacement du trésor ce soir. Nous devons garder notre avance sur Lucas.

– Tu as raison, admit-il, presque à regret.

Il se tourna vers ses hommes et les interpella : ils se regroupèrent aussitôt. Valerio et Miguel accoururent.

– Nous voulons escorter mère, déclara Miguel.

– Non, refusa leur père. Achua et Tetzicatl y suffiront. Pendant mon absence, quelqu'un doit rester ici pour s'occuper des guerriers que je ne prends pas avec moi. Je vous charge de cette tâche.

– Nous ? Mais pourquoi ? Nous n'avons aucun pouvoir sur tes hommes !

– Maintenant, vous en avez. Mes troupes ignorent où se trouve le temple de la tablette de jade. Vous, vous le savez. S'il survient le moindre problème, que l'un de vous vienne m'alerter là-bas. Je confie à celui qui restera ici la mission de tenir notre position, quoi qu'il en coûte. Suis-je clair ?

– Oui, acquiesça Miguel.

– Zinacantlán vous aidera.

Les jumeaux hochèrent la tête, les épaules lourdes de la responsabilité qui leur incombait subitement.

Juan et ses hommes disparurent dans les fourrés, courbés sur leurs flèches et leurs haches tandis que dame Olxa prenait la direction du terrain de jeu de pelote, encadrée par Achua et Tetzicatl.

Valerio et Miguel demeurèrent seuls, pleins d'appréhension.

Chapitre 11

La capture

Se dissimulant tant bien que mal dans les broussailles, Olxa avançait à pas de loup derrière Achua. Dans son ombre se coulait la maigre silhouette de Tetzicatl.

Le chef des pèlerins s'orientait aisément dans la cité et la jeune femme distingua bientôt entre les arbres, les murs qui délimitaient le terrain du jeu de balle.

Après s'être assurés que le lieu était désert, les trois Mayas sortirent à découvert et s'avancèrent jusqu'au centre du terrain.

– Si ma théorie est juste, dit l'Indienne, les rayons du soleil, qui représentent le serpent, éclaireront ce terrain, symbole de *Xibalba*, et nous indiqueront l'emplacement exact du trésor.

Les deux hommes acquiescèrent, hypnotisés par le crépuscule naissant. Ils se demandaient si leurs ancêtres avaient pu se montrer aussi ingénieux.

Le soleil poursuivit sa lente descente vers la terre et s'y enfonça progressivement. Olxa guettait fébrilement la lumière solaire qui quittait lentement le terrain.

Arriva l'instant où le terrain ne fut plus du tout éclairé. Olxa releva la tête : le mur latéral de droite bouchait le passage aux ultimes rayons. Comment était-ce possible ? Pourquoi ce mur masquait-il la clarté ? À aucun moment, à aucune seconde, l'ombre d'un serpent de lumière n'était apparu..

Avec un effroyable dépit, Olxa comprit qu'elle s'était trompée. Son interprétation était fausse.

– Je... je suis désolée, bégaya-t-elle, le regard encore rivé sur le haut mur. Je crois... je crois que mes suppositions sont erronées. Cela ne fonctionne pas...

– Comment est-ce possible ? Tout semblait concorder ! Quelle déception ! cracha Tetzicatl amèrement.

– Les paroles des Anciens sont souvent obscures, plus encore lorsqu'elles traitent des dieux, dit Achua. Nous avons voulu comprendre trop vite et nous nous sommes aveuglés.

– Vous avez raison, opina Olxa, sans pourtant parvenir à masquer son désarroi. Je... j'ai mal interprété... Retournons au campement. Pourvu que tout se soit bien passé pour Juan...

Ils rebroussèrent chemin, le visage fermé. Ils allaient pénétrer dans la forêt lorsqu'ils perçurent un cliquetis. Ils firent volte-face, tous leurs sens en alerte. C'est alors que surgit de derrière le mur de droite une troupe de soldats espagnols armés de fusils et de pistolets. Ils avaient repéré le trio et les attendaient en embuscade.

– Halte ! cria l'un d'eux, canon pointé dans leur direction, halte ou nous tirons !

Malgré la sommation, tous trois coururent. Et les Espagnols tirèrent. Olxa se baissa, évitant une balle de justesse sans arrêter sa course. Ils devaient coûte que coûte atteindre la jungle, là où se trouvait leur salut. Les blancs ne s'y aventureraient pas et Achua en connaissait tous les recoins. Les salves des dragons tonnerres les poursuivaient, pleuvaient dans leur dos. Plus que quelques mètres...

Pan ! À côté d'Olxa, Tetzicatl s'affaissa brusquement dans l'herbe. Une traînée de sang apparut au niveau de sa cheville. Olxa se précipita à son secours. Elle s'agenouilla près du prêtre et, jetant un œil derrière elle, elle vit les Espagnols qui approchaient. Achua amorça un demi-tour pour leur porter secours. Olxa tourna la tête à droite, à gauche : d'un côté les soldats, de l'autre Achua, au milieu, le Grand Prêtre et elle. Pressentant ce qui allait se passer, elle cria à Achua :

– Non ! Ne viens pas ! Ne viens pas ! insista-t-elle, voyant qu'il ne lui obéissait pas. Préviens Juan ! Fais vite !

Au même instant, la poigne ferme d'un Espagnol s'abattit sur son épaule. Deux autres s'emparèrent de Tetzicatl sans ménagement. Achua demeura stoïque, ne pouvant se résoudre à une action aussi lâche. Il entendit les cris d'Olxa, il vit les blancs la relever en la tirant par les cheveux. Il capta alors son regard, un regard paniqué mais aussi un regard qui lui hurlait de s'échapper.

Alors, il fit demi-tour et courut vers la forêt. Il s'y enfonça sans s'arrêter, sans se retourner vers ce regard qui l'avait décidé, pour la première fois de sa vie, à fuir devant l'ennemi.

Valerio, mains croisées dans le dos, tournait en rond. Que faisait Juan ? Voilà plus d'une heure qu'il était parti. Assis contre un arbre, Miguel fixait le vide anxieusement. Si le retard de leur père l'inquiétait, celui de leur mère le préoccupait plus encore. Le soleil avait disparu derrière l'horizon depuis un bon moment déjà et leur mère n'était pas encore revenue. Olxa avait-elle résolu l'énigme ? Non loin d'eux, Zinacantlán et Carmen attendaient avec la même appréhension.

Les soupçons de Miguel se confirmèrent quand le chef Achua surgit brusquement des taillis, le front en sueur et le regard atterré.

– Les blancs ont capturé Olxa et le grand prêtre !

La nouvelle stoppa net les déambulations de Valerio. Ses jambes vacillèrent. Miguel tétanisé, demeura assis. Pourquoi ? Pourquoi leur mère ? Pourquoi elle ? Les jumeaux échangèrent un regard plein de culpabilité et de colère : ils savaient qu'ils auraient dû l'accompagner !

– Comment est-ce arrivé ? cria presque Valerio, vibrant de rage. N'étiez-vous pas au terrain du jeu de balle ?

– Si. Les soldats espagnols nous attendaient au bout du terrain, ils nous avaient tendu un piège. Ils avaient des armes, des dragons-tonnerres. Nous avons essayé de fuir, Tetzicatl a été touché. Olxa l'a secouru et ils ont tous les deux été faits prisonniers. Je ne les ai abandonnés que pour vous prévenir.

– Les Espagnols vont sans doute les interroger à propos du trésor, réfléchit Miguel d'une voix tendue. Avez-vous vérifié l'hypothèse d'Olxa ?

– Oui. Elle est fausse. C'était une mauvaise piste.

Cette révélation eut l'effet d'une seconde douche froide sur les deux frères. Leur mère et le grand prêtre étaient retenus captifs. Pis, ils ne possédaient maintenant plus aucune longueur d'avance sur Lucas.

Mais alors quel était le sens de l'énigme ? Et par quels moyens libéreraient-ils leur mère ?

– Où les ont-ils emmenés ? demanda Valerio.

– À leur campement, près de la grande pyramide.

Au campement. Encerclés par des hommes armés, aux mains de Lucas et de Montejo. Autant dire inatteignables. Les jumeaux ne pouvaient imaginer pire situation.

– Où est votre père ? s'enquit Achua.

– Il n'est toujours pas revenu ! répliqua Miguel, dont la panique grandissait. Que va-t-on faire ?

À ce moment précis, un bruit de feuillages qu'on piétine les fit se retourner. Juan apparut entre les broussailles, une rangée de guerriers dans son sillage.

– Fausse alerte ! déclara-t-il solennellement. Les Espagnols n'ont même pas découvert le temple du grand prêtre.

Il remarqua alors la présence d'Achua. Seul. Immédiatement, il devina que quelque chose de grave était survenu.

– Que s'est-il passé ?

Le regard sombre, Achua lui rapporta ce qu'il venait déjà d'apprendre à ses fils. Des sueurs glacées coulèrent le long de l'échine de Juan. Son cœur martela ses côtes, sa tête bourdonna.

Olxa. Sa femme était prisonnière des Espagnols. Prisonnière de Lucas. Le visage haï, maudit du traître jaillit dans son esprit. Son estomac se souleva au simple souvenir de la maison que Lucas avait enflammée, treize ans auparavant, en y laissant Olxa inconsciente pour qu'elle y brûle. Une aiguille chauffée à blanc transperça son cœur.

Cette ordure qui avait tenté de tuer sa femme détenait à nouveau sa vie entre ses mains. L'idée qu'il puisse faire ce qu'il voulait d'elle le révulsait. Il envoya un violent coup de pied dans l'arbre le plus proche.

– Raaah ! Non ! Tu ne l'auras pas ! jura-t-il. Si tu oses la toucher, je te retrouverai et je te démembrerai jusqu'à ce que tu en crèves ! Tu m'entends ? Je te tuerai !

Le souffle brûlant, il appuya son front contre le tronc. Il tremblait de fureur. Que pouvait-il faire ? Treize ans auparavant, il avait sauvé sa femme en bravant l'incendie de la cabane. Mais aujourd'hui, il ne pouvait pas se battre seul contre tous les soldats espagnols.

– Il va l'interroger, qu'il soit damné ! le maudit-il.

– Non ! intervint Miguel. En cela, Lucas sera impuissant. La théorie de mère est fausse.

– Que dis-tu ? s'exclama Juan en décollant son front de l'arbre.

– Elle a mal interprété l'énigme. Ce n'est pas sur le terrain du jeu de pelote que se cache le trésor.

Cette nouvelle redonna une lueur d'espoir à Juan. Lucas ne saurait rien.

En attendant, il devait agir au plus vite pour délivrer Olxa. Il se tourna vers ses hommes : sa troupe comptait plus de cent guerriers, contre seulement une trentaine d'Espagnols. Mais il ne fallait pas oublier que chacun de leur fusil valait dix de ses guerriers.

– Que vas-tu faire ? interrogea Achua qui avait retrouvé son sang-froid.

– Que voulez-vous que je fasse ? rétorqua le chef de la résistance. Attaquer le camp des Espagnols ! Je n'ai pas d'alternative. Je ne les laisserai pas toucher à un seul cheveu de ma femme.

Le chef des pèlerins posa une main sur son épaule :

– Je joindrai mes guerriers aux tiens. Ta femme est la Maya la plus courageuse que j'aie jamais rencontrée. Elle a la force du dieu *Kukulkan*.

– Je vais réunir mes hommes et nous partirons sur l'instant.

– Attends ! La nuit est tombée. Patientons jusqu'au lever du jour.

– Quoi ? Pourquoi ?

– Les Mayas ne combattent pas la nuit.

– Pourquoi ?

– Ils attendent la protection du dieu soleil, *Kin*.

– Crois-tu que j'attendrai toute la nuit, en sachant que Lucas peut agir à sa guise pendant tout ce temps ?

– Mes guerriers sont éparpillés autour de la cité. J'ai besoin de temps pour les réunir. Et je lis dans tes yeux que la colère t'aveugle. Si tu pars combattre maintenant, tu commettras une erreur. Attends le lever du jour !

Juan fusilla Achua du regard.

– Que préfères-tu ? ajouta, impassible, le chef des pèlerins. Attendre mes renforts pour t'assurer la victoire ? Ou attaquer maintenant, au risque de perdre tes hommes et d'échouer ?

Juan le dévisagea. Sa rage contre Lucas et la peur de ce qu'il pourrait faire à Olxa l'empêchaient d'admettre la justesse de l'argument. Pourtant, il finit par céder :

– D'accord. Mais envoie immédiatement des messagers rassembler tes hommes. Nous attaquerons dès l'aube.

Les Espagnols traînèrent les captifs jusqu'à leur campement. Tetizcalt boitait à cause de sa cheville blessée mais malgré cela, il avançait la tête haute.

Leur arrivée provoqua un branle-bas parmi les soldats : tous accoururent, guignant les prisonniers fièrement exhibés par leurs camarades. On les jeta au sol et on leur lia les mains. Olxa secoua sa chevelure pour repousser les mèches qui lui obstruaient la vue.

L'un des soldats courut vers une tente un peu à l'écart du campement.

– Commandant ! Commandant ! appela-t-il.

– Qu'y a-t-il ? grogna Montejo.

– Nous avons capturé deux sauvages !

– Comment ? s'exclama-t-il. Où sont-ils ?

– Par ici, commandant !

Olxa fixa avec angoisse l'homme qui se dirigeait vers eux : de haute stature, large d'épaules, les joues mangées par l'affreuse barbe que les blancs aimaient arborer. À son habit richement orné, elle reconnut le conquistador qui avait mené l'attaque de *Tulum*.

Montejo s'approcha et les toisa. Olxa affronta son regard. Ne rien dire. Ne pas montrer qu'elle comprenait l'espagnol. Elle lut sur son visage la surprise de découvrir une femme parmi les otages. Il reporta son attention sur Tetzicatl :

– Alors, sauvage, où sont les autres Indiens ?

Le Grand Prêtre ne comprit pas sa question et continua à l'observer avec défi. Montejo s'en aperçut et ordonna :

– Allez me chercher Malinche.

Un soldat partit sur-le-champ. L'Indienne était adossée à la base de la pyramide, près de la tente de Lucas. Elle contemplait la nuit, l'air absent.

– Madame ! l'interpella le commissionné.

– Que se passe-t-il ? demanda-t-elle avec flegme.

– Le commandant Montejo requiert vos services. Nous avons fait deux prisonniers indiens. Il a besoin de vous pour servir d'interprète.

Deux prisonniers mayas ? L'intérêt s'alluma dans le regard de Malinche.

– Montrez-moi !

Le soldat conduisit la femme aztèque auprès du conquistador. Malinche eut un recul de surprise en découvrant que l'un des deux captifs était une femme. De coutume, les Espagnols ne s'en tenaient qu'aux hommes. Ils achetaient plutôt les femmes comme esclaves, ou se servaient lors des razzias de villages.

– Je veux interroger celui-ci, lui expliqua Montejo en désignant Tetzicatl. Je veux savoir si d'autres Indiens se cachent dans les parages. Demandez-le-lui !

La traductrice dévisagea les deux prisonniers. Bien qu'elle les eût reconnus, elle décida de ne rien dire et s'approcha de l'homme pour lui traduire les paroles de Montejo :

– Le commandant vous demande où se trouvent vos frères d'armes.

– Il n'y a aucun guerrier dans cette ville, rétorqua sèchement Tetzicatl.

Malinche transmit la réponse. L'*Adelantado* ricana.

– Pense-t-il que je vais croire qu'il est venu seul avec cette femme ? Reposez-lui la question !

Malinche réitéra. Tetzicatl donna la même réponse. Il parlait à Malinche mais ses yeux d'aigle se dardaient sur Montejo. L'*Adelantado* fixait ce sauvage récalcitrant, la mâchoire crispée. Il ne supportait pas qu'on lui résiste. Il enjoignit à Malinche de répéter encore une fois la question. Elle s'exécuta. L'Indien prononça à nouveau les mêmes mots, avec la même insolence. Excédé, Montejo lui envoya un coup de pied dans la poitrine.

Tetzicatl se plia en deux, le souffle coupé. Olxa sursauta violemment. Son cœur battit plus fort. Tétanisée, ses yeux se rivèrent sur Tetzicatl. Le Grand Prêtre resta un instant courbé, reprenant peu à peu sa respiration. Il finit par se redresser et fit face à son geôlier les dents serrées avant de le foudroyer du regard.

Le conquistador passa sa langue sur ses dents, au comble de l'irritation. Il commanda une nouvelle traduction à Malinche.

– Il vous demande qui est cette Indienne qui vous accompagne, transmit-elle au Grand Prêtre.

Tetzicatl jeta un coup d'œil à Olxa. Après une brève hésitation, il déclara d'une voix rauque :

– C'est ma femme.

Malinche hésita puis répéta le mensonge du prêtre.

– Sa femme ? répéta Montejo dès qu'on le lui eut traduit. Voilà qui me semble intéressant. Peut-être peut-elle m'indiquer à sa place où se dissimulent les autres ?

– Non, elle ne sait rien, traduisit Malinche à la demande du prêtre.

– Ah oui ? Croyez-vous qu'en la brusquant un peu, son mari se décidera à parler ? réfléchit-il à haute voix.

Les soldats ricanèrent. Montejo esquissa un geste vers l'homme le plus proche qui acquiesça. Il saisit brutalement Olxa par les cheveux et dégaina son épée. La jeune femme hurla. Malinche sursauta.

– Non ! s'interposa Tezicatl.

Et il enchaîna sur un flot de paroles.

– Traduisez ! commanda Montejo à Malinche.

– Il assure que la femme ne vous sera d'aucune utilité. Il exige de parler seul à seul avec vous.

– Hum... s'il l'exige, nous n'allons pas lui refuser ce privilège, consentit le conquistador avec un sourire carnassier. Emmenez-le sous ma tente !

– Que faisons-nous de la femme ? demanda l'un de ses hommes.

– Mettez-la dans la tente de Lucas tant qu'il est absent ! Veillez à la placer sous bonne garde. Malinche, venez avec moi ! J'ai encore besoin de vos compétences.

Deux militaires soulevèrent Tetzicatl par les aisselles et le poussèrent sans ménagement devant eux. Olxa les observa l'emmener avec angoisse, tandis que deux autres l'escortaient dans la direction opposée.

Chapitre 12

Interrogatoire

— Répétez-lui la question ! beugla le conquistador.

– Où se trouve le trésor des Mayas ? recommença Malinche.

– Je ne... dirai... rien, rétorqua Tetzicatl.

L'interrogatoire durait depuis plus d'une demi-heure maintenant. Montejo s'était d'abord maîtrisé. Il avait posé les questions avec détachement. Puis, il avait perdu patience. Les questions étaient devenues des cris, les cris des coups, les coups de la torture.

– Il ne veut rien dire, transmit Malinche, des gouttes de sueur perlant à ses tempes.

– Vraiment ? Tu veux garder tout cet or pour toi et les tiens, n'est-ce pas, sauvage ?

Malinche traduisit les paroles de Montejo. Malgré la douleur, Tetzicatl releva le front. Il se mit à ricaner, laissant son bourreau suffoqué :

– Vous croyez que cet or… m'intéresse ? Je ne suis pas comme vous… blancs. Ma mère la Terre a toujours pourvu à mes besoins… pourquoi voudrais-je davantage que ce qu'elle me donne… et qui me suffit pour vivre ? Seuls vous… blancs, êtes insatisfaits des bienfaits de la… Nature. L'orgueil vous aveugle… Si je protège ce trésor, c'est justement… parce qu'il ne m'appartient… pas. Parce qu'il est… sacré, dévolu aux dieux et qu'il doit le… rester. Vous ne le souillerez jamais.

D'une voix hésitante, Malinche transmit les paroles à l'*Adelantado*. Le talon de la botte de Montejo frappa le Grand Prêtre au visage. L'Indien encaissa en grognant. Malinche considéra le supplicié, de plus en plus oppressée. Tetzicatl n'était plus qu'une créature recroquevillée sur elle-même, un amas de membres sanguinolents. La blessure à sa cheville s'était élargie sous les coups de Montejo, deux violents revers au visage avaient tuméfié ses lèvres et noirci son œil gauche. Prostré, il n'essayait plus de relever la tête, le regard masqué par ses cheveux dénoués, éparpillés sur ses épaules.

Montejo le frappa à nouveau. Un os se brisa. L'*Adelantado* essuya un filet de bave aux commissures de ses lèvres.

– Répétez-lui la question !

– Cela ne sert à rien, répliqua Malinche, glaciale. Il n'est plus en état de vous répondre.

Elle avait raison : l'Indien n'esquissait plus le moindre geste ; sa parole s'était réduite à des marmonnements inarticulés et inaudibles

Pour se venger de son entêtement, Montejo lui décocha un ultime coup de genou dans l'épaule. Tetzicatl s'affaissa complètement. L'*Adelantado* passa une main dans ses cheveux et sortit, en proie à des démons furieux.

Malinche demeura un instant face à l'Indien. Elle avait vu des massacres du temps de Cortès. Elle connaissait la violence des Espagnols mais elle n'y avait jamais participé directement. Lorsque Cortès l'avait prise comme maîtresse et interprète, elle avait toujours fait en sorte d'éviter le sang en réglant les conflits verbalement. Elle n'avait jamais secondé un blanc pour torturer un des siens comme elle l'avait fait cette nuit-là.

Elle s'agenouilla près de l'homme inerte. Seul le soulèvement irrégulier de ses omoplates trahissait une respiration, un signe de vie. Elle le redressa lentement, l'assit dos à un coffre de bois : sa tête pencha, tomba sur son épaule. Il demeurait sans réaction, les yeux clos. Elle écarta les mèches poisseuses de sang de son front et découvrit son visage martyrisé. Toujours aucune réaction.

Le cliquetis métallique de pieds bottés lui parvint. Elle sursauta et fit volte-face. Une ombre passa devant la tente et poursuivit son chemin. Un soldat. Elle se retourna vers le prisonnier. La nervosité la rendit brusque : elle le secoua, cherchant à le ranimer. Le Grand Prêtre ouvrit lentement la seule paupière digne de ce nom qui lui restait :

– Pourquoi n'avez-vous rien dit ? lui demanda-t-elle d'un ton cinglant. Si vous persistez à vous taire, Montejo vous tuera ! Il n'hésitera pas une seule seconde.

Le prisonnier l'observa stoïquement, aussi grave dans la douleur qu'il l'était pendant une cérémonie de sacrifice rituel. Elle reconnut la fierté des Mayas, ce refus de ramper devant l'ennemi. Cette obstination qui la forçait, elle, à parler, à traduire, à dire des mots qui lui coûtaient. Elle avala sa salive.

– Je peux vous sauver la vie. Il suffit que vous me fassiez confiance. Nous sommes de la même race. Pourquoi refuser ?

Le Grand Prêtre la dévisagea de son œil unique avec mépris :

– Vous ne saurez jamais… rien… de ma bouche. Nous ne sommes pas de la même… race. Vous avez trahi votre peuple. Je ne deviendrai pas un parjure… comme vous. Que les dieux dévorent votre cœur… maudit. Je n'ai pas peur de la mort.

Puisant dans ses dernières forces, il cracha au sol et son crachat avait la couleur du sang. Malinche comprit que sa tentative était vouée à l'échec. Jamais il ne parlerait. Jamais il ne trahirait les siens. Il mourrait. Elle se releva, défaite. Elle recula lentement vers la sortie, abandonnant l'Indien à l'inéluctable destin qu'il s'était choisi.

Olxa, les yeux fermés, épiait le moindre bruit extérieur. Les cris furieux de Montejo avaient résonné jusqu'à sa geôle. Elle craignait pour la vie de Tetzicatl. Elle inspirait, expirait, luttant contre la vague d'angoisse qui l'assaillait sans cesse.

Tout à coup, la cadence des sabots d'une escouade à l'approche lui parvint. Elle ouvrit les yeux, le cœur battant.

Lucas revenait de son expédition. Il congédia les hommes avec humeur ; la nuit les avait surpris et l'exploration s'était avérée vaine : aucun temple, aucune piste supplémentaire. Il avait besoin de boire.

Malinche aperçut la silhouette maigre et pressée de l'Espagnol se hâtant vers sa tente. Personne ne l'avait prévenu de la capture des deux Indiens. Elle se hâta dans sa direction.

Lucas arriva avant elle. Quand il entra et vit Olxa, il se figea.

Olxa avait tourné la tête au même instant. Leurs regards entrèrent en collision, foudroyés par ce face-à-face qu'ils croyaient impossible.

Lucas vacilla. Toute l'indifférence qui caparaçonnait son cœur se brisa. Bouleversé, il fut envahi par toute une vague de souvenirs. Immédiatement, treize années s'abolirent. Il se trouvait dans la hutte incendiée de *Xaman-Ha*, au-dessus d'Olxa, comme aujourd'hui. Il la considérait de haut, comme maintenant. Il lui arrachait ses fils, les fils que Juan lui avait volés. Il la frappait. Une poutre craquait. Un morceau du toit chutait, le frôlant de son souffle brûlant. La fumée envahissait sa gorge d'un goût âpre et piquant. Le crépitement du chaume bourdonnait à ses oreilles. Il revit les cheveux épars autour du visage inconscient d'Olxa, son corps que les flammes encerclaient rapidement. Femme aimée, femme haïe, femme incendiée. La détonation de la poudrière à *Tulum* explosa alors à ses tympans. L'affreuse sensation de

brûlure se raviva sur son bras mutilé, la certitude du retour de Juan, quant à la survie d'Olxa. Oui, elle vivait. À présent, il se trouvait face à elle.

Olxa ne le quittait pas non plus du regard. Des frissons couraient le long de sa colonne vertébrale. Son cœur martelait dans sa poitrine. Son souffle était comme gelé. La terreur la glaçait, la paralysait.

Lucas lâcha le pan de la tente. Il la croyait morte. Comment, comment pouvait-elle se trouver ici ? D'une voix blanche, il murmura :

– Non… Non, je t'ai tuée !

– Tu te trompes, nia-t-elle en secouant la tête avec véhémence. C'est ce que tu voulais… mais j'ai survécu.

– NON ! Tu es morte, il y a treize ans !

Il s'approcha d'elle avec colère. Il s'agenouilla, la prit à la gorge. Ses doigts osseux se resserrèrent sur sa peau mate. Elle tressaillit, suffoqua. Des larmes de panique perlèrent à ses yeux. Il contempla ses traits sublimes, abhorrés, maudits. Il approcha son visage tout près du sien et murmura :

– Je t'ai brûlée, je t'ai arrachée à LUI comme il t'avait prise à moi…

Elle secoua la tête, les larmes coulant de ses paupières crispées, décidée à ne pas crier. Son courage la rendait plus fascinante encore. Lucas cilla, la respiration brûlante : pour la première fois, il la tenait sous son emprise. Un bref instant, il voulut l'embrasser. Mais elle ouvrit les yeux et à travers ses larmes, elle jura :

– Juan... Juan viendra me chercher. Il est vivant... et il te tuera !

Il la repoussa violemment en arrière contre le mur et la gifla avec hargne. Comment osait-elle évoquer Juan ?

– Lucas ? cingla une voix sèche. Que faites-vous ?

L'Espagnol fit volte-face. Malinche se tenait sur le seuil de sa tente. Elle le dévisageait.

– Que voulez-vous ? l'apostropha l'Espagnol.

– Montejo a omis de vous avertir de la capture de deux Mayas, dit-elle froidement. Il a mis celle-ci dans votre tente pendant qu'il interrogeait l'homme. Pourquoi la frappez-vous ?

– Cela me regarde ! rétorqua-t-il d'un ton cassant.

– Elle ne sait rien ! L'autre prisonnier l'a juré devant les dieux.

– Elle ne sait rien ? ricana-t-il. Cet imbécile vous a menti ! Elle sait où se trouvent les autres et elle va me le dire.

– Elle ne parle pas espagnol.

– Bien sûr que si !

– Comment ?

Olxa avait ravalé ses larmes et fixait à présent Lucas, terrifiée. Il se tourna vers elle, l'expression malsaine.

– Juan se terre par ici, n'est-ce pas ? Où se cache-t-il, le lâche ?

Elle ne desserra pas les lèvres. Lucas la gifla à nouveau et hurla :

– OÙ EST-IL ?

– Vous ne le trouverez jamais !

Malinche tressaillit en entendant les mots sortir de la bouche d'Olxa. Effectivement, elle parlait espagnol. Lucas releva la main pour la frapper, mais l'Aztèque arrêta son bras.

– Voulez-vous vous abaisser à la brutalité bestiale de Montejo ?

Il la dévisagea avec une expression démente, les yeux exorbités. Elle raffermit sa prise sur son bras, sans le lâcher du regard. Il finit par baisser la main. L'interprète avait raison : il n'était pas Montejo. Olxa méritait un châtiment plus élaboré que de simples coups. Il avertit cependant Malinche :

– J'ai un compte personnel à régler avec cette femme. Ne commettez pas l'imprudence de vous opposer à moi !

– Ce n'est plus l'heure des interrogatoires. Si vous voulez faire quelque chose, attendez demain ! Et allez dormir, votre esprit s'égare.

– Si vous voulez que je dorme, enlevez cette traînée de ma tente !

Malinche retint un rictus de mépris et héla le soldat le plus proche pour qu'il se charge d'Olxa. Celle-ci, tremblante, se laissa emmener.

Au moment de sortir de la tente, elle croisa le regard de Malinche : nul n'aurait su dire si le gouffre noir qui hantait ses pupilles exprimait l'indifférence ou la pitié.

Le soleil se leva rapidement sur *Chichén Itzá*, comme impatient de voir l'attaque qui opposerait les blancs aux Mayas.

Juan n'avait pas dormi de la nuit. Entre deux somnolences, les visages de Lucas et d'Olxa se confondaient dans ses cauchemars.

Quelles monstruosités se permettrait Lucas avec sa femme ?

La frapperait-il ? Oserait-il la toucher ? Rien qu'à cette idée, Juan se sentait prêt à bondir sur-le-champ vers le camp espagnol.

S'il avait accepté d'attendre l'aube pour attaquer, il avait cependant chargé une avant-garde d'une mission de préparation. Achua avait lui aussi dépêché des messagers dans tout *Chichén Itzá* et ses environs pour rallier ses guerriers. Bientôt, la résistance maya lancerait l'assaut.

Une main se posa sur l'épaule de Juan. Il leva la tête : le chef des pèlerins se tenait au-dessus de lui, impénétrable mais résolu :

– Nous sommes prêts, déclara-t-il. Nos frères sont arrivés.

Juan se retourna : derrière Achua se dressait une quarantaine de guerriers. Avertis par leur chef, ils avaient accouru pour leur prêter main forte. Tous avaient revêtu leur équipement de guerre, étaient armés d'arcs, de lances et de machettes à pointes. Des peintures noires, rouges et bleues balafraient leurs visages. Certains portaient un bouclier rond, les plus gradés arboraient des casques surmontés de plumes.

– Voici mes hommes, expliqua Achua à l'ancien capitaine. Ils portent en eux la force du jaguar. Nous sommes prêts à nous battre pour libérer les nôtres du joug des blancs.

– Bien ! acquiesça Juan. Je vais rassembler mes hommes.

Quand les Mayas se regroupèrent autour de Juan, les jumeaux se levèrent immédiatement. Ils avaient eux aussi mal dormi et attendaient avec impatience l'annonce de l'attaque. Ils jouèrent des coudes, se faufilant entre les rangs alors que Juan distribuait ses ordres.

Zinacantlán se trouvait au premier rang. Juan le nomma à la tête de sa troisième unité. Il aperçut alors ses fils, et son visage se figea.

– Je ne veux pas que vous veniez avec nous, déclara-t-il.

– Comment ? se rebella Valerio. Nous voulons libérer notre mère, il n'est pas question que nous restions à l'arrière, les bras croisés !

– Vous ne resterez pas sans rien faire. Quelqu'un doit s'assurer des blessés. Ce sera vous. Je ne reviendrai pas sur ma décision.

– Nous ne sommes plus des enfants !

– **Je** suis le chef de cette armée, rétorqua leur père. Et **je** décide de qui entre dans mes rangs.

Valerio fusilla son père du regard ; mais Juan demeura inflexible. Les jumeaux prirent ce refus comme une insulte à leur égard. Pas un instant ils ne soupçonnèrent que leur père cherchait juste à les protéger.

Juan s'avança à la lisière de la forêt. Derrière lui, les visages se dessinèrent, s'alignèrent, à demi cachés par les broussailles. Les flèches s'encochèrent dans un crissement de corde, les lames des haches tintèrent.

À quelque dizaines de mètres, le campement des conquistadors paraissait encore endormi. La douceur matinale ne laissait pas présager la violence imminente. Le chef de la résistance vérifia le positionnement de ses troupes. À son signal, Achua et Zinacantlán encercleraient les Espagnols.

Il leva le bras.

Et il l'abaissa.

Des cris aigus et féroces réveillèrent en sursaut le soldat de garde. L'Espagnol bondit sur ses pieds et se tourna vers la forêt. Ses yeux s'agrandirent alors de terreur : des bois surgissait une cohorte d'Indiens hurlants et armés jusqu'aux dents. La terre tremblait sous leurs pas. La panique s'empara du malheureux soldat. Il détala vers la tente de Montejo en criant :

– Alerte ! Alerte ! Les Indiens nous attaquent ! Les Indiens nous attaquent !

L'alarme réveilla tout le campement. Les militaires redoutaient cet assaut depuis leur arrivée. Ils savaient que des sauvages se camouflaient dans les parages. Enfin, ils allaient pouvoir les affronter en face. Ils préféraient une attaque ouverte à toute embuscade dissimulée. Ils se levèrent avec célérité, s'emparèrent des fusils, chargèrent les pistolets, firent transiter la poudre. Dans leurs yeux luisaient la fièvre de l'excitation et la crainte de la mort. Montejo sortit en trombe de sa tente, suivi de Lucas et Malinche.

- Mettez-vous en formation ! commanda l'*Adelantado*. Fantassins, formez une ligne de défense ! Cavaliers, à cheval !

Ce disant, il détacha sa propre monture et l'enfourcha. La bête renâcla, son maître tira sur les rênes avec brutalité. Avant de se lancer au galop à la tête de ses hommes, il dégaina son épée.

Lucas n'avait pas bougé. Il fixait l'homme au centre de la ligne de déploiement des Mayas : le seul qui, malgré les peintures qui lui couvraient le visage, se démarquait de l'ensemble par sa peau pâle. Le seul homme qu'il aurait reconnu même à des lieues de distance.

Juan. Cette garce d'Olxa ne mentait pas ! Il venait la libérer ! Elle et l'autre sauvage. Il dégaina son pistolet et en tendit la crosse à Malinche :

– Armez-vous et amenez les deux prisonniers dans ma tente ! Tirez sur le moindre homme qui essayera d'y pénétrer ! M'avez-vous bien compris ?

– Parfaitement, acquiesça-t-elle en saisissant le pistolet.

Tandis que l'Indienne retournait sur ses pas, Lucas tira sa rapière et se dirigea vers le lieu du combat.

Les fantassins espagnols, agenouillés en formation défensive, tirèrent sur la première ligne des Indiens. Les Mayas se divisèrent en deux rangées, sur les ordres de Juan. Les archers se postèrent à l'arrière et couvrirent leurs camarades à distance.

Les blancs se relayèrent, tirèrent. Les balles sifflèrent, transpercèrent l'air. Le bruit sourd de corps qui s'affaissent répondait en écho au tonnerre des détonations. Dans le nuage de fumée, des haches fusèrent, atteignant parfois des fantassins. Les Indiens se rapprochaient. Les blancs reculaient peu à peu vers leur camp.

Brusquement, une vingtaine de cavaliers espagnols jetèrent leurs chevaux au galop dans la mêlée. Ils dégainèrent leurs épées, tranchèrent les têtes, taillèrent les dos, les bras. Des cris de douleur déchirèrent l'air. Le sang coula au pied de la pyramide de *Chichén Itzá*.

Juan glissa la balle dans son fusil. Il visa, tira sur un cavalier : celui-ci tomba à bas de sa monture qui se cabra de frayeur. Juan leva les bras pour calmer la bête et l'attrapa par les rênes. Il ramassa le fusil du mort et le lança à un Indien. Un autre homme monté cavala vers lui, rapière au poing : Juan dégaina son épée et leurs fers se croisèrent. L'Espagnol tenta de lui donner un coup de pied au front. Au lieu de se baisser, Juan saisit sa jambe et tira : l'homme tomba. Un Maya se précipita pour s'emparer de la bête. Juan tourna la tête vers les hommes de première ligne et déchanta aussitôt : les Indiens tombaient comme des mouches. Les balles crevaient les boucliers, détruisaient les lances en plein vol. Ceux qui s'étaient engagés dans une joute rapprochée opposaient leur corps quasi nus aux armures d'acier des blancs. Malgré les renforts d'Achua, l'issue du combat était douteuse.

Zinacantlán venait d'entrer dans la bataille.

Il ne parvenait pas à briser les défenses espagnoles. Les soldats tiraient toujours. Les cavaliers fendaient les troupes des guerriers mayas qu'ils décimaient. La lutte tournait à leur désavantage. Malgré leur entraînement et leur nombre, les Mayas étaient bien inférieurs en ce qui concerne la technique : les fusils portaient plus loin que les flèches, les épées transperçaient les poitrines avant que les Indiens ne puissent y planter leur hache. Tant qu'ils n'équilibreraient pas les forces, la lutte resterait difficile. Juan le savait. Il serra les dents : tant pis, il fallait changer de tactique. Il siffla le signal de la retraite :

– *Repliez-vous !* ordonna-t-il. *N'essayez pas d'entrer dans le campement, éloignez-vous des fantassins ! Attaquez-vous aux cavaliers : faites tomber leur maître ! Emparez-vous des chevaux et des armes !*

Les Indiens s'exécutèrent : ceux qui s'étaient aventurés trop près du camp battirent en retraite. Les archers dévièrent leur cible vers les cavaliers. Les guerriers s'associèrent à deux, à trois pour assaillir un cavalier.

La cavalerie de Montejo, qui se croyait intouchable, se vit tout-à-coup attaquée par des sauvages déchaînés. L'un d'eux planta sa hache dans l'encolure d'une bête : le cheval s'affaissa. Les Indiens se jetèrent sur son maître : les pointes acérées s'enfoncèrent dans les failles de la cuirasse. Les coups se répétèrent, martelèrent, écrasèrent l'Espagnol.

– *Ne tuez pas les bêtes !* cria Juan. *Capturez-les !*

Aux abords du campement, les fantassins échangèrent des regards inquiets : devaient-ils porter secours à leurs compagnons cavaliers ? Montejo sortit soudain de la masse compacte d'hommes et de fumée, chevauchant vers le camp à bride abattue. Trois autres cavaliers parvinrent à s'extraire de la boucherie, talonnant leur commandant.

– Repliez-vous ! hurla l'*Adelantado* aux fantassins. Repliez-vous !

Les soldats obéirent sur-le-champ. Certains lancèrent des regards par-dessus leurs épaules. Ils virent les derniers cavaliers tombés de leur selle engloutis par l'ouragan indien.

Les guerriers mayas s'étaient emparés de pratiquement tous les chevaux. Les lignes de Juan reculaient par vague, emmenant avec eux bêtes et armes à feu arrachées aux blancs à l'abri de la forêt.

Lucas enfonça son épée dans la poitrine d'un Indien qui n'avait pas eu la chance de se replier à temps. Le sauvage s'écroula, le sang ruisselant sur son torse basané. Lucas releva la tête, asphyxié par la fumée et écœuré par l'odeur de mort. Les vingt chevaux qu'il avait ramenés de Cuba étaient tombés aux mains des Indiens. Maudits soient ces païens !

Soudain, parmi les fuyards, il aperçut un visage clair.

Juan.

Il enfourcha prestement sa monture et la talonna.

Juan était en train de réunir les derniers Mayas et reculait vers la forêt quand, brusquement, une voix pleine de fiel le héla en espagnol :

– JUAN !

L'ancien capitaine fit volte-face. À mi-chemin entre le campement et ses guerriers, un homme maigre se dressait sur son cheval. Malgré les années passées, Juan le reconnut sans peine. Une bouffée de haine et de colère l'envahit.

– Juan ! Tu fuis, tu es devenu lâche ? le provoqua Lucas du haut de sa monture. N'étais-tu pas venu chercher ta femme ? Si tu la veux, viens te battre en homme !

Juan serra les poings, la rage l'envahit. Il se força à courir vers la forêt. Mais, s'il réussit à contraindre ses jambes, son esprit demeura accroché au visage de son ennemi.

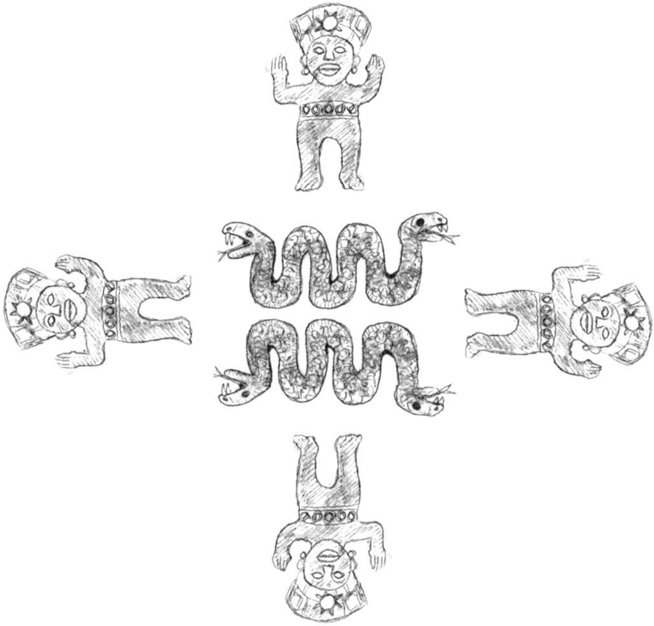

Chapitre 13

La vengeance de Lucas

Valerio et Miguel avaient assisté au combat, cachés dans les fourrés. Près d'eux, Carmen suivait la silhouette de Zinacantlán avec appréhension, priant pour sa vie. Ils avaient d'abord cru à la défaite en voyant les Indiens se replier. Ils avaient redouté que les armes à feu n'aient raison des flèches indiennes. Mais lorsqu'ils virent les Mayas se ruer vers la forêt avec des cris de victoire, les bras chargés de fusils, de pistolets, tirant des chevaux, ils comprirent quel incroyable coup du sort s'était produit.

Les vainqueurs furent accueillis avec des acclamations. On les aida à maîtriser les chevaux, à les attacher aux arbres. Carmen cherchait dans la foule le visage de Zinacantlán. Elle l'aperçut enfin : soulagée, elle se jeta dans ses bras. L'Indien n'avait essuyé que quelques égratignures.

Juan arriva le dernier, le front en sueur et la colère sur son visage. Miguel regarda autour de lui, cherchant l'ombre de sa mère. Mais Juan était seul.

– Père ? Où est mère ? demanda-t-il.

– Nous n'avons pas réussi à la libérer. Ni elle ni Tetzicatl, rapporta-t-il, le visage fermé. Ils sont toujours aux mains de Lucas.

Les jumeaux déglutirent avec peine. Valerio inspira profondément et dévisagea Juan : revoir Lucas avait ébranlé l'ancien capitaine.

– Rien n'est encore joué, père, lui assura son fils en tentant d'être convainquant. Pense aux prises de guerre ! Ajoutes-y notre supériorité numérique : nous sommes plus de cent cinquante, alors qu'il reste moins de quinze Espagnols. À la prochaine attaque, nous les vaincrons.

Le chef de la résistance tenta de s'en persuader, mais il ne put se dérider.

Achua les rejoignit. Il déplorait quelques entailles au bras gauche mais sans gravité. La fierté et le respect se lisaient sur son visage.

– Tu es un grand guerrier, digne de *Kukulkan*, déclara-t-il à Juan. Seul un homme sage est capable de faire passer les intérêts d'un peuple avant les siens propres : tu as préféré voler leurs armes aux blancs et leur laisser ta femme. Mais n'aie crainte, nous attaquerons à nouveau et, cette fois, nous libérerons Olxa.

– Je souhaite que tu dises vrai.

Harassé, Juan s'écroula le long d'un arbre et ferma les yeux. Il essayait de refouler son dépit, sa haine. Il savait qu'il devait dormir.

– Nous allons nous charger des blessés, décida Miguel.

– Sage initiative, approuva le chef des pèlerins. Je planifierai la prochaine attaque avec votre père dès qu'il se sera reposé.

Montejo grimaça face aux corps démembrés, aux visages défigurés des morts qui passèrent sous ses yeux. Il compta les cadavres : dix. Tous les cavaliers. Le chiffre des pertes totales n'était pas encore connu. À l'arrière du campement, deux blessés se débattaient entre la vie et la mort.

L'*Adelantado* se rembrunit : il n'avait jamais pensé à tant de pertes. La perspective d'une prochaine attaque avec des effectifs aussi réduits l'inquiétait au plus haut point. Il conduisit son cheval près de sa tente et l'abreuva. Seuls trois de ses hommes, Lucas et lui-même étaient parvenus à sauver leur monture. Pire, un grand nombre de fusils et de pistolets leur avait été dérobés. Plus encore que les pertes humaines, c'étaient ces pertes matérielles qui tourmentaient Montejo car elles représentaient leur plus gros avantage sur les Indiens.

Il traversa la place du campement. Les cadavres s'y alignaient. Près d'eux, les vivants creusaient des fosses qui leur tiendraient lieu de sépultures. On les enterrerait au plus vite afin de ne pas attirer les bêtes sauvages ou les charognards.

Il écarta le pan de la tente de Lucas. l'Espagnol était assis sur une caisse de provisions, s'abreuvant à grandes goulées à une bouteille de rhum. Malinche se tenait debout près de lui, pistolet au poing. Derrière elle, les silhouettes informes et recroquevillées des deux prisonniers attendaient en silence. Montejo leur jeta un œil mauvais puis il étudia Lucas, qui buvait toujours. Se sentant dévisagé, celui-ci s'essuya la bouche d'un revers de manche.

– Nous avons perdu dix hommes, lui apprit laconiquement l'*Adelantado*.

Lucas ne broncha pas. Montejo s'offusqua de son silence et s'emporta :

– Entends-tu ce que je te dis ? Nos effectifs sont réduits à quinze soldats !

– J'entends. Mais je considère que cette bataille a eu son utilité.

– Quoi ?

– Si les sauvages se sont donné tant de mal pour sauver les leurs, cela prouve bien que nos captifs savent quelque chose à propos du trésor.

– Cela, je l'aurais deviné ! Je compte d'ailleurs reprendre mon interrogatoire, reprit l'autre avec brutalité. Je doute que le prochain affrontement soit en notre faveur. Notre dernière chance est de localiser le trésor et de nous en emparer avant que ces barbares n'attaquent à nouveau.

Ce disant, il s'était tourné vers Olxa et Tetzicatl. Malinche sentit ses doigts se crisper.

– Écartez-vous ! la somma Montejo.

– Je ne suis pas sûre que ce soit la meilleure tactique.

– Si vous ne vous poussez pas immédiatement, j'emploierai la force.

– C'est inutile, le coupa Lucas. Ils ne parleront jamais, ni l'un ni l'autre. Pas sous la contrainte physique.

– La torture délie même la langue des criminels, rétorqua Montejo.

– Ce ne sont pas des criminels. Ce sont des Indiens. Et je connais la femme. Elle ne parlera pas.

Montejo se retourna impatient :

– Et quelle méthode proposez-vous ? gronda-t-il.

– Quand on ne peut pas vaincre, il faut persuader, dit Lucas. Le plus habile serait de se servir de l'un pour faire parler l'autre.

Lucas ne lâchait pas Olxa des yeux. La jeune femme, qui soutenait Tetzicatl, fuyait ce regard qu'elle sentait dardé sur elle.

Soudain, un sourire étira les lèvres fines de Lucas.

– J'ai trouvé, murmura-t-il.

– Quoi ? s'enquit Montejo.

Sans lui répondre, l'Espagnol se dirigea vers Olxa. Celle-ci se redressa, les mains moites, le cœur palpitant. Il se pencha vers elle et la releva par le bras. D'une poigne implacable, il la fit sortir de la tente.

– Prenez l'autre ! commanda-t-il à Montejo.

Le conquistador s'empara du Grand Prêtre et le poussa devant lui. Lucas tira sa captive jusqu'au centre de la place où les bêches continuaient de creuser le sol. Le sourire de Lucas s'agrandit : il allait se servir de leur colère. Les dépouilles déchiquetées de leurs compatriotes avaient imprimé de la rancune dans leur cœur.

Le bruit des bottes ferrées de Montejo fit lever les yeux à un, à deux, à tous les soldats. Ils aperçurent alors les prisonniers. Lucas lut sur leur visage l'expression qu'il espérait : la haine.

– Amenez l'homme ici ! commanda Lucas.

D'une bourrade, Montejo jeta Tetzicatl aux pieds de Lucas. Le prêtre releva la tête, le corps faible mais le regard inflexible. Olxa, haletante, n'osait regarder dans sa direction. La main de Lucas sur sa nuque affolait son souffle.

Les soldats s'étaient rapprochés, raidis par la colère. Lucas se pencha vers Olxa et chuchota à son oreille :

– Vois-tu ces hommes qui te haïssent ? Ils sont prêts à n'importe quoi pour venger les leurs. Si je te livre à eux maintenant, ils assouviront leur vengeance sur toi. Alors, tu vas dire à l'homme qui t'accompagne de nous révéler l'emplacement du trésor. Ou je te jette en pâture à ces hommes. Toi, d'abord, puis le prêtre ensuite. Dis-le-lui !

Olxa se décomposa, épouvantée par le sadisme du châtiment. Lucas resserra son emprise sur sa nuque. Il percevait sous ses doigts les pulsations de sa prisonnière. Enfin, il allait se venger d'elle en l'humiliant comme elle l'avait humilié en lui préférant Juan.

–Dis-le-lui !

Tremblante, Olxa s'agenouilla près du Grand Prêtre. Celui-ci redressa les épaules avec courage. D'une voix blanche, elle lui apprit le sort qui les attendait s'ils se taisaient. Les traits émaciés de Tetzicatl se tendirent mais il resta impassible. Fermement, il lui souffla :

– Demande à ce que je sois livré en premier.

– Non !

– Je suis prêt à mourir, affirma-t-il. Prêt à offrir ma vie en sacrifice aux dieux. Ce sera un honneur. J'ai si souvent tué de mes mains les victimes des rituels, je vais rejoindre aujourd'hui ceux dont j'ai arraché le cœur. J'abreuverai les dieux de mon sang. Je leur donnerai l'énergie d'anéantir les barbares blancs.

– Non !

– Et bien, vous hésitez ? les interrompit Lucas. Peut-être prendrez-vous une décision si je rends mes menaces plus concrètes ? Soldats, cria-t-il à l'intention des militaires, je vous apporte la justice : vengez vos camarades sur ces Indiens que vous avez si bravement capturés !

D'une impulsion du plat de la main, il poussa Olxa en avant. Montejo fit rouler Tetzicatl à terre d'un coup de pied et se recula. Les hommes dégainèrent leurs épées et leurs pistolets. Avec des grognements et des gestes menaçants, ils cernèrent Tetzicatl et Olxa. L'un d'eux tenta de se saisir de la noble Maya, un autre de l'entourer de ses bras lourds mais elle réussit à esquiver. Ils se dirigèrent alors vers Tetzicatl, qui n'avait plus la force de se relever. Un Espagnol lui envoya un coup de botte dans la mâchoire, tandis qu'un autre empoignait avec cruauté ses cheveux et les coupait de sa rapière. Saisissant la tignasse qui lui restait, il exhiba son visage pour que les autres lui donnent des coups de poing. Olxa, horrifiée, ne put en supporter davantage. Elle courut vers Lucas et se jeta à ses pieds.

– Arrête ! Je t'en supplie, arrête ! Je... je sais comment accéder au trésor… je… je te dirai tout ce que tu veux savoir.

Lucas la contempla, à genoux devant lui, au bord de la panique. Comme elle était belle ! Enfin, elle lui cédait. Elle allait parler, lui révéler ce maudit trésor que Juan et elle avaient voulu lui cacher. Les richesses qu'il espérait depuis quinze ans seraient bientôt siennes.

– Arrêtez ! ordonna-t-il d'un ton sec aux soldats.

Il dut répéter son ordre tant la haine habitait les hommes. Malinche, vibrante, s'interposa entre eux :

– Avez-vous entendu le *señor* Lucas ? Laissez cet homme !

Les soldats la dévisagèrent, puis se retirèrent à contrecœur. Olxa, défaillante, fixait le corps sanguinolent de Tetzicatl. Le prêtre ne bougeait plus.

– Emmenez celui-là dans ma tente ! commanda Lucas.

– Je m'en occupe, déclara Malinche.

– Quant à toi, par ici ma jolie, ajouta Lucas à l'intention d'Olxa. Venez, Montejo !

L'*Adelantado* se rapprocha, les poings crispés par l'impatience.

– Alors, où se trouve ce trésor, païenne ?

– Je ne sais que ce que mon peuple se transmet depuis des siècles.

– Eh, bien, parle ! la pressa Montejo.

– Vous ne trouverez le trésor que si vous résolvez cette énigme…

Et elle récita les vers de la tablette de jade.

– À quoi penses-tu ? À Maman ?

Un étrange silence était tombé sur *Chichén Itzá*. Le soleil indiquait la mi-journée et toute la cité semblait figée, plongée dans une sorte de torpeur. Le vent bruissant dans les arbres faisait écho au souffle épuisé des combattants. Assis çà et là, les Indiens se reposaient, se réconfortaient mutuellement. Adossé à un tronc, Zinacantlán serrait Carmen contre lui. Non loin d'eux, allongé sur le dos, Juan avait sombré dans un sommeil proche de l'oubli.

Valerio se tenait debout près de son frère. Celui-ci fixait le vide pensivement, le menton appuyé sur les jointures de ses doigts.

– Oui... Enfin, pas seulement, reconnut-il en s'extrayant de sa méditation.

– Qu'est-ce qui te préoccupe ?

– Je pense à l'énigme de la tablette de jade. Si l'interprétation de mère est fausse alors, que signifie le message ?

– Je n'en ai aucune idée, avoua Valerio en haussant les épaules.

Il s'assit près de son frère et se remémora l'énigme apprise par cœur :

– « Quand le jour égalera la nuit
Le Serpent du Soleil de Chichén Itzá
Rampera vers Xibalba
Et révélera le secret enfoui
Des Mayas. » Quel étrange rébus !

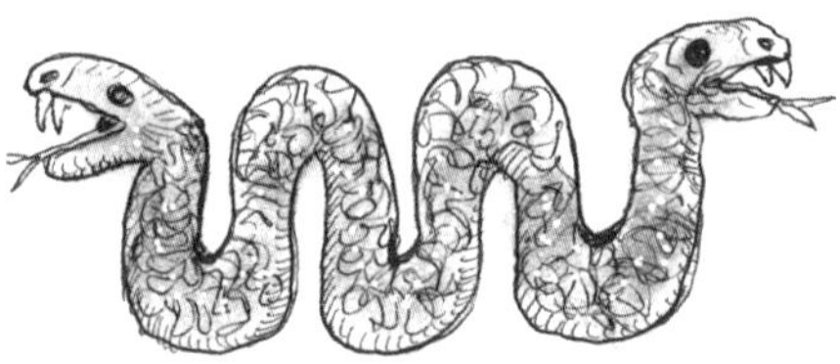

– Nous savons au moins ce que cachent les deux derniers vers : le secret des Mayas fait allusion sans doute à un trésor protégé depuis des siècles.

– Oui. D'autre part, ce trésor serait enterré, comme le précise le mot « enfoui ».

– Cela demeure très vaste. Une cache souterraine peut se trouver n'importe où…

– Te souviens-tu de ce que représente *Xibalba* ?

– C'est le monde des morts, gardé par un dieu terrifiant, *Ah Puch*. Un peu comme l'Enfer des chrétiens en somme… Selon Zinacantlán, c'est le neuvième niveau des mondes souterrains mayas.

– Cela colle avec notre hypothèse d'un trésor enterré. Mais comment pénétrer dans *Xibalba* ?

– L'énigme n'affirme pas que nous devons y entrer par nous-même. D'après le deuxième vers, c'est le *Serpent du Soleil de Chichén Itzá* qui nous guidera.

– Mais qui est ce serpent ? Un prêtre ? Un gardien ?

– Ou un dieu ? J'ai remarqué que beaucoup de statues de *Chichén Itzá* arborent une tête de serpent, mais avec un corps… ailé, comme un oiseau.

– Un serpent ailé ? Qu'est-ce que c'est que cela ?

– De quoi parlez-vous ?

Les jumeaux se retournèrent : Achua les dévisageaient, intrigué.

– Nous réfléchissons à l'énigme de la tablette de jade, expliqua Miguel.

– Je vous ai entendus la réciter, acquiesça le chef des pèlerins. Qu'en pensez-vous ?

– Nous ne savons pas très bien, confessa-t-il. Nous essayons de deviner son sens en analysant chaque vers. Mais pour dire vrai, cela ne nous avance guère. Ces statues qui parsèment *Chichén Itzá*, savez-vous quel dieu elles incarnent ?

– Notre dieu *Kukulkan*. C'est le dieu créateur, le dieu de la guerre. Il dominait à *Chichén Itzá* où la majorité de la noblesse appartenait à la classe guerrière.

– S'il occupait un rôle si important dans la ville, pourrait-il être lié à l'énigme ?

– Ce n'est pas impossible. Mais comment ?

– Je n'en ai pas la moindre idée. Les hommes ne peuvent pas voir les dieux. Et un être invisible ne peut pas nous aider.

– Les dieux communiquent avec notre monde grâce à des signes, répliqua Achua. Mais mes prières demeurent sans réponse pour l'instant. Les dieux grondent et les hommes se déchirent. Je vais voir votre père. Nous devons préparer la prochaine attaque.

Les jumeaux l'observèrent distraitement s'éloigner, absorbés par leur réflexion. Quels signes pouvaient envoyer les dieux païens ? À quel moment ?

– N'oublions pas le premier vers, rappela Valerio. *Quand le jour égalera la nuit …*

– Mère pensait qu'il s'agissait d'une référence au crépuscule et j'avoue avoir pensé exactement comme elle.

Juan s'était réveillé et s'entretenait gravement avec Achua. Il hochait la tête.

– Mais si cela ne renvoie pas au crépuscule, à quel autre instant le soleil égale-t-il la nuit ? s'interrogea Miguel.

Juan se leva. Il commença à rallier ses hommes, passant de groupe en groupe. Achua l'imitait auprès de ses propres guerriers.

– L'aube, peut-être ? suggéra Valerio.

– Non, je ne crois pas. Si le crépuscule ne correspond pas, je doute que la solution se résume à quelque chose d'aussi simple que l'aurore. Quand le soleil égale-t-il la nuit ?

Les Mayas se relevèrent un à un, une détermination farouche dans leur regard. Ils avaient une revanche à prendre, des blancs à chasser de leur cité. Ils ramassèrent leurs arcs, leurs flèches, leurs boucliers, ajoutèrent à cet attirail le poids d'un fusil, d'un pistolet. Depuis dix ans, Juan les initiait aux armes à feu. Il s'était servi de son propre fusil pour enseigner aux Indiens l'utilisation des balles, de la poudre. Il savait que l'heure venue, ils sauraient charger une arme.

Pendant que la majorité s'armait, les Indiens les plus audacieux s'étaient approchés des chevaux. La plupart d'entre eux ne connaissaient pas ces bêtes et n'étaient jamais monté dessus. L'un saisit une rêne et tira sur le mors : le cheval hennit et racla des sabots. L'Indien bondit en arrière, effrayé. Juan le rejoignit et le rassura. Les chevaux n'étaient pas de méchantes bêtes à condition de savoir s'y prendre. Il fallait monter à califourchon, tenir fermement les courroies pour le diriger. N'être ni violent ni brusque pour maintenir le cheval tranquille et rester en selle. Les guerriers opinaient du chef, concentrés sur les instructions données par leur chef.

Miguel et Valerio réfléchissaient toujours. Ils savaient que Juan n'accepterait pas davantage que l'autre fois qu'ils les accompagnent.

Les Mayas les plus courageux se lancèrent sur les chevaux. Ils saisirent les rênes, s'équilibrèrent, mirent les bêtes en confiance. Encouragés par la réussite de leurs frères, d'autres les imitèrent. Ils prirent de l'assurance, se familiarisèrent avec leurs nouveaux compagnons. Certains leur parlèrent, les remercièrent de les accueillir sur leur dos. Ils interprétaient l'arrivée de ces animaux comme un don divin destiné à les aider dans leur quête.

Zinacantlán s'était aperçu du branle-bas. Sans l'ombre d'une hésitation, il se leva pour rejoindre les guerriers. Carmen, soudainement délaissée, l'implora :

– Pourquoi repars-tu ? Ils sont suffisamment nombreux.

– Ma place est avec eux. J'appartiens à leur communauté, je dois me battre auprès de mes frères. Pense au Grand Prêtre et à Olxa ! Nous devons les libérer.

Carmen cilla. Même si elle n'en disait rien, elle pensait aux prisonniers. Elle connaissait la captivité, la peur et la soumission qui s'y attachent. Elle avait surtout songé à Olxa, frémissant à l'idée que les soldats de *Xaman-Ha* ne l'approchent. Elle priait pour qu'elle soit sauvée avant que les Espagnols ne la brutalisent.

Résignée, elle lâcha la main de Zinacantlán qui se hâta pour rattraper les autres guerriers. Elle l'observait s'armer quand une idée germa tout-à-coup dans son esprit.

– Attends ! le rappela-t-elle en courant vers les guerriers.

– Qu'y a-t-il ?

– Où est Juan ?

– Je suis là, répondit le chef de la résistance en s'approchant avec son cheval vers la jeune fille.

– J'ai… j'ai un plan pour libérer Olxa. Mais j'ai besoin de l'aide de Zinacantlán.

Brièvement, elle lui exposa sa stratégie.

– C'est trop dangereux, refusa Juan. Le risque est trop grand pour que je le permette. Et tu es encore blessée.

– Vos hommes ont subi des blessures durant le premier affrontement, pourtant ils retournent au combat ! riposta Carmen.

– C'est différent !

– Pourquoi ? Parce que je suis une femme ? Olxa s'est elle aussi jetée dans la bataille ! Elle n'a pas hésité à risquer sa vie. Pourquoi refusez-vous que j'agisse, que je vous aide ? Vous ne pouvez pas décider à ma place. Je suis libre, maintenant.

Juan dévisagea la jeune femme. Carmen soutint son regard. Elle ne ploierait pas. Sa volonté ne souffrait plus d'être contrée. L'ancien capitaine lut dans son expression qu'elle ne lui obéirait pas.

Le plan était téméraire mais pas irréalisable. Il hocha finalement la tête.

– D'accord ! Zinacantlán ira avec toi. Je me charge de la diversion.

Et Juan remonta la file des cavaliers pour donner le signal du départ. Sur sa droite, Achua menait les guerriers sans monture.

Brusquement Miguel se redressa, les yeux écarquillés, comme sous l’effet d’une révélation.

– J’ai trouvé ! s’exclama-t-il.

Chapitre 14

Le Serpent du Soleil de *Chichén Itzá*

Miguel bondit sur ses pieds. Il se précipita vers Achua qui était sur le point de quitter le campement.

– Achua ! le héla Miguel. Attends ! Je crois avoir décrypté l'énigme !

Le chef des pèlerins s'interrompit dans son élan. Miguel, haletant, le rejoignit :

– Y a-t-il un lieu à *Chichén Itzá* dédié au soleil ?

– Eh bien... réfléchit l'Indien, surpris. Oui, la Grande Pyramide. Ses dimensions se rapportent à des nombres astrologiques.

– C'est sûrement cela, réfléchit Miguel à haute-voix. Le monument le plus important de *Chichén Itzá*. Merci, chef ! lança-t-il en retournant chercher la tablette de jade.

– Vas-tu enfin m'expliquer ? s'énerva Valerio, le talonnant de près.

Miguel extirpa la tablette de la besace de Juan et la relut. C'était la seule solution.

– Te souviens-tu de ce que Juan et Tetzicatl calculaient pendant notre route vers *Chichén Itzá* ?

– Euh… non.

– L'équinoxe, ils ont prédit l'arrivée de l'équinoxe !

– L'équinoxe ?

– Oui ! Ne te rappelles-tu pas que nous avions remarqué que les jours rallongeaient sans cesse ? Les heures de soleil augmentent à cette période de l'année pour devenir plus importantes que celles de la nuit ! Mais il y a *un* jour, *un seul*, où le temps diurne égale le temps nocturne. Et ce jour, c'est l'équinoxe que père et le Grand Prêtre ont annoncé !

Brusquement, Valerio comprit. « *Quand le jour égalera la nuit* »... la solution de l'énigme. Miguel avait résolu le premier vers. Il demeura bouche bée.

– Es-tu sûr de ta solution ?

– En vois-tu une autre ?

– Mais pourquoi as-tu demandé à Achua si un lieu était consacré au soleil à *Chichén Itzá* ?

– Parce que j'ai aussi résolu le reste du mystère ! répondit Miguel, exalté. Regarde ! « *Le Serpent du Soleil de Chichén Itzá* » : le mot soleil ne complète pas le nom Serpent comme mère l'avait supposé. Non, c'est le Soleil de *Chichén Itzá* qui correspond à quelque chose ! Et le soleil de *Chichén Itzá*, c'est la grande pyramide !

– Fantastique…

– Le Serpent du Soleil de Chichen Itza… Rampera vers Xibalba…

– Et révélera le secret enfoui des Mayas », termina Valerio. Donc, si l'on suit cette logique, le jour de l'équinoxe, un Serpent descendant de la grande pyramide nous indiquera le chemin de *Xibalba*, le monde des morts, et nous révélera le secret du trésor des Mayas ?

– Exactement ! Il ne reste plus qu'à trouver ce serpent ! Il faudrait que nous accédions à la grande pyramide par un chemin détourné.

– Une seconde, comment pouvons-nous savoir quel jour exact se produira l'équinoxe ?

Miguel se mordit la lèvre. Il n'avait pas réfléchi à cela. Tetzicatl aurait su le prédire. Mais il était aux mains des Espagnols. Juan connaissait l'astronomie, il aurait pu le remplacer mais il était au combat. Comment savoir ? Miguel fouilla ses souvenirs, passa en revue toutes les discussions de son père et du Grand Prêtre. Brusquement, sa mémoire se focalisa sur une phrase.

– Quand nous sommes arrivés à *Chichén Itzá*, Tetzicatl a dit que l'équinoxe aurait lieu… le surlendemain ! se rappela-t-il.

– Le surlendemain, c'est-à-dire…

Il releva la tête vers son frère, muet de stupeur.

– … c'est-à-dire aujourd'hui ! réalisa Valerio, pris de court. L'équinoxe, c'est aujourd'hui ! Te souviens-tu de l'heure exacte ?

– Le grand Prêtre en avait parlé ! ... aux alentours de cinq heures, je crois…

Valerio croisa les mains pour former un compas de fortune et, mobilisant les connaissances de navigateur qu'il avait acquises auprès de Francisco, il calcula approximativement l'heure par rapport au soleil.

– Il est cinq heure moins dix !

– Une énigme ? souffla Lucas, abasourdi.

– Oui, confirma froidement Olxa.

– Qu'est-ce que cela signifie ? demanda Montejo.

– Je l'ignore. Je vous ai dit tout ce que je savais.

– Ce n'est pas assez ! répliqua l'*Adelantado* en la secouant par les épaules.

– Lâchez-la ! ordonna Lucas, en repoussant ses mains d'ours du buste de l'Indienne.

– Alerte ! Les Indiens reviennent à l'attaque !

Les deux Espagnols se retournèrent. Un soldat agitait frénétiquement les bras en direction du camp ; il pointa un doigt vers la forêt.

Montés sur les chevaux qu'ils leur avaient dérobés, les Mayas jaillirent hors des fourrés et galopèrent à bride abattue en direction des Espagnols.

– Reprenez votre défense ! commanda immédiatement Montejo. Lucas, restez-ici ! rappela-t-il à l'Espagnol. Je vais avoir besoin de vous. Nous ne sommes plus que cinq à posséder des chevaux, il faut défendre nos lignes !

– Je viens.

– Que faites-vous des prisonniers ? s'enquit Malinche.

– Ramenez la femme dans ma tente ! dicta Lucas, et surveillez-la ! Vous avez toujours votre pistolet ?

– Oui. Et l'homme ?

– Laissez-le où il est.

Lucas se détourna et partit sceller son cheval en compagnie de Montejo. Malinche le suivit du regard avec un rictus méprisant. Malgré l'interdiction de l'Espagnol, elle s'agenouilla près du prêtre immobile et le redressa. Olxa, encore sous le choc, se précipita pour lui prêter main-forte. En soulevant le corps maigre du blessé, le regard d'Olxa croisa celui de la femme aztèque :

– Pourquoi nous aides-tu ? l'interrogea-t-elle en maya.

Malinche l'observa avec acuité. Laconiquement, elle lui répondit :

– Je n'ai rien contre vous. Seul l'or m'intéresse.

Elles portèrent Tetzicatl en retrait du campement et retournèrent dans la tente de Lucas. Les troupes de Juan déferlèrent bientôt sur la poignée d'Espagnols. Les détonations se mêlèrent aux cavalcades et aux hurlements guerriers des Indiens.

Les sabots des chevaux martelaient le sol, l'air s'enfumait.

Pourtant Malinche ne songeait qu'à l'énigme. Elle décortiquait chaque vers, chaque mot en quête d'un sens plausible.

– As-tu déchiffré le sens de l'énigme ? demanda-t-elle à Olxa.

– Même si tel était le cas, penses-tu que je te le confierais ? ironisa celle-ci, le regard noir.

Valerio et Miguel sortirent des fourrés : la Grande Pyramide se dressait face à eux, aussi impressionnante que le premier jour. Véritable géant de pierre, elle s'échelonnait en terrasses rouges vers le ciel.

Au pied de sa large base carrée, un tumulte de fumée et d'êtres humains. Minuscules êtres vivants, les blancs et les Indiens s'engageaient dans une lutte bien dérisoire face à la majesté du temple de pierre.

Miguel étudia la bataille. Les nuages de fumée des armes à feu brouillaient la visibilité. Ils ne pouvaient s'aventurer dans ce maelström sans risquer d'être faits prisonniers par les Espagnols.

– Que fait-on ? demanda-t-il à son jumeau, de plus en plus angoissé à l'idée de l'heure qui tournait.

Valerio agitait les doigts nerveusement, observant tour à tour la bataille et la pyramide. Le soleil commençait à s'infléchir vers l'horizon : ses rayons tombaient sur les quatre faces de la pyramide.

– Il est cinq heures, souffla Miguel, au comble de la panique. C'est l'heure de l'équinoxe et nous ne sommes pas dans le temple.

– Miguel, regarde ! s'exclama brusquement Valerio.

Son frère pointait le doigt vers le versant nord de la pyramide. Miguel cligna des yeux. Ce n'était pas possible... Était-ce un mirage ? Une hallucination ? Non… non le phénomène était bien réel ! Face aux deux garçons médusés, un phénomène incroyable se produisait.

Sur l'escalier du versant nord, le soleil déclinait. Il n'éclairait plus la totalité de la façade. Une ombre se dessina alors le long de la rampe de l'escalier : fine au sommet de la pyramide, elle s'élargissait au fur et à mesure de sa descente vers le sol. Les marches du monument déformaient sa rectitude et lui donnaient un aspect... serpentiforme. Les jumeaux, bouche bée, ne la lâchaient plus des yeux. L'ombre s'allongea peu à peu, ondula vers la terre. Enfin, elle atteignit la base de la pyramide. À ce moment précis, la magie toute entière opéra : l'extrémité du corps sinueux de l'ombre coïncida parfaitement avec une imposante tête de serpent de pierre sculptée, tout en bas de l'escalier. L'ombre se joignit à la sculpture et révéla un *serpent géant :* Le dieu *Kukulkan. Le Serpent du Soleil de Chichén Itzá*.

Les jumeaux retinrent leur souffle, époustouflés.

– Le serpent de l'énigme, murmura Valerio, sidéré.

– Une ombre n'apparaissant qu'à l'équinoxe, approuva Miguel. Un calcul effectué par les Mayas lors de la construction de la pyramide. C'est prodigieux !

– Mais alors … c'est ce serpent qui doit nous indiquer la route du trésor ! s'exalta Valerio.

– Regarde ! La tête de pierre est levée vers le nord ! Vois-tu cette large allée qui s'ouvre au pied de l'escalier ? Elle prolonge le regard du serpent !

– Elle s'enfonce vers la forêt.

– Il ne reste qu'une chose à faire : la suivre !

Chapitre 15

« Les sorciers de la bouche du puits de l'eau »

Haletants, ils remontèrent l'allée en friche jusqu'à l'orée de la jungle. Là, moiteur et chaleur envahissaient tout. À travers la végétation luxuriante, ils distinguèrent un vague tracé qui prolongeait le chemin : ils s'y engagèrent. La forêt les assaillit aussitôt, comme pour leur barrer la route. Valerio dégaina son épée et trancha les lianes qui leur obstruaient le passage. Tant bien que mal, ils persévérèrent sur le minuscule sentier, bataillant contre le rempart de la nature. La luminosité commençait à baisser et tout virait au verdâtre et au noir.

À un moment donné, les deux frères crurent être parvenus à une clairière car le ciel leur apparut à découvert, dans le bleu crépusculaire précédant la nuit noire. Comme découpée dans la forêt de manière circulaire, une couronne d'arbres entourait une sorte de gouffre d'une cinquantaine de mètres de diamètre. Ils s'en approchèrent : ils n'en distinguaient pas le fond tellement c'était profond. Tout au fond, une eau bleu opaque remplissait le gigantesque trou.

Valerio mis sa main en visière et projeta son regard de l'autre côté, en face de lui. Il tenta d'y deviner la suite du sentier mais il ne perçut qu'une masse compacte de végétaux.

– Et c'est tout ? interrogea-t-il tout haut, déçu. Le Serpent de *Chichén Itzá* ne nous conduit qu'à un puits ?

– Un puits aux dimensions colossales, le corrigea son jumeau.

– Certes, mais à quoi cela nous avance-t-il ? L'énigme affirmait que le Serpent nous mènerait à *Xibalba*, au trésor ! s'énerva Valerio. Je ne vois rien de tout cela ici.

Mains sur les hanches, il se détourna de l'excavation en grommelant. Miguel demeura au bord de l'abîme, absorbé par la profondeur qui s'ouvrait sous lui. Il fronça les sourcils : pourquoi le serpent les avaient-ils dirigés ici ? Il existait forcément une raison à la présence de cette cavité, une raison liée au trésor. Quelque chose leur échappait. Un puits, un puits…

Un puits ! Miguel se redressa dans un sursaut :

– Valerio !

– Quoi ?

– Te souviens-tu de ce qu'Achua nous a dit à propos de la signification du nom de la cité, de *Chichén Itzá* ?

– Oui ! Cela signifie « *la bouche des puits des sorciers de l’eau* » !

– Du « puits », Valerio !

– Tu veux dire… de ce puits ?

– Exactement ! Il possède un caractère sacré aux yeux des Mayas, c’est pourquoi *Chichén Itzá* attire encore des pèlerins.

– Oui, je m’en souviens maintenant ! Il servait de sanctuaire : soit on y jetait des offrandes, soit on y sacrifiait des victimes aux dieux.

– Mais ce n’est pas tout, ajouta Miguel, le regard brillant. Relie maintenant cette anecdote à notre énigme !

– Que veux-tu dire ?

– Si les prêtres de *Chichén Itzá* précipitaient des victimes dans ce puits, c’est sans doute qu’ils pensaient communiquer directement avec le royaume des dieux, le royaume des morts, tu saisis ?

– Tu insinues… que les prêtres croyaient que les victimes rejoignaient *Xibalba* ?

– Parfaitement ! Si on suit ce mode de pensée, je parie que nous tenons la clé de l’énigme. Nous sommes face à ce puits parce qu’il représente le lieu de passage entre le monde des vivants et celui des défunts, le lieu où les victimes pouvaient être offertes aux dieux. Nous sommes devant l’entrée de *Xibalba* !

Médusé, Valerio se rapprocha du gouffre et l’explora avec un regard neuf.

– Le Serpent de *Chichén Itzá* nous a indiqué la porte de *Xibalba*.

– Oui ! Cela signifierait que le trésor se trouve quelque part autour du puits.

Valerio se pencha au bord du précipice.

– Et pourquoi pas **dans** le puits ?

– Comment ?

– Rappelle-toi que *Xibalba* est un royaume souterrain. Si tel est le cas, pourquoi le trésor ne se trouverait-il pas sous l'eau de ce puits ?

– Tu veux dire… qu'il nous faudrait plonger ?

– Précisément, opina-t-il avec conviction.

Il s'agenouilla sur le rebord et fixa l'eau insondable. Le trésor tant protégé par les Mayas gisait peut-être au fond, englouti depuis des siècles.

Valerio se déchaussa, retira sa chemise.

– Qu'est-ce que tu fais ? lui demanda son jumeau.

– J'y vais. Garde-moi ça ! dit-il en lui confiant son épée.

Il évalua la hauteur qui le séparait de l'eau : cinq mètres tout au plus. Il prit une grande inspiration, joignit les bras au-dessus de sa tête, gaina tout son corps et d'une vigoureuse impulsion des pieds, il plongea.

Miguel se précipita au bord du gouffre au moment où son frère s'enfonçait dans l'eau trouble. Des ondes circulaires se formèrent à l'endroit de sa chute. Valerio refit surface.

– Tout va bien ? lui cria Miguel.

– Oui !

– As-tu vu quelque chose ?

– Rien ! Ce puits est vraiment profond, je ne suis pas parvenu à en atteindre le fond !

– À combien estimes-tu la profondeur ?

– Au moins dix mètres, peut-être plus ! J'y retourne !

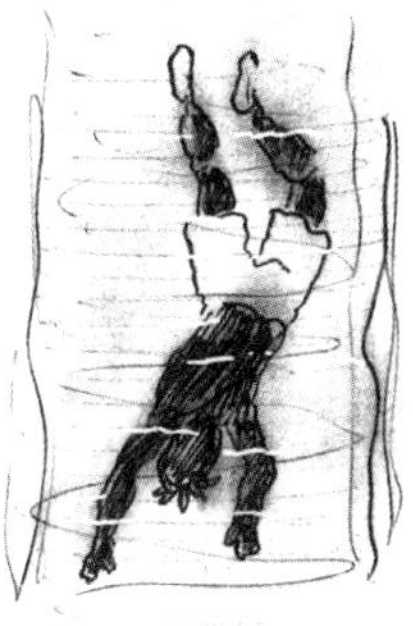

Valerio avala une grande goulée d'air et prenant son élan, il plongea à nouveau. Il s'enfonça vers les profondeurs. Ses yeux écarquillés tentaient de distinguer la ligne plane de la terre tapissant le fond du puits. Mais l'eau obscure lui brouillait la vue. Il avait la sensation irréelle de flotter dans un monde uniforme sans jamais progresser. Pis, la luminosité faiblissait à mesure qu'il descendait. L'air commença à lui manquer. Ses poumons compressés allaient exploser. Ses mouvements devenaient plus lents. Il devait remonter. Dépité, il culbuta sur lui-même pour regagner la surface.

– Alors ? entendit-il son frère lui crier.

– C'est impossible ! Je ne sais pas jusqu'où descend ce puits, je ne pourrai jamais en atteindre le fond !

– Il existe sûrement un moyen ! Les Mayas n'auraient pas conçu cette énigme si elle n'était pas réalisable !

– Je suis en train de me demander… si ce n'étaient pas les seuls sacrifiés qui pouvaient y parvenir… maugréa Valerio, essoufflé.

– Cela n'a pas de sens ! Dans ce cas, les prêtres n'auraient pas laissé d'indications aux vivants.

– Que tu crois ! Les Mayas sont plus fous avec leurs dieux que les chrétiens !

– Cela reste à prouver, marmonna Miguel. Essaye de descendre le long de la paroi ! Tu sentiras peut-être quelque chose, une inclinaison.

– D'accord, mais je ne te promets rien !

Valerio nagea jusqu'à la paroi, y colla son corps et, reprenant une profonde inspiration, plongea une troisième fois, une main plaquée sur la pierre. Il se laissa couler, les doigts sensibles au moindre ravinement ou changement de pente. Tout d'abord, il ne sentit que l'aspérité de la pierre. Il vida encore un peu plus ses poumons. Son corps s'alourdit et coula plus profondément. Brusquement, le calcaire s'arrêta et sa main flotta dans le vide.

Les yeux ouverts, il s'approcha. Une faille entaillait la paroi à cet endroit. Elle s'ouvrait sur une telle hauteur qu'elle laissait aisément passer un homme. Ce trou béant s'enfonçait là où la lumière ne filtrait plus. Peu rassuré mais déterminé, Valerio s'avança dans le boyau sombre. Il nagea en aveugle, dans l'obscurité la plus totale. Tout à coup, la faille parut s'élargir. Valerio tendit le bras à droite, à gauche : il ne sentait plus les parois qui délimitaient le canal. Il leva la main au-dessus de lui : le plafond de la galerie avait lui aussi disparu. Se trouvait-il dans une sorte de grotte subaquatique ? Avide de savoir jusqu'à quelle hauteur la cavité s'étendait, il battit des pieds vers le haut.

Il sursauta lorsqu'il sentit sa tête crever la surface de l'eau. L'air caressa sa peau. Mais aucune lumière. Le noir le plus complet. Stupéfait, il tourna sur lui-même. Incroyable ! Il se trouvait bien dans une grotte. Une grotte contenant une poche d'air qui lui permettait de respirer. Le clapotis de ses gestes résonnait autour de lui. Il se demanda quelles pouvaient être les dimensions de la grotte. Il nagea dans une direction, se disant en son for intérieur qu'une paroi l'arrêterait bien à un moment ou à un autre. Effectivement, il se heurta bientôt à de la rocaille, un peu plus brutalement qu'il ne l'aurait souhaité. Il étendit les bras le long de la pierre, les replongea dans l'eau. La noirceur totale commençait à l'oppresser. Il distingua soudain une faible lueur à quelque distance de lui. Elle brillait... sous l'eau. Intrigué et plein d'espoir, il nagea dans cette direction.

La lumière provenait bien d'un second boyau, lui aussi submergé. Il se demanda si ce conduit n'était pas celui qu'il venait d'emprunter pour parvenir à la grotte. Mais non, la lueur qui brillait de l'autre côté du boyau diffusait des teintes plus flamboyantes que celles de la lumière du jour. C'était inimaginable, un passage s'enfonçait plus loin encore. Et cette lumière ? Il devait en informer Miguel. Au prix de quelques difficultés, il retrouva la faille par laquelle il était entré. Après quelques tâtonnements, sa main retomba sur le vide du boyau. Reprenant une réserve d'air, il s'y engouffra et ressurgit dans le puits de *Chichén Itzá* où il remonta le plus vite possible à la surface.

Agenouillé au bord du gouffre, Miguel s'affolait. Où était Valerio ? Il l'attendait depuis un temps infini. Son frère n'avait plus donné signe de vie. S'était-il blessé ? S'était-il noyé ? Qui savait si des animaux féroces ne vivaient pas dans ces profondeurs ? Il se rongeait les sangs lorsqu'une tête brune jaillit hors de l'eau.

– Valerio ! Tu vas bien ? Comment as-tu tenu tout ce temps en apnée ? Je commençais à avoir très peur !

– Miguel, il faut absolument que tu viennes voir ça ! lui cria son jumeau. Il y a une faille dans la paroi du puits ! Elle mène à une grotte !

– Une grotte ?

– Oui ! Mais ce n'est pas le plus extraordinaire. Écoute, il y a un autre boyau à la suite et de la lumière qui brille de l'autre côté du conduit ! Je ne me suis pas aventuré jusque là-bas mais nous devons aller voir ! Peut-être le trésor se cache-t-il de l'autre côté !

Fébrile, Miguel retira à son tour ses sandales, sa chemise. D'un plongeon en piqué, il rejoignit son frère. Valerio nagea jusqu'à lui :

– Prêt ?

Zinacantlán et Carmen se faufilèrent sous le couvert des fourrés. L'Indien portait un arc en bandoulière et un pistolet ballottait, accroché à la ceinture de Carmen. De l'autre côté de la forêt qui les dissimulaient, se profilait la Grande Pyramide. Zinacantlán s'agenouilla derrière un buisson et s'approcha subrepticement de la lisère des bois. Au-delà s'étendait le campement des Espagnols. Son regard perçant fouilla les environs, à la recherche de la moindre présence. Carmen secoua la tête : personne. Juan avait bien œuvré. Sur les instructions de la jeune fille, il devait maintenir l'attention des Espagnols du côté nord de l'édifice. En effet, on voyait une colonne de fumée qui s'élevait au loin.

De leur poste d'observation, les jeunes gens apercevaient le vrac des tentes et le feu de camp éteint. Aucun mouvement, aucun bruit. Tous étaient partis au combat.

On remarquait deux tentes plus hautes et plus larges que les autres. Carmen pinça les lèvres, ce devaient être celles de Montejo et de Lucas.

– On n'entend rien, observa Zinacantlán à voix basse.

– Ils sont là, assura Carmen. Montejo et Lucas les gardent sûrement dans une tente. S'ils avaient été ligotés à l'extérieur, nous les verrions déjà.

– Je ne vois aucun soldat.

– Peut-être les surveillent-ils à l'intérieur…

– Bon, allons-y !

– Attends ! Tu te rappelles du plan ?

– Évidemment ! Viens ! la rassura-t-il en lui tendant la main.

Ils s'avancèrent et coururent jusqu'au campement. Un serpentin de fumée s'entortillait encore au-dessus du feu. Hormis cela, l'endroit semblait désert. Où étaient gardés les prisonniers ? Ils se dirigèrent jusqu'aux deux grandes tentes. Zinacantlán rampa jusqu'à la première, colla son oreille contre la toile. Il secoua la tête négativement. Carmen se dirigea vers la seconde. Elle s'accroupit, souleva la base de la toile et glissa un regard sous le tissu : des pieds chaussés apparurent juste à la hauteur de ses yeux. En sursautant, elle lâcha la toile et agita frénétiquement la main vers Zinacantlán. L'Indien s'approcha et colla à nouveau son oreille contre la toile. Oui, des hommes se trouvaient à l'intérieur. D'un regard entendu, ils exécutèrent le plan de Carmen.

Le jeune Maya tira une flèche de son carquois, l'encocha sur son arc et avança jusqu'à l'entrée. Carmen se posta à l'arrière de l'abri et tira le pistolet de sa ceinture.

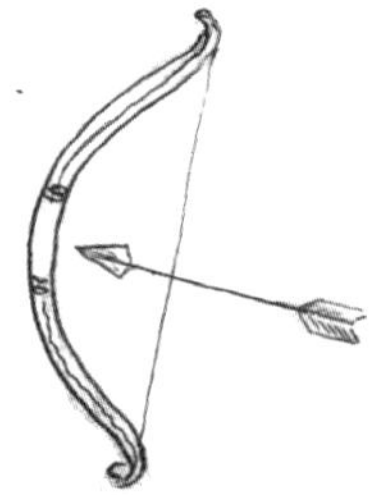

Poussant un cri aigu, Zinacantlán pénétra brusquement à l'intérieur de la tente. Il se retrouva face à une Indienne qu'il connaissait bien : Malinche. Assise dans un recoin de la pièce, Olxa sursauta. Zinacantlán aperçut le corps ensanglanté d'un homme appuyé contre elle. Malinche bondit en arrière et dégaina son pistolet. Elle recula lentement vers le fond de la tente mais, brusquement, Carmen se glissa à l'intérieur : l'Aztèque sentit le canon d'une arme à feu s'appuyer contre sa colonne vertébrale. Zinacantlán tendit la corde de son arc, prêt à décocher.

– Ne tirez pas ! dit Malinche, la bouche sèche.

Elle leva les bras en signe de reddition. Décontenancé, ni Zinacantlán ni Carmen ne baissèrent la garde. Était-ce une ruse ? Malinche avait déjà abusé le roi. Se jouait-elle encore d'eux ? Mais la femme aztèque laissa tomber son pistolet et le fit glisser loin d'elle en le poussant avec son pied. Zinacantlán fronça les sourcils :

– Que faites-vous ?

– Je me rends. Ne tirez pas !

– Je n'ai pas confiance en vous. Carmen, surveille-la !

La jeune fille poussa l'Indienne à l'écart et lui imposa l'immobilité de son pistolet. Zinacantlán se précipita vers Olxa et Tetzicatl.

– Nous sommes là, ne vous inquiétez pas ! Comment va-t-il ? demanda-t-il à Olxa en avisant l'état du Grand Prêtre.

– Mal, souffla-t-elle d'une voix étouffée. Il faut le sortir d'ici.

La jeune femme saisit un bras du blessé et le passa au-dessus de ses épaules tandis que Zinacantlán le soutenait de l'autre côté. Ils se redressèrent, soutenant Tetzicatl. Le jeune Maya dévisagea Malinche. Il ne comprenait pas son geste. Pourquoi capitulait-elle ? Mais le regard impénétrable de l'interprète ne lui délivra aucune réponse.

– Vous allez nous laisser sortir, commanda-t-il à l'Indienne. Puis vous attendrez un bon moment avant d'avertir Lucas et Montejo que les prisonniers se sont échappés.

– Zinacantlán, pars devant ! décida Carmen. Quant à vous, ajouta-t-elle à l'intention de Malinche, si vous tentez de sortir de cette tente, de voir où nous fuyons, je tirerai.

Zinacantlán et Olxa, soutenant le prêtre, s'enfuirent vers la forêt. Quand Carmen fut certaine qu'ils étaient hors de vue, elle se pencha, tenant toujours l'Aztèque en joue et ramassa le pistolet qu'elle avait laissé à terre. Elle recula sans baisser sa garde, jusqu'à ce qu'elle parvienne à l'entrée de la tente. Malinche la fixait sans bouger, de ce regard pénétrant et insaisissable.

– Pourquoi as-tu rejoint ces sauvages, Carmen ? l'interrogea-t-elle.

– Et vous, pourquoi avez-vous rejoint les blancs ?

Sans attendre de réponse, elle quitta la tente et gagna la forêt. Restée seule, Malinche demeura immobile, impassible.

Chapitre 16

Le secret des Mayas

— Miguel, ça va ? entendit-il son frère lui demander d'une voix caverneuse.

– Oui, ça va ! acquiesça-t-il haletant.

Leurs voix ricochaient de manière sépulcrale contre les parois qu'ils ne voyaient pas. Valerio avait retrouvé la faille du puits de *Chichén Itzá*, et, guidant son jumeau le long du boyau, ils avaient tous les deux émergé dans la grotte obscure. Miguel inspira un air aussi noir que l'eau et la grotte qui l'entourait. Il aurait tout aussi bien pu être dans une tombe.

– C'est incroyable ! murmura-t-il. Nous sommes... dans une grotte ?

– Oui ! Nous avons de la chance qu'elle contienne une poche d'air. Viens !

– Où es-tu ?

– Là, tâtonna-t-il avant de l'attraper par le bras. Ne me lâche pas et cale tes mouvements sur les miens !

Valerio nagea dans la direction où il avait aperçu la lumière la première fois. Miguel frissonnait, effrayé par le noir dans lequel ils évoluaient. Enfin, la lumière apparut, minuscule tache déformée par l'eau. Elle ressemblait à un soleil noyé.

– Je la vois, souffla Miguel en lâchant son jumeau.

Il s'approcha, fasciné : cette lumière naissant de l'eau, semblait irréelle. Il releva la tête et distingua avec soulagement les contours ombrés de son jumeau. Le découvrir près de lui le rassurait.

– C'est magique, tu ne trouves pas ? lui murmura-t-il.

– Oui… comme si le feu pouvait vaincre l'eau. La lueur brille de l'autre côté du boyau. Si nous le remontons, nous saurons d'où elle provient.

– Alors, allons-y !

Ils s'enfoncèrent à nouveau dans l'eau. Au fur et à mesure qu'ils progressaient, la clarté s'amplifiait. À un moment donné, ils furent comme aveuglés et le conduit s'élargit.Ils nagèrent énergiquement pour remonter à la surface. Leurs visages jaillirent du puits, la lumière les aveugla. Une fois leurs yeux accoutumés à la clarté, ils virent que la lumière provenait de torches accrochées sur le pourtour d'une grotte circulaire. Du côté opposé à celui où ils se trouvaient, apparaissait une galerie éclairée elle aussi. L'endroit était parfaitement silencieux. Il en émanait un sentiment de sacré. C'était comme si le temps n'y avait pas de prise. Le lieu semblait si immobile

qu'on doutait que des hommes soient parvenus jusque-là. Avaient-ils atteint *Xibalba*, l'enfer des Mayas ? Les torches paraissaient s'être embrasées d'elles-mêmes et brûler ici depuis la nuit des temps. Valerio et Miguel, envoûtés par la magie du lieu, restèrent un instant interdits.

Ils finirent par se ressaisir et s'approchèrent de la rive. Leurs orteils effleurèrent un fond granuleux : ils avaient pied. Ils remontèrent la langue de pierre et lancèrent un regard vers la galerie qui continuait dans la roche. Valerio passa la main sur les murs qui n'écorchèrent pas sa peau, n'y laissant qu'une traînée crayeuse. Apparemment, les parois avaient été polies.

– Qui a bien pu apporter ces flambeaux et creuser ce souterrain ? souffla-t-il.

Miguel secoua la tête. Ils s'engagèrent dans la galerie. Leur ombre se rétrécissait à chaque fois qu'ils passaient sous une torche, pour grandir à nouveau jusqu'à la suivante, comme un fantôme collé à leurs pas humides. Un courant d'air traversa soudain le conduit, faisant frissonner les adolescents encore trempés. Une clarté plus vive signala la fin du tunnel. Quel secret, quel trésor découvriraient-ils au-delà de cette trouée de lumière ? Ils avancèrent, la respiration suspendue, et étouffèrent un murmure d'émerveillement.

L'immensité de la grotte dans laquelle ils venaient de pénétrer les stupéfia.

Un dôme de pierre colossal s'arc-boutait au-dessus d'eux, son diamètre était aussi large que le cratère d'un volcan. Au premier coup d'œil, l'imposante coupole paraissait avoir été creusée par l'érosion. Mais une observation plus fine révéla aux jumeaux le prodige architectural qui les dominait. La paroi ne présentait pas l'irrégularité du calcaire. Le minéral qui la composait avait une surface parfaitement polie, sans la moindre imperfection, d'un noir plus profond que la nuit. Il luisait d'un éclat particulier, propre aux pierres précieuses. Les jumeaux le reconnurent avec ébahissement.

– C'est… commença Valerio, incrédule.

– ... de l'obsidienne, acheva Miguel en avalant sa salive. La pierre avec laquelle les Mayas confectionnaient leurs outils, leurs armes et leurs objets rituels.

– Fantastique ! La coupole est d'obsidienne, de la base au sommet !

Plus que ce chef-d'œuvre, c'est la fonction extraordinaire du dôme qui les impressionna le plus. Loin d'être simplement ornemental, le dôme appartenait en réalité aux rouages d'un mécanisme qui termina de les stupéfier. La coupole irradiait la lumière grâce à un procédé audacieux. Au sommet du dôme, plusieurs mètres au-dessus du sol, un puits de forme évasé perçait la coquille d'obsidienne : ses parois étaient tapissées du même minéral et la lumière extérieure pénétrait par cette ouverture. À cet instant précis, elle déversait la flamboyance du coucher du soleil. Quand les rayons solaires touchaient les parois du puits, l'obsidienne jouait le rôle d'un miroir et réfléchissait la lumière en la projetant sur toutes les parois intérieures du dôme qui, à leur tour, les renvoyaient vers le centre de l'immense grotte.

Sous le dôme, il y avait une véritable ville. Une petite pyramide, qui semblait davantage avoir été ciselée par des orfèvres que par des sculpteurs s'élevait en son centre et dominait le reste de la ville. Les escaliers qui y menaient brillaient d'un bleu turquoise et étaient décorés de figures divines incrustées d'obsidienne. À son sommet, le temple se paraît d'un fronton vert émeraude sur lequel se découpaient des motifs rouge sang.

Des maisons claires entouraient le temple lui formant comme des couronnes successives. À la périphérie du village, s'étalaient des terres agricoles avec des habitations plus petites.

La diversité des cultures époustoufla les visiteurs : des épis de maïs se balançaient doucement au gré du vent, des tomates rondes et bien rouges jetaient des taches de couleur tandis que des plants aux feuilles plus larges laissaient deviner la forme oblongue des courges.

Une rivière entourait la cité et des canalisations déviaient l'eau vers les cultures.

Miguel remarqua avec surprise des animaux : des dindons, des canards et des lapins qui gambadaient en toute liberté entre les herbes.

Un instant, les jumeaux crurent qu'ils avaient atteint l'Eldorado, la cité mythique tant recherchée par les Espagnols. Puis la nuit éteignit les dernières lueurs du jour. Dans les rues,

des flambeaux s'allumèrent. Valerio et Miguel distinguèrent alors les habitants de cette ville extraordinaire.

Près d'un puits, une femme remontait un seau à l'aide d'une poulie : elle avait le teint mat des Mayas et portait des vêtements semblables aux femmes de *Tulum,* avec toutefois davantage de couleurs. À ses pieds couraient deux jeunes enfants complètement nus. Ils aperçurent aussi des hommes vêtus de pagnes orangés, rouges ou verts qui ramenaient des épis de maïs dans des paniers d'osier. Des bijoux de jade décoraient leur poitrail, leurs poignets et leurs oreilles.

Valerio cligna des paupières pour se convaincre qu'il ne rêvait pas. Miguel ne lâchait pas la cité du regard, subjugué par sa splendeur. Une cité souterraine, éclairée par une immense voûte d'encre qui réverbérait la lumière blanche du soleil.

– Le secret des Mayas, souffla Valerio.

– Oui, acquiesça Miguel dans un souffle. C'est incroyable ! Tu as vu comme cette cité est belle ?

– On croirait une ville de légende.

– Mais pourquoi ? Pourquoi ces hommes et ces femmes sont-ils venus ici ?

– Nous devons aller les voir.

Ils descendirent en direction de la cité. Tandis qu'ils approchaient des rues, Valerio regretta d'être si peu présentable pour des gens si bien vêtus. Il était torse et pieds nus et son pantalon n'avait même pas terminé de sécher. Ils parvinrent aux premières rues qui étaient entièrement pavées.

– Là ! Il y a du monde, indiqua Miguel.

Il pointait du doigt une maison devant laquelle des enfants jouaient autour de leur mère ; celle-ci discutait avec une autre femme. Intimidés, ils s'avancèrent en direction du petit groupe.

Le premier à les repérer fut un petit garçon de cinq ou six ans. Ses yeux s'écarquillèrent en apercevant les étrangers. Frémissant, il secoua le bras de sa grande sœur, une fillette vêtue d'une robe orangée. Elle se retourna et vit à son tour les jumeaux. Tout comme son frère, son regard s'agrandit.

– *Kukulkan* ! s'exclama-t-elle, les lèvres tremblantes.

Elle avait parlé maya. Tous les autres enfants firent volte-face vers les inconnus. Les mères avaient interrompu leurs conversations et les fixaient de ce même regard interdit. Les adolescents échangèrent un regard, atterrés : pourquoi produisaient-ils un tel effet ? Miguel esquissa un geste dans leur direction :

– Bonsoir, les salua-t-il en maya.

Voyant que les enfants ne bougeaient pas, que leurs mères demeuraient muettes, il leur tendit la main en signe d'amitié. Le petit qui les avait vus le premier se cacha derrière sa sœur, les femmes reculèrent.

– Nous ne vous voulons aucun mal, tenta de les rassurer Miguel, complètement déstabilisé.

Son argument n'eut aucun effet, sinon d'effrayer plus encore les habitants qui rentrèrent à la hâte dans leur maisons.

– Mais... revenez ! les rappela Miguel.

Son cri ne rencontra que le vide.

– Qu'est-ce ce qui leur prend ? demanda Valerio, tout aussi décontenancé.

– Je ne sais pas. Marchons plus loin.

Ils progressèrent de quelques rues avant d'aviser un nouveau groupe d'hommes en pleine discussion.

– S'il vous plaît ? les héla Valerio.

Les hommes tournèrent la tête et réagirent exactement de la même manière : leurs épaules se contractèrent de frayeur et ils partirent en courant vers leur logis.

- Non, attendez !

Valerio courut, tenta d'en retenir un. Le dernier qui avait tardé à partir prit ses jambes à son cou et détala comme si sa vie en dépendait, le regard paniqué. Valerio le suivit. L'homme, dans son affolement, buta sur un pavé et s'écroula. Le panier de maïs qu'il portait roula à terre.

– Vous allez bien ? s'inquiéta Valerio en le rejoignant. Je suis désolé, je n'ai pas voulu vous effrayer.

L'homme, haletant, le regardait avec des yeux exorbités. Il ramassa son panier de maïs, retira ses bijoux et offrit le tout à Valerio :

– Oh, non merci, vous pouvez les garder.

Ne sachant plus que faire, le pauvre homme abandonna les denrées et les parures et s'enfuit. Valerio, désemparé, ne tenta pas de le rattraper cette fois. Il ramassa le panier et y déposa les bracelets d'or.

– Miguel, qu'avons-nous fait ? se lamenta-t-il, désespéré.

– Allons à la pyramide ! Peut-être que le chef de cette ville se montrera plus ouvert que les autres, avança son frère, pas vraiment convaincu.

Ils traversèrent les ruelles pavées qui serpentaient jusqu'au centre de la ville. Même s'ils ne rencontrèrent plus personne, un murmure constant les accompagna jusqu'à la pyramide.

Quand ils arrivèrent au pied du temple aux couleurs vives, ils retinrent leur souffle.

Au sommet de l'édifice, devant la porte du temple, se dressait un homme inspirant le respect. Le temps avait raviné son visage de rides. Des sandales bleu pâle chaussaient ses pieds tandis qu'un long pagne violet décoré de visages de dieux lui descendait jusqu'aux genoux. Les pans torsadés d'une ceinture représentant un fauve retombait majestueusement sur son vêtement. Enfin, un col jaune couvrait sa poitrine. Comme les autres hommes qu'ils avaient aperçus, il portait des bracelets en or et des boucles d'oreilles pendaient à ses lobes. Sa chevelure d'ébène disparaissait sous une coiffe figurant une tête de jaguar ; une gerbe de plumes de quetzal parachevait son panache en retombant avec élégance sur ses cheveux.

L'homme descendit l'escalier qui desservait le temple pour venir à leur rencontre. Les jumeaux ne savaient pas quelle attitude adopter. Devaient-ils se prosterner ? Remercier l'homme de son accueil ? Se taire ? Avant qu'ils ne prennent une décision, le chef était parvenu au bas des marches. Il s'inclina avec respect devant eux. Miguel et Valerio se regardèrent, intrigués. Qu'avaient-ils donc fait pour susciter un tel accueil ? Voir cet homme si noble et si digne s'abaisser à leurs genoux insupporta Miguel. Il se dirigea vers lui et le redressa d'une main douce :

– Relevez-vous, je vous en prie. Nous ne méritons pas de tels honneurs.

– Vous méritez bien plus, seigneurs, répliqua le vieil homme d'une voix chaleureuse et éraillée. Mais je me relèverai si vous le désirez.

– Quel est votre nom ?

– Ezolt. Je suis le roi de cette cité, pour vous servir, seigneurs.

– Pourquoi nous nommez-vous seigneurs ?

– Car c'est ainsi que l'on doit vous appeler. On a annoncé votre venue, depuis longtemps.

– Qui cela, on ?

– Les prêtres, les scribes... Tous disent que le jour où le dieu *Kukulkan* reviendra sur la terre, nous devrons l'accueillir, le vénérer et lui donner le nom de seigneur. Si *Kukulkan* a choisi de se réincarner en deux êtres, nous respectons sa volonté et nous vous recevrons avec tout le respect que nous vous devons.

– *Kukulkan* ? Vous pensez que nous sommes une réincarnation du dieu *Kukulkan* ?

– Il ne peut en être autrement. Vous arborez sa peau blanche, vous survenez à l'équinoxe, jour dédié à *Kukulkan*. Nous avons tant attendu votre venue, seigneurs.

Miguel demeura muet de stupeur. Cet homme les prenait pour des dieux. Toute la cité croyait au retour du dieu *Kukulkan*, la divinité à la peau pâle que les Mayas espéraient encore. Brièvement, il se rappela qu'ils avaient déjà été l'objet d'une telle méprise à *Tulum*. Les habitants pensaient eux aussi qu'ils incarnaient une nouvelle forme du serpent à plumes, avant de comprendre qu'ils n'étaient que des hommes comme les autres.

Olxa lui avait raconté la légende de *Kukulkan* : dieu civilisateur, il avait enseigné les sciences, l'agriculture, l'écriture et les arts aux Mayas. Son œuvre achevée, il était parti vers la mer de l'est, en promettant de revenir un jour. Depuis, les Mayas attendaient ardemment son retour. *Kukulkan* était également lié à *Xibalba* car il appartenait aux dieux de la guerre, comme l'effrayant dieu des enfers *Ah Puch*.

– Vous vous trompez, répéta-t-il au roi. Nous ne sommes pas une réincarnation du dieu *Kukulkan*. Nous sommes des mortels et nous venons en paix.

– Que dis-tu ? Cela est impossible.

Miguel se mordit la lèvre. Comment prouver au chef leur mortalité ? Il se rappela soudain une explication de Juan à propos des sacrifices : si les Mayas offraient le cœur de leurs victimes aux divinités, c'est parce celles-ci ne saignaient pas et qu'elles buvaient le sang humain comme un breuvage régénérant. Il porta une main à sa taille et pesta intérieurement : il avait laissé son épée à la surface. S'emparant d'une pierre pointue gisant au sol, il s'en griffa le poignet : le sang apparut, ruisselant sur sa peau.

– Voyez, dit-il en tendant son bras au roi. Je ne suis pas un dieu. Je suis un homme, comme vous.

Haletant, il attendit la réaction du chef. Celui-ci fixa un instant le filet rougeoyant, puis releva les yeux : Miguel y lut la déception de celui qui voit ses espérances brisées. Le dieu qu'Ezolt espérait n'était qu'un homme. Il hocha la tête et sourit, comme pour s'excuser de sa méprise. Miguel trouva que ce sourire l'humanisait, lui donnait des traits d'un bon grand-père. Homme face à des hommes, Ezolt recouvrit toute sa dignité.

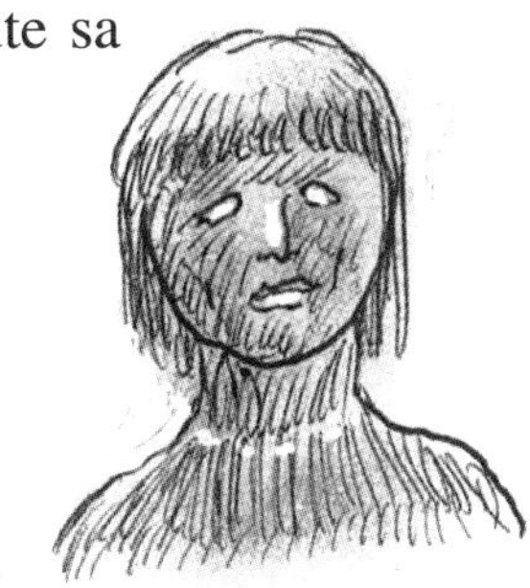

– Acceptez les excuses d'un roi et d'un vieillard dont la vue perd de son acuité, dit-il. Soyez les bienvenus dans ma cité, qui que vous soyez. Venez ! les invita-t-il en s'engageant sur les marches de la pyramide.

Le roi les fit pénétrer dans le temple, dont les murs étaient couverts de fresques plus vives encore que celles qu'ils avaient admirées à *Tulum*. Ezolt s'assit sur un fauteuil de pierre. Le trône était encadré par deux sculptures : l'une représentait un jaguar aux yeux d'obsidienne, tandis que l'autre incarnait *Kukulkan*, le serpent ailé.

– Asseyez-vous !

Les jumeaux croisèrent leurs jambes en tailleur devant le roi.

– Si j'avais su qu'il existait des hommes à la peau blanche ! Qui êtes-vous ?

– Je m'appelle Miguel et voici mon frère Valerio.

– Vous êtes bien jeunes. Comment avez-vous découvert notre cité, si vous n'êtes que des hommes ?

La voix d'Ezolt ne recelait aucune agressivité ; seule la curiosité animait le souverain. Il cherchait à comprendre comment ces étrangers si semblables à des dieux, étaient arrivés jusque là.

– Grâce à une tablette de jade que nous avons trouvée dans un temple de *Chichén Itzá*, expliqua Valerio.

– Vous êtes allés à *Chichén Itzá* ? N'est-elle pas en ruines ?

– Si.

– Dans ce cas, quel but poursuiviez-vous ?

Les jumeaux échangèrent un regard.

– Nous cherchons le trésor des Mayas, répondit Miguel. Nous pensions le retrouver en résolvant l'énigme de la tablette de jade.

Ezolt sourit, d'un sourire de sage.

– Ainsi, vous cherchiez le trésor...

– Savez-vous quelque chose à ce propos ? le questionna Valerio.

Le regard du roi devint rêveur :

– Ah, le trésor ! La réponse est simple, peut-être trop pour vous, jeunes gens : c'est cette ville qui est notre trésor. Les hommes et les femmes qui y vivent, les cultures prospères, l'eau abondante. Tout cela créé le seul trésor qu'un homme doit rechercher.

Les deux frères demeurèrent silencieux en entendant les paroles du souverain. Miguel repensa à l'image idyllique de la cité souterraine. Il revit l'eau qui coulait en abondance, les légumes appétissants, les rires des enfants, la splendeur de l'architecture.

Alors, il se rendit compte qu'il avait déjà trouvé maintes fois le trésor qu'il cherchait : il avait connu le bonheur pendant sa vie de pirate, quand il avait retrouvé sa mère, son père, quand il avait rencontré Pamitl. Il sourit. Oui, tout cela c'était un trésor, son trésor.

– Mais, ajouta malicieusement le souverain, tirant les jumeaux de leur rêverie, il se peut que nous conservions également ici de véritables richesses. Suivez-moi !

Quittant son trône, Ezolt se dirigea vers une porte dans le fond du temple. Une peau de jaguar la couvrait et sur son linteau on découvrait une sculpture du serpent à plumes. Le roi écarta le pan de fourrure. Avec amusement, il invita ses visiteurs :

– Par ici, jeunes gens !

Valerio et Miguel s'avancèrent pour pénétrer dans la salle.

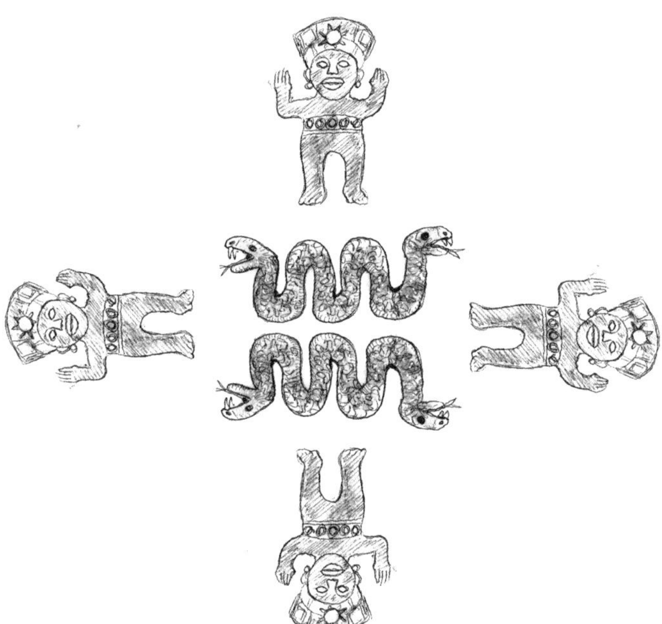

Chapitre 17

Le trésor de *Chichén Itzá*

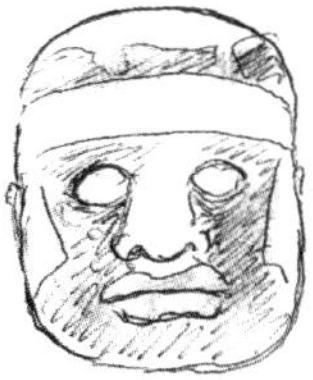

Ezolt enflamma la torche située à l'entrée. Aussitôt, un cercle de feu illumina la pièce.

Et le trésor se livra. Des colonnes gravées, sculptées et diaprées de couleurs vives s'élevaient devant les portraits de *Kukulkan* et de seigneurs aux coiffes de colibri. Les visages de sable murmuraient des légendes ancestrales. Le corps reptilien d'une colonnade embrassait le sol, sa tête de serpent déroulant une longue langue. Au pied de ce dangereux prédateur, des cruches au cou d'oiseau semblaient sur le point de prendre leur envol. Des masques de jade incrustés d'obsidienne les fixaient impassiblement tandis que des idoles assises comptaient les bijoux de platine, de turquoise et d'or qui s'alignaient sur des étoles chatoyantes.

Valerio, étourdi par la splendeur du spectacle, s'agenouilla. Des parures jonchaient le sol. Il caressa les plumes blanches et orange des perroquets, effleura les étoffes aux senteurs végétales. Des sandales finement tressées semblaient chercher un

propriétaire pour enfin pouvoir fouler le sol. Des voiles et des *huipils* composaient un véritable défilé de couleurs. Les arts de la guerre n'étaient pas oubliés : de magnifiques boucliers ronds taillés à l'effigie d'un dieu reposaient à côté de flèches empennées de plumes et aux pointes d'obsidienne.

Miguel s'avança à son tour, attiré par un autre recoin de la pièce : celui où se serraient des manuscrits. Il en saisit un, plié en éventail : des illustrations mettaient en scène les effrayantes divinités mayas, au regard impitoyable, à la langue acérée et au nez percé de tiges d'or. Ses doigts errèrent sur le sol en même temps qu'il tourna les pages : il effleura des coquilles nacrées, des colliers sertis d'or et de jade.

Les jumeaux se redressèrent, émerveillés, fascinés, comme hypnotisés. Ils embrassèrent du regard ce trésor digne de la légendaire cité d'Eldorado.

– C'est... c'est... splendide... ! balbutia Miguel en s'adressant au roi.

– Toutes les offrandes jetées dans le puits de *Chichén Itzá* durant des siècles reposent ici, ainsi que celles que les habitants de cette ville continuent d'offrir aux dieux, expliqua le souverain. Les richesses sont apportées dans le temple sacré, sanctuaire où les dieux peuvent descendre du Ciel et se servir à leur convenance. Peut-être avez-vous réellement une ascendance divine, finalement...

– Pourquoi dites-vous cela ?

– Seuls les dieux adorent ces trésors. Nous, les hommes, nous les leur offrons en échange de leur protection, afin qu'ils préservent notre tranquillité, notre bonheur.

– Mais pourquoi êtes-vous venus ici, vous et votre peuple ? N'êtes-vous pas les descendants des habitants de *Chichén Itzá* ?

– Tu as bien deviné, mon garçon. Nous descendons de ceux qui ont fui la cité il y a fort longtemps.

– Pourquoi avoir abandonné une ville si magnifique ? *Chichén Itzá* resplendissait. Pourquoi vous êtes-vous enterrés dans cette grotte ?

– Vous êtes des étrangers, n'est-ce pas ? devina Ezolt avec un sourire désabusé. Vous ne connaissez pas les Mayas, ni les rivalités qui opposaient les différentes cités entre elles.

Le roi quitta la salle et sortit du temple. Valerio et Miguel, non sans un dernier regard vers le merveilleux trésor, le suivirent.

Ezolt se tenait au sommet de la pyramide ; les deux frères s'en approchèrent. De ce point de vue, ils dominaient toute la cité. Le puits qui permettait l'entrée de la lumière solaire ne diffusait plus aucune clarté. Dehors, la nuit était tombée. Une myriade de torches illuminait les rues, enflammant de leur éclat les maisons de craie. Les habitants étaient maintenant tous dehors et profitaient de la tiédeur du soir. Des enfants grignotaient des galettes de maïs, d'autres jouaient avec des dindons. Une femme assise devant un métier à tisser créait une couverture aux coloris joyeux tandis que des hommes bavardaient à la lumière d'un flambeau. Un jeune artiste présentait son travail à un compagnon avec enthousiasme. Nulle part les jumeaux n'aperçurent de guerriers. La sérénité régnait dans chaque rue, entre chaque épi de maïs, sur le visage de chaque Indien.

Le roi contemplait sa cité avec bienveillance et fierté.

– Voyez ces hommes et ces femmes, ils sont heureux. Ils ne connaîtront jamais la guerre. C'est ce trésor que nous voulions en nous installant ici.

Les adolescents demeurèrent silencieux, captivés par l'atmosphère de la ville. Le roi soupira et d'une voix grave, il raconta :

– Jadis, les cités-États mayas se vouaient une perpétuelle rivalité, de sorte que nous étions toujours en guerre contre nos voisins. *Chichén Itzá* était très souvent la cible d'une ville appelée *Mayapán*, où s'étaient rassemblés tous les opposants au pouvoir des Itzás. Les soldats de *Mayapán* capturaient nos guerriers pour les offrir en sacrifice à leurs dieux et nous faisions de même quand nous faisions prisonniers leurs guerriers. Nous alimentions sans cesse le cercle vicieux de la vengeance car nous voulions assouvir notre autorité et eux, la leur. C'était une guerre sans fin.

Et puis, un jour, *Mayapán* écrasa définitivement l'armée des *Itzás*. Elle instaura une administration centralisée qui acheva d'anéantir la splendeur et l'influence de notre cité. La prospérité de *Chichén Itzá*, toute l'importance culturelle et guerrière qu'elle avait autrefois incarnée sombra dans l'oubli. Nous étions condamnés à nous plier à la domination de *Mayapán* et à lui livrer le comptant d'esclaves et de victimes qu'elle exigeait pour ses sacrifices. Les dirigeants de *Mayapán* réclamèrent également de jeunes garçons pour les enrôler dans d'autres guerres, contre d'autres cités.

Mais le roi de *Chichén Itzá*, mon ancêtre, refusa de vouer ses hommes à la mort et au déshonneur. La guerre avait duré trop longtemps. Elle avait fait trop de victimes, trop d'esclaves. Nous ne voulions plus de bataille, ni de conflit. Nous voulions la paix. Un ancien prisonnier qui avait été projeté dans le puits de *Chichén Itzá* avait survécu en s'abritant dans la grotte, celle où vous avez vu qu'on pouvait respirer. Il parla de sa découverte au roi, qui fit explorer la cavité. C'est ainsi qu'il découvrit cet immense espace souterrain, propre à l'établissement d'une ville. Les survivants de *Chichén Itzá* n'étaient plus qu'une poignée. Il fit creuser un autre tunnel permettant d'accéder facilement à la grotte et il y érigea cette cité.

– Il y a donc un autre accès à la ville ?

– Oui, il débouche dans le temple où gît le dernier Grand Prêtre de *Chichén Itzá*. C'est dans sa tombe que le roi a placé la tablette de jade gardant le secret de la disparition des habitants de la ville. Comment l'avez-vous retrouvée ?

– Par le plus grand des hasards.

– Le roi voulait à jamais enfouir notre secret. Les *Itzás* allaient s'effacer de la surface pour habiter un monde à mi-chemin entre les dieux et les hommes, entre la terre et *Xibalba*. Seuls quelques prêtres eurent la charge de conserver dans la mémoire d'une poignée d'élus l'existence de notre cité.

– Sans doute les ancêtres d'Olxa et de Tetzicatl connurent-ils le secret de cette manière, comprit Valerio.

– D'autre part, le roi avait conscience que nous ne survivrions pas si *Kin*, le soleil, ne nous apportait pas son soutien. C'est pourquoi les prêtres qui le servaient eurent l'idée ingénieuse d'utiliser l'obsidienne, pierre peu coûteuse et facilement taillable, pour façonner ce dôme et le puits à son sommet. Grâce à la réflexion des rayons sur l'obsidienne, nous jouissons de la lumière solaire au même titre que les habitants de la surface et nos cultures peuvent croître. De plus, nous vivons ici en paix, loin des violences des hommes.

– Mais vous ne sortez plus, objecta Valerio.

– Que nous importe ? Nous avons ici tout ce dont nous avons besoin.

– Depuis combien de temps votre peuple vit-il ici ? demanda Miguel.

– Trois cents ans environ.

– N'avez-vous jamais pensé que *Mayapán* avait décliné et que vous pourriez retourner à la surface ?

– Je l'ignore et ne m'en suis jamais préoccupé, répondit placidement le roi. Nous vivons à l'abri dans cette grotte.

– Vous pourriez, hélas, ne plus connaître la paix très longtemps, l'avertit Valerio le front plissé.

Si Miguel songeait au passé de *Chichén Itzá*, Valerio, lui, ne perdait pas de vue le présent. Au-dessus d'eux, sur la place de la Grande Pyramide, la résistance maya combattait probablement encore les Espagnols. Lucas tenait Tetzicatl et leur mère, qui étaient tous deux au courant du message de la plaque de jade. Si par malheur Lucas apprenait l'existence de l'énigme et qu'il la déchiffrait, il découvrirait la cité souterraine et s'emparerait du trésor. Ezolt devait mesurer l'imminence du danger.

– Roi Ezolt, écoutez-moi ! Des hommes blancs, qui sont loin d'être les dieux que vous attendez, sont parvenus à *Chichén Itzá*. Ils savent que quelque chose est caché ici et ils cherchent un trésor.

– Que dis-tu ?

– C'est la vérité. Ces hommes sont mieux armés et plus forts que tous les guerriers de *Mayapán* que vos ancêtres ont affrontés. Nous appartenons à une résistance maya qui veut les repousser. Malheureusement, cela est difficile. Deux des nôtres ont été capturés par les blancs. Ils connaissent l'énigme de la plaque de jade. S'ils l'apprennent à Lucas, leur chef, votre ville sera en grand danger.

– Que veulent ces étrangers ?

– Votre or, vos bijoux, toutes les offrandes que contient la salle sacrée du temple. Mais ils tueront aussi les habitants ou les réduiront en esclavage. Il faut que partiez d'ici.

– Partir ? Comment osez-vous proférer de telles paroles ? s'insurgea le roi soudain véhément. Nous vivons ici depuis trois siècles. Nous n'abandonnerons pas notre cité ! Les dieux ont voulu que nous restions ici.

– Mais les Espagnols vous tueront, jusqu'au dernier ! Les dieux ont-ils voulu que vous soyez massacrés ?

Le souverain secoua la tête, refusant la voix de la raison. Miguel le fixait avec un mélange de désarroi et de pitié. Il comprenait les motivations qui avaient poussé le roi de *Chichén Itzá* à se retrancher ici ; il comprenait et respectait la volonté d'Ezolt de protéger et d'accorder le bonheur à tous ses sujets. Il savait qu'ils avaient vécu coupés du monde, dans cette ville utopique depuis des centaines d'années. Accepter le retour à la surface, à une vie normale, affronter de nouveaux les risques de différends avec les autres cités, effrayaient le roi. Mais en s'obstinant, il mettait davantage sa cité en péril. S'il n'agissait pas, les Itzás pourraient bien totalement disparaître et très vite.

– Faites-nous confiance ! insista-t-il. Nous connaissons ces hommes, nous savons de quoi ils sont capables. Ils n'épargneront personne, ne feront aucune différence entre les hommes, les femmes et les enfants. Ils pilleront et détruiront votre ville. Pour de l'or, ils sont capables de tout.

– Ces hommes sont guidés par la folie.

– Oui, et c'est pour vous protéger de cette folie que vous devez quitter cet endroit.

– Mais les hommes n'abandonneront jamais leurs terres. Ils vivent ici depuis des centaines d'années, ils n'ont jamais connu la surface. Ils ne survivront pas !

– Vos ancêtres et d'autres tribus mayas y parviennent tout à fait. Vous avez entretenu ici le savoir de vos aïeux, appliquez-le à la surface et vous survivrez ! Il suffit que vous le vouliez.

– Nous sommes trop nombreux.

– Nous vous aiderons ! Acceptez ! Je vous en supplie.

Ezolt fixait le sol, désemparé. Son regard glissa sur sa ville, cette ville idyllique dans laquelle il était né et où il avait toujours vécu dans l'harmonie. Jadis, les habitants de *Chichén Itzá* avaient renoncé au monde avec peine en s'enterrant ici. Aujourd'hui, pour Ezolt, c'était effectuer le chemin inverse qui le déchirait. Renoncer au bonheur et à la stabilité, perdre tout cela pour retrouver les dangers du monde. Il était vieux, son corps faiblissait. La force et le courage le fuyaient. Il secoua la tête.

– Non, c'est impossible.

Valerio sentit la colère monter en lui devant une telle opiniâtreté. Il fut sur le point de lancer un nouvel argument, quand son frère le retint par le bras.

– Non, attends ! chuchota-t-il.

– À quoi bon attendre ? Cet entêté refuse de sauver les habitants de sa ville ! Tout simplement parce que cet endroit leur a prodigué un bonheur sans faille, il va les laisser se faire exterminer ?

– Comprends-le ! Il ne connaît rien du monde extérieur. Il est logique qu'il ait peur, qu'il craigne de connaître à son tour une défaite comme celle connue par ses ancêtres.

– Et pour cela, il préfère avoir la certitude de mourir ici ? C'est idiot !

– Nous ne le convaincrons pas nous-mêmes. Allons chercher Juan. Lui saura le décider.

La colère de Valerio retomba. Il avait confiance en leur père. Oui, il persuaderait Ezolt. Mais ils devaient agir vite.

Miguel s'inclina devant le souverain :

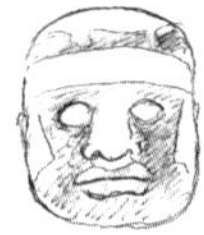

– Acceptez dans ce cas, que nous nous retirions.

– J'y consens, répondit le roi d'une voix lasse et abattue.

– Nous reviendrons ! ajouta Miguel. Réfléchissez, roi Ezolt, réfléchissez et agissez pour le bien de vos sujets !

Chapitre 18

Tetzicatl

Comme convenu, Malinche sortit de la tente de Lucas bien après la fuite des prisonniers.

Elle s'adossa contre la toile. Elle avait décidé de ne révéler l'évasion des captifs qu'à l'issue de la bataille. L'air empestait la fumée et la sueur de cheval. Elle percevait les détonations en arrière fond mais son esprit se concentrait sur l'énigme de la tablette de jade.

Elle devait en trouver le sens. Plus rien d'autre ne comptait à présent. Les Espagnols et les Indiens pouvaient s'affronter, se tuer s'ils le souhaitaient. Elle, elle ne voulait que l'or, les richesses qui l'affranchiraient enfin de ce monde. À la recherche d'une inspiration, elle releva la tête vers la Pyramide. Le soleil déclinant enflammait les degrés de l'édifice dont la base était souillée par le sang versé par les hommes.

C'est alors qu'elle le vit. Elle cligna des yeux, croyant à une hallucination. Puis se redressa en fixant le versant nord de la pyramide. Le long de l'escalier central se profilait une ombre : une ombre ayant la forme d'un serpent.

Brusquement, les vers de l'énigme prirent tout leur sens dans son esprit. Elle aurait dû s'en douter. Les Mayas possédaient un immense savoir en astronomie, dont les Aztèques avaient hérité. L'énigme parlait des dieux, du soleil, du serpent à plumes… *Quetzalcóatl*, ou *Kukulkan* comme le nommaient les Mayas. Sans doute la pyramide était-elle dédiée au soleil. Ce serpent les guiderait vers l'infra-monde. Le trésor s'y cachait. Malinche observa attentivement la direction de l'ombre : elle rampait vers le nord.

– Ils s'enfuient ! triompha le soldat espagnol en tirant un coup de fusil. *Victoria* !

Montejo se redressa sur sa monture et balaya la Grand-Place du regard : les Indiens refluaient en masse vers la forêt, disparaissaient sous les fourrés. Certains tiraient encore avec audace sur les militaires. Ils poussaient de drôles de sifflements à mi-chemin entre rire et cri de guerre, jouissant du privilège d'utiliser le « dragon-tonnerre » des blancs. Mais ils se retiraient rapidement.

Les soldats hurlèrent de joie, brandissant leurs fusils et braillant au succès : ils avaient mis en déroute les sauvages ! Cette victoire, arrachée à ceux qui les avaient humiliés, vengeait le massacre de leurs camarades.

Lucas tourna bride, le front en sueur, surpris et méfiant. Pourquoi Juan abandonnait-il subitement ? Cela ne ressemblait pas à l'ancien capitaine. Que lui prenait-il ? Avait-il reçu un signal ? Les troupes indiennes se repliaient à une vitesse stupéfiante.

Il galopa vers le camp. Bien que les Mayas leur aient volé chevaux et armes, ils ne possédaient encore qu'imparfaitement la maîtrise des deux. Les soldats avaient vaillamment défendu leur territoire mais, à vrai dire, les Indiens n'avaient pas vraiment tenté de s'aventurer outre mesure dans leur camp. Cela intriguait Lucas. Le combat était égal et aurait pu durer si les Mayas n'avaient pas fui aussi brusquement.

Lucas descendit de sa monture et chancela. Pour la première fois depuis son arrivée à *Chichén Itzá*, il avait faim. Le rhum apaisait sa colère mais pas son estomac. Montejo arriva au trot et arrêta son cheval près du sien. Tout en mettant pied à terre, l'*Adelantado* grogna :

– Pourquoi diantre ces animaux ont-ils pris la fuite ?

Lucas ne répondit pas et se tourna vers sa tente. À cet instant précis, son sang se glaça dans ses veines : Malinche en sortait, seule. Elle se dirigea vers eux.

Aussitôt, il devina ce qui était advenu et pourquoi les Indiens avaient si vite battu en retraite.

– Les prisonniers se sont échappés, annonça froidement l'interprète en les rejoignant.

– Comment… comment avez-vous pu les laisser s'échapper ? s'étouffa Montejo. Vous êtes une incapable !

– Je vous avais donné mon pistolet ! siffla Lucas, réprimant difficilement sa colère. L'homme était inerte et la femme mesurait une tête de moins que vous ! Que s'est-il passé ?

– Les Mayas avaient prévu leur plan. Trois guerriers ont assailli votre tente. Ils portaient des pistolets et des fusils volés. Ils m'ont frappée, le plus fort m'a tenue en joue pendant que les deux autres évacuaient les captifs et fuyaient vers la forêt. Je n'ai rien pu faire.

– Vous étiez armée. Pourquoi n'avez-vous pas tiré ? répliqua âprement Lucas.

– Je l'ai fait. Mais l'un d'eux m'a saisie par derrière et m'a étranglée, m'obligeant à lâcher mon arme.

Lucas détailla Malinche, ses yeux d'acier réduits à deux fentes. Elle ne broncha pas. Il n'aurait pas su dire si son impassibilité était naturelle ou forcée. D'ordinaire, il savait déceler le mensonge dans les pupilles d'autrui. La crainte d'être démasqués faisait vaciller les menteurs. Mais le regard de Malinche était un miroir d'ébène qui lui renvoyait ses propres doutes.

– Quoi qu'il advienne, vous n'aurez plus besoin d'eux, trancha l'interprète.

– Que dites-vous ? s'ahurit Montejo.

– N’espériez-vous pas qu’ils résolvent l’énigme et qu’ils vous guident vers le trésor ?

– Bien entendu !

– Dans ce cas ils ne vous sont plus nécessaires. J’ai moi-même décodé l’énigme.

Zinacantlán et Olxa ralentirent dès qu’ils furent en vue du campement maya. À bout de force, ils étendirent le corps inanimé de Tetzicatl à même le sol tandis que Carmen apportait de l’eau et qu’Olxa nettoyait le visage tuméfié du Grand Prêtre. Zinacantlán avait mis ses mains en porte-voix et avait poussé le cri convenu comme signal avec Juan.

Dès qu’il avait entendu le hurlement strident, le chef de la résistance maya avait su que le plan de Carmen avait réussi. Il avait aussitôt ordonné la retraite. Il s’était précipité vers la forêt en demandant à Achua de rassembler les guerriers. Affolé il avait couru vers le camp où son regard enfiévré passait de visage en visage, à la recherche d’une seule silhouette.

– Olxa !

Elle était là, agenouillée près d’un blessé. Elle redressa la tête et l’aperçut.

– Juan !

Elle courut vers lui et l’étreignit avec force. Elle était là, elle était vivante. Il la tenait contre lui et ne voulait plus la lâcher. Il sentait ses épaules tremblantes, sa respiration haletante.

Elle ferma les yeux et frotta son visage contre sa chemise, se cramponnant à lui comme si sa vie en dépendait, comme si Lucas pouvait resurgir. La terreur qu'elle avait refoulée déborda. Juan, pour la consoler, la berça tendrement.

– Je suis là, tout va bien…

– J'ai… j'ai eu tellement peur… murmura-t-elle. J'ai cru… que je ne te reverrai jamais, que…

– Il ne t'a rien fait ? demanda Juan en prenant son visage entre ses mains. Lucas, il ne t'a rien fait ?

– Non… non, ça va, le rassura-t-elle en sentant que les larmes lui montaient aux yeux.

Il remarqua alors des marques rouges autour de son cou.

– Il t'a frappée ?

– Presque pas, il… il ne m'a giflée qu'une fois.

– Il… il t'a touchée ?

– Non, ne t'inquiète pas !

Soulagé, il la serra à nouveau contre lui. Elle laissa couler ses larmes. Juan remercia le sort et essuya les larmes de sa femme tout en l'embrassant.

– J'étais comme fou lorsque j'ai appris que Lucas vous avait capturés. J'aurais tout donné pour te sauver de ses griffes. Mais la colère m'aveuglait. Sans Carmen et Zinacantlán, Tetzicatl et toi ne seriez pas ici…

– Tetzicatl…

Olxa se retourna lentement. Le Grand Prêtre gisait toujours au sol. Juan coula un regard par-dessus l'épaule de sa femme et blêmit. Achua les avait rejoints.

– Montejo l'a torturé, souffla Olxa.

Ils s'approchèrent du blessé. Le couple rejoignit Carmen qui nettoyait le sang séché sur les pommettes saillantes. Debout derrière elle, Zinacantlán l'observait, le regard dur et le cœur plein de fiel. Carmen tordit le chiffon, l'imprégna à nouveau d'eau et le posa sur les lèvres gonflées du prêtre. Juan se pencha sur le corps martyrisé et observa les blessures. Tetzicatl portait des marques évidentes de coups mais les blessures les plus graves n'étaient pas apparentes. Les doigts de l'ancien capitaine effleurèrent la mâchoire : elle était déboîtée. Son inspection descendit sur le torse. Les côtes du prêtre saillaient à chaque inspiration, lui arrachant un râle de douleur. Juan perdit le peu de couleurs qui lui restaient. Des hématomes violets lézardaient la cage thoracique. Le blessé souffrait d'une hémorragie interne, sans doute provoquée par la fracture d'une ou plusieurs côtes. Le chef de la résistance déglutit péniblement.

Il retira ses mains et reporta son attention sur le visage du prêtre. Olxa l'interrogea du regard. Il secoua imperceptiblement la tête.

À cet instant, Tetzicatl ouvrit les yeux. Il émit un grognement, la mâchoire crispée de douleur. La première personne qu'il vit fut Juan. L'ancien capitaine se força à lui sourire :

– Tu es libre. Zinacantlán et Carmen t'ont délivré. Ne t'inquiète pas, ça va aller !

– C'est bien la première fois... que tu mens aussi mal, ironisa le prêtre avec un rictus. Tu sais comme moi... que *Xibalba* m'appelle.

Le prêtre agrippa l'épaule de Juan.

– Je me suis trompé à... ton sujet, murmura le prêtre. Tu es un homme juste. Tu m'as sauvé. Tu aurais pu m'abandonner. Mais tu n'as pas trahi... le peuple maya.

– Comme toi, chuchota l'ancien capitaine en serrant les doigts osseux de Tetzicatl.

– Comme moi. Je n'ai pas parlé... jamais. Je n'ai pas révélé l'énigme... de nos ancêtres. Je l'emporterai... dans l'inframonde. Sois intègre, Juan. Ne trahis jamais tes... convictions. Si tu perces le sens de l'énigme... protège le secret des Mayas ! Empêche les Espagnols de le violer !

– Je te le jure.

– Je croyais qu'il existait une race d'hommes bons... et une race d'hommes mauvais. Mais j'ai eu la preuve... qu'il existait des traîtres... et des alliés dans chaque camp. Je m'en souviendrai...

Le regard de Tetzicatl devint fixe puis vitreux. Sa main glissa de l'épaule de Juan et s'affaissa avec un bruit mat. Son souffle s'arrêta. Sa tête retomba sur le sol. Le temps était suspendu. Olxa s'approcha doucement. Carmen se blottit dans les bras de Zinacantlán. Juan ferma les yeux de celui qui avait cessé de respirer.

C'est alors que Valerio et Miguel firent leur apparition.

Chapitre 19

Évacuation

Laissant Ezolt à son entêtement, les jumeaux avaient rebroussé chemin, traversé le tunnel souterrain et replongé dans la grotte d'où ils avaient émergé dans le puits de *Chichén Itzá*, escaladé la paroi pour finalement se rhabiller. S'orientant comme ils avaient pu dans la forêt enténébrée, ils avaient couru en direction du campement maya. Trempés et hors d'haleine, ils comprirent, en arrivant, que la bataille était terminée.

Miguel balaya aussitôt les environs du regard. Olxa, avaient-ils libéré Olxa ? Il reconnut Juan agenouillé près d'un blessé. De l'autre côté du corps, il distingua une silhouette féminine à la peau mate.

– Mère ! s'exclama-t-il.

Celle-ci se releva et les prit dans ses bras.

– Mes fils !

– Maman, tu n'as rien ? s'assura Valerio.

– Je vais bien… mais…

Son regard s'attarda vers le corps étendu sur le sol. Il portait d'affreuses marques de coups. Les jumeaux s'approchèrent et, avec effroi, reconnurent Tetzicatl.

– Il est… il est… balbutia Miguel, sentant sa gorge se nouer.

Olxa acquiesça. Juan fixait le vide. Les deux frères se sentirent défaillir. Ébranlés, ils s'assirent. Valerio enfouit son visage entre ses mains et inspira lentement. Miguel resta immobile.

Malgré le choc, les jumeaux n'oubliaient pas qu'ils devaient parler à Juan. L'urgence de la situation les y contraignait. S'ils attendaient trop longtemps, le danger deviendrait inévitable. Quand Valerio parvint enfin à se ressaisir, il alla s'accroupir près de Juan et murmura :

– Père, il faut que nous parlions. Je sais que le moment est mal choisi. Mais si nous n'agissons pas, d'autres hommes que Tetzicatl pourraient mourir. Nous avons résolu l'énigme de la tablette de jade.

Cette phrase tira toutes les consciences de leur torpeur.

– Vous avez réussi à corriger mes erreurs ? s'enquit Olxa.

– Oui, confirma Miguel en maya. Le moment où le jour égale la nuit ne faisait pas allusion au crépuscule, mais à l'équinoxe…qui a eu lieu aujourd'hui.

– Bien sûr, réalisa Juan. Nous l'avions calculé avec… avec Tetzicatl.

– Je connais le phénomène qui se produit à Chichen Itza lors de l'équinoxe, dit Achua. Les architectes ont bâti la pyramide de telle sorte que ce jour-là, une ombre de la forme d'un reptile se profile sur l'escalier nord, coïncidant à son extrémité avec une tête de serpent sculptée… mais je n'aurais jamais deviné que l'énigme avait un lien avec cette apparition.

– L'ombre nous a bien guidés, pourtant, poursuivit Miguel. Elle regardait vers le nord.

– Mais vers le nord, intervint Achua, il n'y a que le puits sacré.

– Exactement.

Valerio narra alors comment ils avaient découvert la grotte contenant la poche d'air, puis la galerie souterraine et enfin la ville sous la terre. Miguel décrivit avec fascination le dôme d'obsidienne.

– Cette voûte joue le rôle d'un miroir géant, c'est extraordinaire. Les habitants bénéficient de la lumière du jour comme n'importe qui. Et leur ville… elle est magnifique.

Il raconta leur rencontre avec le roi, l'histoire du peuple de *Chichén Itzá*. Stupéfiés, ses auditeurs écoutaient, cois.

– Alors, les Itzá n'ont pas complètement disparu, comprit Achua. Tout ce que nous avons fait depuis des siècles, nous, pèlerins, pour préserver cette ville n'aura pas été vain.

– La cité a bien été désertée, mais les habitants n'ont pas fui aussi loin. En réalité, ils sont juste sous nos pieds, résuma Valerio.

– Incroyable, acquiesça Juan, complètement abasourdi. Voilà donc le secret des Mayas…

Les jumeaux échangèrent un regard. Il y avait une seule chose qu'il n'avait pas encore mentionnée. Peut-être la plus importante.

– Ce n'est pas tout, termina Valerio. Les Mayas possèdent réellement un trésor.

Il leur parla alors du temple, de la salle merveilleuse où s'amoncelaient les joyaux et les richesses accumulées depuis des siècles.

– Si tu avais vu cela, père ! Cette pièce regorge de trésors : des bijoux, des sculptures, des étoles, des vases, des masques en pierres précieuses, des manuscrits, énuméra-t-il avec exaltation. La rançon d'un roi.

– Ainsi, le trésor existe véritablement, chuchota Carmen.

– Oui ! Et c'est pour ça que cette ville est en danger. Lucas connaît-il l'énigme, mère ?

– Oui, avoua Olxa. Je... je n'ai pas pu me taire. Il... il aurait tué Tetzicatl si je ne le la lui avais pas révélée.

Un silence pesant tomba sur le groupe. Miguel se força à le rompre :

– Crois-tu que Lucas l'ait résolue ?

– Je ne sais pas. Mais Malinche en cherchait ardemment la solution.

– S'ils comprennent le sens de ces vers, Lucas attaquera la cité souterraine.

– Nous avons tenté d'avertir le roi du péril qui les guettait, expliqua Valerio. Mais il n'a rien voulu entendre. Lui et ses sujets vivent depuis trop longtemps sous terre. Ils craignent le retour à la surface.

– Ils ne peuvent pourtant pas rester là-bas, trancha Juan. Si Lucas découvre la cité, il sera sans pitié envers les Indiens.

– Nous le savons. C'est pour ça que tu dois nous accompagner et convaincre Ezolt d'évacuer la ville.

Juan hocha la tête. Son regard dévia vers Tetzicatl. Ils avaient résolu l'énigme et ils connaissaient maintenant le secret des Mayas. Il pouvait honorer la promesse qu'il avait faite au grand Prêtre : il mettrait tout en œuvre pour protéger les habitants de la ville enterrée. Il se releva avec détermination.

– Êtes-vous sûre de ce que vous avez vu ? demanda Montejo.

– Certaine, répondit Malinche.

Le conquistador, l'interprète et le traître se tenaient au pied de la pyramide de *Chichén Itzá*. Sitôt que Malinche leur avait donné la solution de l'énigme, ils s'étaient rendus au pied de l'escalier nord. La lueur des torches portées par des soldats tâchait d'ocre l'herbe de la grand' place et révélait le premier degré de la pyramide. L'Aztèque s'approcha des marches et tapota la tête sculptée qui achevait la rampe.

– L'ombre du serpent coïncidait exactement avec cette sculpture. Cela semble trop précis pour qu'il s'agisse d'un hasard, fit-elle remarquer. D'autre part, je parie que cette pyramide est dédiée à l'astre solaire.

– « Le Serpent du Soleil de Chichén Itzá
Rampera vers Xibalba
Et révélera le secret enfoui
Des Mayas », récita Lucas de mémoire. J'en déduis donc que cette ombre reptilienne doit nous conduire au trésor. Malinche, que signifie *Xibalba* ?

– Il renvoie à l'inframonde, le royaume souterrain où reposent les morts selon les Mayas.

– Tous des païens, maugréa Montejo.

– Le trésor serait donc caché sous la terre, réfléchit Lucas.

– Selon toute vraisemblance, confirma Malinche.

Lucas s'avança jusqu'à la tête de *Kukulkan* et s'accroupit juste à côté. Il colla son visage contre celui du dieu de pierre et orienta son regard dans la même direction que lui. Il se détacha du serpent et extirpa une boussole de sa chemise.

– Éclairez-moi, ordonna-t-il à l'un des soldats qui les accompagnaient.

Le fantassin accourut et tendit sa flamme au-dessus de l'Espagnol. Lucas avisa l'aiguille du compas : elle s'alignait pile avec le regard du serpent.

– Le trésor se trouve vers le nord.

– J'aurais pu vous le dire moi-même, rétorqua Malinche.

– Ne vous formalisez pas ! Nous savons tous les deux qu'on ne peut faire confiance à personne, lui précisa-t-il d'une voix moqueuse.

Il se redressa et apostropha l'*Adelantado* :

– Montejo ! Nous connaissons à présent le chemin de l'Eldorado. Notre route est toute tracée. N'attendons plus, rassemblez vos hommes !

– Maintenant ? La nuit est tombée !

– Nous ne devons pas perdre une seule seconde. Les prisonniers se sont échappés et ces sauvages peuvent encore faire disparaître le butin.

– Tu as peut-être raison mais observe l'état de mes hommes : ils ont combattu toute la journée et ont besoin d'au moins quelques heures de repos. Tu te permets de me donner des leçons, Lucas, mais ton ambition te fait oublier la réalité des choses.

Un rictus de vexation contracta les traits émaciés de Lucas. Il ne supportait pas qu'on le sermonne et il le tolérait encore moins lorsque son interlocuteur avait raison. Mais il ne pouvait nier l'état de fatigue des militaires. Ils devaient se reposer ou bien l'assaut de l'Eldorado serait mené par des pantins.

– D'accord. Nous partirons dans cinq heures.

– C'est ici ? demanda Juan à mi-voix.

– Oui. Ne t'approche pas plus près, la fosse est juste là, l'alerta Valerio.

Des graviers se dérobèrent sous les pas de Juan et dégringolèrent le long du puits sacré. Il recula vivement. Dans la pénombre, on ne différenciait pas distinctement la limite entre le sol et le gouffre. Tout autour d'eux régnait le silence de la nuit, perturbé de temps à autre par les stridulations des insectes. Leurs ombres s'étiraient derrière eux, à la lueur des flambeaux que tenaient Miguel et Zinacantlán.

Carmen, Olxa et Achua s'étaient joints à l'expédition.

– C'est bien le puits sacré qu'utilisaient les ancêtres, acquiesça Achua. On dit que l'eau de ce gouffre permet le passage des sacrifiés vers Xibalba.

– Je vais y aller seul avec Miguel et Valerio. Vous autres, attendez ici ! ordonna Juan.

Miguel tendit son flambeau à Achua et s'approcha du bord du puits. Là, il rejoignit son frère et son père et ils plongèrent sans tarder.

Valerio les guida jusqu'à la paroi où ils prirent leur inspiration avant de replonger.

L'eau noire effaça les corps. Cette fois, le soleil ne viendrait pas en aide à Valerio pour retrouver la faille. Peu importait : il la décèlerait au toucher. Soudain, sa main s'enfonça dans un trou béant : c'était là. Tirant sur le bras de son jumeau, qui entraîna à son tour Juan, ils pénétrèrent dans le conduit. Tant bien que mal, liés les uns aux autres, ils remontèrent le boyau.

Juan perçut brusquement de l'air qui caressait son visage. Il inspira profondément.

– C'est incroyable ! chuchota-t-il.

– Venez ! les attira Valerio. L'entrée du deuxième conduit est par là. Êtes-vous prêts ? On replonge !

Enfin, ils parvinrent à la grotte aux flambeaux. Le mystère et l'immobilité qui y régnaient laissèrent Juan aussi muet que l'avaient été les jumeaux.

– Suivez-moi ! les pressa Valerio en montant sur la rive.

Ils parcoururent la galerie illuminée au pas de course et entrèrent dans l'immense grotte d'obsidienne.

Juan s'arrêta, médusé. Bien que le récit de ses fils l'ait préparé à cette découverte, il n'en fut pas moins stupéfait. Ébahi, il détailla l'ingénieux stratagème des parois d'obsidienne. Il s'attarda sur le paysage de la ville : les maisons dorées par le halo des torches semblaient danser. Quand il avait quitté l'Espagne, il rêvait de richesses et de cités en or. Mais jamais il n'aurait imaginé un tel endroit. Ses fils le rappelèrent cependant à la réalité pressante.

Ils enjambèrent la rivière, traversèrent les champs et les allées pavées. Les habitants dormaient. Ils parvinrent enfin devant la grande pyramide. Ils gravirent les marches et pénétrèrent dans le temple.

Ezolt ne dormait pas. Assis sur son trône, le menton appuyé sur sa paume, le souverain songeait. Les rides sur son visage trahissaient ses pensées tourmentées. Il leva le regard vers ses visiteurs. Étrangement, il ne sembla pas surpris de revoir les jumeaux.

– Je savais que vous reviendriez, leur dit-il.

– Avez-vous réfléchi à notre conseil, roi Ezolt ? lui demanda Miguel plein d'espoir.

– Je n'ai pas changé d'avis. Il est impossible que nous partions. Quitter cette ville serait une profanation de l'œuvre de nos ancêtres.

– Mais tes ancêtres ont fui pour protéger leur peuple, s'interposa Juan. Si tu souhaites être digne d'eux, agis comme eux-mêmes l'auraient fait !

– Qui es-tu pour me parler ainsi ? l'interrogea Ezolt.

– Le père de ces garçons. Je m'appelle Juan. Je dirige des guerriers mayas. Nous luttons afin que les envahisseurs blancs ne volent pas la culture et les terres de ton peuple. Je suis ton allié.

– Pourquoi aides-tu mon peuple si tu appartiens à la race de ses ennemis ?

– Parce que j'aime les Mayas. Je sais quelles richesses recèle leur civilisation et combien il est injuste que des étrangers s'en emparent. Vos trésors vous appartiennent, nul n'a le droit de vous en déposséder.

– Si tu commandes vraiment ces guerriers, pourquoi ne défends-tu pas toi-même cette cité ?

– Je peux repousser les Espagnols momentanément. Mais ils reviendront. Alors ils saccageront cet endroit et maltraiteront ses habitants. Toi seul peux agir.

– Il n'y a ici que des hommes et des femmes qui n'ont jamais connu la guerre. Ils n'accepteront pas de partir.

– Tes habitants ont connu la prospérité : ils sont robustes et s'ils ont réellement grandi dans la sagesse, alors ils comprendront que les mesures prises relèvent d'une question de vie ou de mort.

– Où irons-nous ? Nous ne retournerons pas à *Chichén Itzá*.

– Nous trouverons une solution. Il existe divers lieux où vous pourrez vous établir.

– Je suis un vieillard. Je crains que ma sagesse ne se soit transformée en lâcheté.

– Tu peux encore changer. Il suffit que tu acceptes que nous évacuions cette cité. Pense à tes sujets ! Pense à tes ancêtres ! Tu seras aussi noble qu'eux si tu protèges ton peuple du danger. On se souviendra de ton geste comme de celui de tes aïeux. Offre la vie à tes habitants, comme tu as toujours voulu le faire.

L'argument toucha le vieux roi au cœur et il médita les paroles de Juan. Soudain, il se redressa sur son siège, inspira profondément.

– D'accord. Nous allons évacuer la ville.

– Merci de nous avoir écoutés, soupira Valerio, soulagé.

– Mais comment procéder ? Il fait nuit et nous sommes nombreux !

– Nous allons vous aider, le rassura Juan. Existe-t-il une autre issue que celle du puits pour sortir d'ici ? Car, sauf ton respect, roi Ezolt, ni toi ni les vieillards et les enfants de la cité n'auront la résistance physique pour traverser les conduits immergés.

– Oui, il existe un autre chemin. Une galerie souterraine part d'ici pour déboucher dans la pyramide de *Chichén Itzá* là où repose le dernier Grand Prêtre.

– Celle où était cachée la tablette de jade ?

– Exactement. Les tunnels y menant sont à sec et suffisamment larges pour laisser passer deux personnes de front.

– Cette sortie me semble la plus appropriée. Il nous faudra au moins quatre heures pour évacuer tout le monde. Je vais poster mes hommes à la sortie de la tombe du Grand Prêtre pour assurer la protection de tes sujets. Quelques-uns descendront ici pour coordonner l'évacuation de la ville.

– Je vais faire sonner le rassemblement.

– Valerio, dit Juan en se tournant vers son fils, retourne à la surface et préviens les autres. Ramène Olxa et le quart de mes hommes ici. Demande à Achua et à Zinacantlán de rallier la tombe du Grand Prêtre et de se préparer à prendre en charge les habitants. Qu'ils les cachent dans les bois !

– Mais père, et le trésor ?

Le regard de Juan se ralluma. Le trésor. Ces richesses auxquelles il ne croyait plus et qui dormaient, là, dans une salle, tout près. Il se tourna vers Ezolt :

– Roi, puis-je voir la salle du trésor ?

D'un signe de main, le souverain lui indiqua l'entrée de la pièce. L'ancien capitaine y pénétra : l'or, les bijoux, les étoles… Il cligna des yeux, époustouflé. Ses fils n'avaient pas menti. La rançon d'un roi. Que de merveilles ! Les abandonner serait un sacrilège.

– Nous évacuerons aussi le trésor, décida-t-il fermement. Mes hommes s'en chargeront. Mais uniquement après que tous les Indiens aient été mis à l'abri.

– J'ai entendu des éclats d'eau ! s'exclama Zinacantlán en se penchant au bord du gouffre.

– Je suis là ! cria Valerio.

Tout en nageant, le jeune garçon s'époumona à expliquer les instructions de Juan. Agrippés au bord du puits, les autres acquiescèrent à l'unisson.

– Nous partons de suite, déclara Zinacantlán. Carmen, viens avec nous !

– Nous t'envoyons les guerriers de Juan, ajouta Achua à l'intention de Valerio. Reviens les chercher dans une dizaine de minutes.

La lueur de leurs torches s'éloigna, ne resta que celle d'Olxa qui la posa au sol.

– Tu es prête, mère ? lui lança Valerio. Saute !

Quelques secondes plus tard, le jeune garçon sentit les éclaboussures provoquées par la chute de sa mère. Tâtonnant dans l'obscurité, il la rattrapa et ils replongèrent.

Lorsqu'ils arrivèrent sur la place devant la pyramide, ils découvrirent une foule avec des visages encore ensommeillés pour les enfants, inquiets pour les adultes. Au sommet de la pyramide, le roi expliquait la situation. Valerio reconnut à peine sa voix, tant elle était chargée d'une volonté nouvelle.

– Approchez, approchez tous ! Mes frères, les blancs que vous avez pu apercevoir dans vos rues ne sont pas la réincarnation du dieu *Kukulkan*. Ces êtres sont des hommes, des messagers, qui sont venus prévenir notre cité du danger qui la menace. Mes frères, l'heure est grave : des étrangers sont tout près de découvrir notre cache secrète. Ils veulent piller nos trésors et tuer nos familles, nos enfants.

– Je croyais que cette ville nous protégeait de la guerre ! s'indigna un homme dans la foule. N'est-ce pas pour cela que nos ancêtres l'ont bâtie ?

– Nos ancêtres ont bâti cette ville pour nous permettre de survivre, répondit le roi. Nous violerions leur œuvre si nous restions ici pour nous laisser massacrer. Les anciens ont voulu la paix, je la veux aussi. C'est pour cela que nous devons fuir cette ville cette nuit-même, dans la plus grande discrétion.

Des murmures effrayés parcoururent la foule massée à ses pieds. Les habitants prenaient conscience de la gravité de la situation et des mesures qu'elle imposait. Des enfants se mirent à pleurer ; les parents les réconfortèrent en feignant une assurance qu'ils n'avaient pas. Mais aucun d'eux ne protesta. Aucun ne doutait de la réalité de la menace car leur roi ne leur avait jamais menti. Ezolt les remercia de leur compréhension et déclama :

– Je laisse à chacun de vous une demi-heure pour rassembler ses effets. Ne vous encombrez pas : laissez les bêtes dans leurs champs, les sculptures à leur place. Ne prenez que le nécessaire à une vie nomade.

En prononçant ces mots, le souverain comprit combien l'effort qu'il demandait à son peuple le désarçonnait car jamais ils n'avaient connu la vie nomade.

– Dirigez-vous ensuite en colonne à la sortie sud de la ville. Nous emprunterons les galeries qui passent sous *Chichén Itzá* et qui nous mèneront de l'autre côté de la ville, là où les étrangers ne nous attendent pas.

Le discours terminé, la foule se dispersa, en proie à la précipitation. Valerio et Olxa gagnèrent la pyramide et pénétrèrent dans le temple à l'instant où Juan en sortait.

– Olxa ! s'exclama-t-il avec soulagement. Tu vas bien ?

– Oui, ne t'inquiète pas !

– Valerio, où sont mes hommes ?

– Achua me les envoie. Je retourne les chercher.

Il dévala les marches en sens inverse et traversa les rues en courant. Les familles amassaient à la hâte leurs maigres biens : nourriture, couvertures, eau... Les mères accrochaient leurs bébés dans leur dos, les hommes se chargeaient de paniers de maïs. Malgré les recommandations d'Ezolt, beaucoup d'enfants attrapaient des lapins ou des dindons pour les emmener avec eux. Si les habitants se chargeaient trop, songea Valerio avec angoisse, l'évacuation serait ralentie.

Quand Valerio revint, accompagné des guerriers de Juan, certaines familles s'attardaient encore. Heureusement, une rangée d'Indiens disciplinés s'était déjà constituée à l'entrée des galeries sud.

Juan les rejoignit :

– Pressez les derniers retardataires et aidez les vieillards à se déplacer ! commanda-t-il à ses hommes. Vous, ajouta-t-il à l'intention d'un petit groupe, suivez-moi !

Il les conduisit à la salle du trésor et expliqua brièvement :

– Chargez le trésor dans ces nasses et sortez-le du temple. Vous rejoindrez ensuite les autres guerriers et escorterez les villageois.

Quand le dernier habitant aura passé la porte sud, emportez le trésor à l'extérieur !

Ils acquiescèrent sans prononcer un mot. Le chef de la résistance maya sortit du temple. De ce promontoire, il dominait la ville et il vit la porte sud devant laquelle s'alignaient les habitants. Ses guerriers encadraient les rangs et commençaient à faire évacuer les habitants.

Derrière lui, les bruits métalliques que produisait le déplacement du trésor tintaient à ses oreilles. Son cœur battait sourdement. Près de lui, ses fils et sa femme contemplaient le spectacle impressionnant d'une ville en mouvement.

Chapitre 20

Le dernier duel

Des cliquetis métalliques troublèrent la quiétude nocturne de la forêt. Le sifflement des insectes se tut. Des halos de lumière se projetèrent sur les troncs, y dessinant des ombres cuirassées.

Après cinq heures de repos, les troupes de Montejo s'enfonçaient maintenant dans la jungle. En tête de ligne marchaient Lucas et Malinche.

L'*Adelantado* avait délégué une patrouille de soldats pour surveiller les environs pendant leur absence. Les hommes désignés avaient reçu l'ordre comme une sanction : l'idée de croupir au milieu des ruines pendant que leurs camarades découvriraient peut-être l'Eldorado ne les avait guère réjouis.

Les troupes avaient d'abord suivi l'ancienne allée qui partait de la Grande Pyramide. Elles s'aventuraient maintenant dans la forêt. Boussole à la main, Lucas maintenait leur cap plein nord.

Soudain, les fourrés denses se clairsemèrent et le ciel apparut. Soulagés, ils levèrent la tête et aperçurent les étoiles.

Lucas et Malinche s'avancèrent, torche à la main, pour explorer les environs.

– J'ai trouvé quelque chose, dit l'interprète.

Elle tendit son flambeau. Juste en-dessous d'elle se découpait le relief d'un immense gouffre. Il plongeait d'une hauteur vertigineuse jusqu'à une eau plus noire que les fleuves de l'Enfer.

– Un puits naturel… murmura Lucas. Pourquoi l'énigme nous aurait-t-elle conduits ici ? s'interrogea-t-il, sceptique.

Malinche sourit, avec l'expression supérieure que se permettent ceux qui possèdent une information d'avance sur les autres.

– Ceci est un puits sacré, expliqua-t-elle. Les Mayas s'en servaient pour leurs sacrifices. Ils y projetaient une victime du haut de ce promontoire et la laissaient se noyer. Parfois, si le sacrifié survivait une nuit, on le remontait et on l'écoutait comme un oracle.

– Des barbares et des païens ! répéta Montejo.

– Quel rapport avec le trésor ? s'impatienta Lucas.

– Dans leurs croyances, les Mayas affirment que ces puits sont les portes de *Xibalba*, leur enfer.

– Vous suggérez donc que le trésor se trouve sous ce puits ?

– Si cela est le cas, nous le draguerons, décréta Montejo, pragmatique.

– Mais cela prendra la nuit ! déplora Lucas. Il existe forcément un autre moyen. Je suis persuadé que ce traître de Juan et sa traînée de femme ont déjà trouvé la solution.

– Commandant !

Montejo se retourna : un soldat venait de surgir des bois, seul. Il appartenait à la troupe de faction laissée sur les ruines de *Chichén Itzá*.

– Comment nous as-tu retrouvés ? s'étonna l'*Adelantado*.

– Je n'ai eu qu'à suivre la trace de l'herbe que vous aviez couchée sous vos pas, déclara l'homme qui ne manquait apparemment pas de sens pratique.

– Hum… bien, grommela le conquistador. Qu'y a-t-il ?

– Nous avons remarqué une agitation discrète mais certaine de l'autre côté de la ville. Avec trois camarades, on s'est aventurés là-bas. Il nous a semblé apercevoir un temple. Des Indiens montent la garde tout autour et des silhouettes s'échappent fréquemment de la pyramide. Des hommes, des femmes, des enfants… beaucoup trop pour la taille de cette ruine. Ils fuient vers la forêt. Vu notre effectif, je me suis dit qu'il valait mieux vous avertir avant de tenter quelque chose.

Lucas fronça les sourcils et se tourna vers Malinche :

– Un passage secret ! affirma-t-elle.

– C'est fort possible, approuva-t-il. Je jurerais même que ce sont les Indiens qui gardent le trésor.

– Et vous vous croisez les bras en apprenant qu'ils s'enfuient ? s'étouffa Montejo. Ces sauvages filent avec notre or et vous ne réagissez même pas ?

Des protestations se manifestèrent parmi les soldats. Les sauvages fuyaient avec l'or ? De quel droit ? Que faisaient-ils ici, à observer un puits sans fin au lieu de courir sauver leurs richesses ? Après tout ce chemin, ces épreuves, ces batailles, ils laisseraient des sous-hommes voler ce qui leur revenait de droit, ce pourquoi ils avaient quitté l'Espagne ? Non ! Jamais !

– Silence ! hurla Lucas sèchement. Ce trésor nous échappera si vous continuez à beugler comme des ânes ! Mais si vous comptez réellement faire main basse sur cet or qui vous appartient, mettez-vous en ligne sur-le-champ ! Les Indiens se croient seuls, et pensent que la nuit joue en leur faveur. Nous les prendrons par surprise. Demi-tour et pressons-nous !

Les militaires auraient obéi à n'importe quel chef pourvu qu'il les dirigeât vers le trésor. Sous les yeux médusés de Montejo, ils obéirent sans sourciller aux ordres de Lucas. Ils se mirent en marche, craignant de voir ce trésor leur échapper.

Les galeries creusées par les Mayas ressemblaient à un labyrinthe minier. Les boyaux sombres s'enfonçaient toujours plus profondément. Éclairés par des flambeaux, les habitants progressaient en file serrée, leurs bagages freinant leur avancée.

Tant bien que mal, Juan et ses guerriers régulaient la circulation en faisant entrer les villageois par petits groupes. Le temps pressait. Juan, le front en sueur, porta un enfant dans les bras de sa mère. Il lança un regard derrière lui : plus que cinq Indiens. Les jumeaux firent renoncer un homme à s'embarrasser de ses dindons et le poussèrent vers la galerie. Une vieille femme tomba à terre, ses jambes fatiguées refusant de la porter plus loin. Olxa l'aida à se relever et la soutint jusqu'au boyau.

– Ne nous attends pas ! lui dit Juan. Emmène-la ! Nous nous retrouverons de l'autre côté.

Elle hocha la tête et s'engagea avec la femme dans la galerie. Enfin, Valerio et Miguel firent entrer le dernier habitant. Ils se retournèrent : le roi Ezolt marchait lentement, presque à reculons vers l'issue. Il adressa un regard incertain, presque suppliant à Juan qui l'encouragea.

– Va, roi Ezolt ! Tes sujets sont sauvés. Pars et rejoins-les ! Ils auront besoin de toi dans les semaines à venir.

Le souverain avala sa salive et s'avança vers le conduit. Il se retourna une dernière fois et contempla la ville qu'avait bâtie ses ancêtres : son ingénieux dôme d'obsidienne, son temple aux couleurs vives, ses maisons claires, ses champs fertiles, la cité dans laquelle il avait grandi et connu la paix. Il se consola en pensant que s'il l'abandonnait, il la préservait ainsi des outrages des étrangers. Elle demeurerait intacte, enfouie à jamais avec le secret des anciens de *Chichén Itzá*. Résigné, il s'engouffra dans le tunnel.

Juan poussa un soupir de soulagement exactement au même moment que ses fils : tous les habitants étaient saufs. Ils se tournèrent vers la pyramide : les guerriers en descendaient, chargés des nasses contenant le trésor.

– Ouvrons-leur la voie ! dit Juan en se saisissant d'une torche.

En file indienne, ils s'engagèrent dans le boyau, suivis des hommes portant le trésor.

Un cercle de flambeaux brûlait dans le temple du Prêtre de *Chichén Itzá*. Près de la fosse où gisaient ses ossements, une autre dalle s'ouvrait sur un escalier. Ici débouchait le corridor secret de la cité souterraine, celui qui ramenait les habitants à la surface. Après un temps qui lui sembla infini, Olxa emprunta cet escalier soutenant toujours la vieille femme.

Carmen et Zinacantlán évacuaient depuis maintenant presque trois heures les Indiens. La jeune fille descendit quelques marches, passa le bras droit de la vieille Indienne sur son épaule et, avec Olxa, elles gravirent les dernières marches. La jeune blanche se retourna alors vers l'intérieur du tunnel : trois silhouettes s'y profilaient, dont celle du roi Ezolt.

– Ce sont les derniers, souffla Olxa. Il ne reste que mes fils, Juan et ses guerriers derrière eux.

– Les guerriers d'Achua ont pris en charge les arrivants et les ont emmenés dans la forêt, là où Montejo et Lucas ne les pourchasseront pas, expliqua Zinacantlán. Il ne reste plus que ceux que nous venons d'aider.

Leur ombre confondue avec celle des fourrés, les Espagnols parvinrent aux abords de la pyramide du Grand Prêtre. La place et l'escalier menant au temple étaient illuminés par des torches.

Un cercle de guerriers encadrait des hommes et des femmes qui émergeaient du temple et gagnaient la forêt. Ceux-ci étaient chargés de paniers dont l'obscurité masquait le contenu. Les Espagnols salivèrent en imaginant les richesses que pouvaient renfermer les nasses. Montejo marmonna :

– Bien, il est temps de nous emparer de ce qui fera notre gloire.

Il dégaina son pistolet. Il était temps de passer à l'action. Il se leva d'un bond et hurla :

– Sus aux sauvages ! À nous l'or !

Les soldats bondirent hors des buissons, déchaînés, épées dégainées et pistolets chargés.

– Alerte ! cria un guerrier maya. Alerte ! Les blancs attaquent !

L'alarme retentit jusqu'au temple. Zinacantlán, Carmen et Olxa se précipitèrent à l'extérieur.

Une horde d'Espagnols jaillissait de la jungle, se ruant vers eux. Les Mayas dégainèrent à leur tour et épaulèrent les armes à feu dérobées pendant que d'autres décochaient des flèches. Le cercle des guerriers mayas se rompit pour former une barrière protectrice et permettre aux derniers habitants de s'échapper. Olxa poussa fermement les villageois sur les marches :

– Partez, vite ! les pressa-t-elle. Rejoignez la forêt ! Carmen, Zinacantlán, suivez-les !

– Mais et vous ? s'affola Carmen.

– J'attends Juan, déclara-t-elle, d'un ton décidé.

Malgré la peur qui leur liquéfiait les membres, les jeunes gens obéirent. Zinacantlán prit la vieille dame sur son dos, Carmen aida Ezolt. Suivis du dernier couple, ils dévalèrent les marches et coururent à en perdre haleine dernière le rempart humain qu'avaient érigé les guerriers pour les protéger.

Les balles sifflèrent à leurs oreilles. Le sang battait aux tempes de Carmen : elle tourna la tête et rencontra l'expression démente des Espagnols, de ces hommes devenus des monstres à force de rêver à l'or. Enfin, ils atteignirent les taillis, hors d'haleine et le cœur au bord des lèvres. Ils remirent les Indiens aux guerriers qui les attendaient. Carmen sursauta en distinguant des centaines de paires d'yeux luisant dans l'obscurité. Toute une ville se terrait là, terrorisée par l'explosion des armes à feu. Dans leurs pupilles dilatées, on lisait la peur, cette peur qu'ils n'avaient jamais connue. L'épouvante les paralysait, les enfants se recroquevillaient contre leur mère. Les hommes, qui n'avaient jamais livré de batailles, se cachaient derrière les guerriers de Juan qui se tenaient prêts à intervenir. Zinacantlán lança un regard vers le temple : pourvu que Juan se dépêche.

Accroupi derrière un buisson, Lucas ne s'était pas lancé dans la bataille. Il fixait le temple: il cachait sans doute un antre secret. Il jeta un coup d'œil à Montejo. L'*Adelantado,* aveuglé par sa soif de massacre, croyait qu'il récupérerait le trésor en rattrapant les fuyards. Mais si les Indiens avaient été pris de court, ils n'avaient probablement pas emporté toutes leurs richesses avec eux. Il ne lui restait plus qu'à remonter la piste.

– Où allez-vous ? l'arrêta une voix glaciale.

Il fit volte-face. Malinche se tenait dans la pénombre, immobile.

– Laissez-moi ! Je vais faire main-basse sur ce qui me revient de droit.

– Nous avions un accord. Je vous ai aidé, j'attends en échange ma part du butin. J'ai trahi, tué et menti pour cet or.

Les yeux de Lucas se réduisirent à deux fentes. Sa main glissa insensiblement le long de sa ceinture.

– Sachez que la traîtrise est un cercle vicieux où un serpent finit toujours par en mordre un autre.

En une fraction de seconde, il attrapa son pistolet et tira. La surprise et la douleur traversèrent le visage de Malinche. La balle l'avait touchée au cœur. Elle tomba à terre, le bras appuyé contre la plaie. Elle leva un regard d'incompréhension vers Lucas.

– Pourquoi ?

Son souffle s'effila et elle s'affaissa… pour toujours.

Lucas rengaina son arme et, d'un pas rapide, courut jusqu'à la pyramide du Grand Prêtre. Il passa au travers des filets de fumée blanche à l'odeur de poudre. Tel un fantôme, il évita les guerriers et parvint au pied de l'escalier qu'il gravit à grandes enjambées.

Agenouillée au bord de l'escalier secret, Olxa attendait toujours Juan. Que faisait-il ? Des bruits de pas résonnèrent soudain sur le dallage du temple. Elle se retourna et lâcha un cri : Lucas se tenait dans l'embrasure de la porte, menaçant.

Il s'immobilisa lui aussi et son sang se figea : Olxa.

– Toi… souffla-t-il, la rage montant en lui. Comment as-tu eu l'audace de t'échapper ?

Elle ne répondit pas, le cœur battant à lui briser les côtes. Il s'approcha à grands pas. La peur la paralysait, la privait de tout réflexe. Il l'attrapa par les cheveux et referma son autre main sur sa gorge. Elle se débattit, hurla, en vain.

– Tu as voulu protéger ton peuple, n'est-ce pas, sale garce ? Tu vas payer, payer pour tout ce que ton peuple a fait, pour ce que TU m'as fait !

– N... non ! Juan !

Le cri s'engouffra dans le tunnel, rebondit sur les parois et déchira les oreilles de Juan. Il sursauta violemment. L'adrénaline monta d'un cran dans son sang. Olxa ! Perdant toute maîtrise de lui, il se rua vers la sortie. Il atteignit les escaliers, les gravit quatre à quatre.

Lucas. Lucas tenait sa femme à la gorge et serrait. Leurs regards se croisèrent : la haine et la vengeance les dévorèrent.

L’ancien capitaine bondit, jeta son flambeau en direction de Lucas. Celui-ci l’évita mais Juan lui envoya aussitôt un coup de pied qui lui fit lâcher prise. L’ancien capitaine se précipita vers Olxa, la redressa.

– Sors ! lui ordonna-t-il. Sors !

Olxa secoua la tête, échevelée, en larmes. Elle se réfugia dans un recoin de la salle, tremblante. Elle ne partirait pas sans lui.

Valerio et Miguel surgirent à cet instant du corridor. Derrière eux se profilaient la silhouette des guerriers portant le trésor. Juan les aperçut. Près de lui, Lucas se relevait. Dehors, les hurlements des Espagnols se rapprochaient. S’il n’agissait pas, les Espagnols s’empareraient du trésor. Il serra les poings, face à un dilemme impossible.

– Retournez dans le tunnel ! hurla-t-il à ses fils. Abandonnez le trésor et faites tout sauter !

– Quoi ? s’écria Valerio.

– Faites-le !

Lucas s’était redressé, haletant. Juan se tourna vers lui. Ils se transpercèrent de regards meurtriers. Le traître dégaina sa rapière.

– Finissons-en à l’ancienne, proposa-t-il. Dans l’honneur.

– Tu n’as aucun honneur, répliqua Juan en dégainant son épée.

Ils se mirent solennellement en garde, se saluèrent. Puis ils tournèrent l’un autour de l’autre, s’observèrent, tels des prédateurs détaillant leur proie. Ils maniaient tous deux extrêmement bien l'épée ; au temps de la piraterie, ils étaient les meilleurs escrimeurs à bord de *La Libertad del Mar*.

Lucas donna brutalement l'assaut. Il piqua vers le visage. Juan leva son épée in-extremis et para au niveau de sa joue. Les lames crissèrent. Il envoya un coup de pied dans la poitrine du traître qui chancela. Il sabra l'air mais Lucas se baissa et lui faucha les jambes. Le chef de la résistance maya s'affaissa de tout son long, son épée lui échappant. Lucas se jeta sur lui et lui asséna un coup de poing au visage. Le goût du sang emplit sa bouche. Le traître appuyait son bras sur son buste et levait sa rapière pour l'achever. Mais Juan rattrapa la sienne et para de justesse. Il envoya alors son genou dans les côtes maigres de Lucas, le frappa d'un revers de poing et le projeta en arrière. En hurlant, Lucas roula au sol.

Valerio redescendit les marches à la volée et rejoignit son frère. Miguel accourait avec les guerriers chargés d'or.

– Abandonnez le trésor ! commanda-t-il aux Mayas. Ordre de Juan !

– Comment ? s'ébahit Miguel. Mais…

– Ne discute pas ! Lucas est là-haut ! Vous, cria-t-il à l'intention des guerriers, sortez et laissez-moi vos fusils !

Les Indiens s'exécutèrent, déposèrent leurs fusils aux pieds de Valerio qui en dévissa les culots.

– Aide-moi ! demanda-t-il à son frère d'une voix pressante. Extrais la poudre !

À genoux dans la galerie, ils vidèrent toutes les armes à feu. Valerio s'empara d'un panier tressé qui, il y a encore quelques secondes, servait à transporter de l'or et le remplit de la poudre récoltée. Il le posa au sol, loin dans le tunnel, puis il saisit sa bourse de poudre et en répandit une traînée jusqu'à l'entrée du boyau.

Ensuite, il rejoignit son frère et s'empara d'un flambeau. Ils échangèrent un regard. Miguel hocha la tête, les lèvres serrées. Alors Valerio enflamma la poudre qui émit des étincelles et le feu remonta avec une vitesse folle jusqu'au fond de la galerie. Les jumeaux se précipitèrent. À l'instant où ils surgirent dans la salle du temple, tout explosa : une détonation effroyable qui se répercuta en écho dans tout le souterrain. Il semblait que la terre elle-même se mettait en colère. À cet épouvantable vacarme succéda celui d'un éboulement violent. Des montagnes de gravas et de pierres dégringolèrent le long des parois du corridor. Le plafond s'affaissa et engloutit le trésor des Mayas. Les escaliers furent avalés par l'effondrement. Des dalles du temple sombrèrent dans l'ouverture béante, pour l'obstruer à tout jamais.

L'explosion déstabilisa les deux épéistes. Juan se redressa, raffermit sa prise sur son arme et avança vers Lucas. Celui-ci s'était redressé, la bouche en sang. Sous les yeux terrifiés d'Olxa et des jumeaux, leur duel à mort reprit. Juan se rua à nouveau vers le traître. Il feinta, sabra, piqua vers sa cuisse. Lucas stoppa la lame, l'enroula et la repoussa. Le fer se croisa. Ils se rendaient coup pour coup. Lucas roula brusquement sur lui-même, se releva sur un genou et tailla la jambe droite de Juan. La douleur du fer chauffé à blanc transperça l'ancien capitaine. Avec un cri de rage, il lacéra l'air : une entaille sanguinolente zébra la joue droite de Lucas. Le traître se releva, le regard fou, cherchant à atteindre la jambe blessée de l'ancien capitaine. Juan riposta, le fit reculer.

Ils sortirent du temple et parvinrent au bord de l'escalier de la pyramide. Juan chercha à repousser Lucas vers la volée de marches, mais la douleur atroce qui remontait de sa cuisse jusqu'à sa hanche l'en empêcha. Lucas se fendit dans sa direction. Juan saisit le bras armé, le tordit et poussa Lucas vers l'escalier. Celui-ci perdit l'équilibre, tomba et dégringola la moitié des marches. Son arcade sourcilière s'ouvrit. Juan dévala la distance qui les séparait et leva son arme vers son ennemi. Mais Lucas saisit sa jambe blessée et tira. Juan chuta à son tour dans l'escalier.

– Juan ! cria Olxa en se précipitant au bord des marches.

Dans sa chute, l'épaule gauche de l'ancien capitaine heurta une arrête de pierre : on entendit un craquement. Lucas bondit. Juan, titubant, se traîna jusqu'à son épée, se redressa en tremblant, maintenant son épaule. Lucas piqua, trancha, se rapprocha de Juan dans un corps à corps frénétique. Brusquement, il se dégagea et se plaça derrière lui… pour enfoncer sa lame dans le dos de Juan. L'ancien capitaine sentit une pointe acérée glisser sous ses omoplates en même temps qu'une douleur lancinante, atroce, insoutenable l'incendiait. Il ploya et tomba à genoux, le souffle coupé.

Lucas sourit, la vengeance déformait les traits de son visage poisseux de sang. Il s'approcha de Juan, leva sa rapière pour trancher son cou.

Juan, au bord de l'évanouissement, avait la tête qui bourdonnait, le monde qui dansait devant les yeux. Pourtant, il réussit à se reprendre, dans un ultime sursaut de volonté, de rage. Et, à l'instant où Lucas abattait son épée vers lui, il réussit à saisir la lame de l'autre avec sa main et trouva la force de plonger sa propre rapière dans l'abdomen du traître.

Lucas s'arrêta net, les yeux exorbités. Sans un cri, avec une horrible grimace, il s'effondra. Le sang se répandit sur l'herbe. La tête du traître cogna contre la terre. Les flammes de la bataille dansèrent dans son regard vitreux, qui se figea à tout jamais.

Chapitre 21

Le sort du secret de *Chichén Itzá*

Devant la pyramide, les Mayas criaient victoire. Les troupes espagnoles battaient en retraite. Partout, c'était la débandade.

Montejo, le regard fou, les bras ensanglantés, sa monture couverte de sueur, se replia à bride abattue vers la forêt. Trois hommes parvinrent à relever un cheval à terre. Ils le montèrent et se lancèrent à sa poursuite au galop. Les Indiens pourchassèrent leurs ennemis jusqu'à la lisière de *Chichén Itzá*. Ils tuèrent ceux qui ne se sauvaient pas assez vite, à coups de haches, de pierres, de flèches, sans pitié.

Quand il n'y eut plus un seul Espagnol, les Mayas regagnèrent la place de la pyramide au rythme des chants guerriers. Ils avaient sauvé la cité de leurs ancêtres !

Les villageois qui étaient restés cachés les rejoignirent, soulagés. Les mères rassurèrent leurs enfants. C'était fini.

En tremblant, Carmen et Zinacantlán s'embrassèrent.

Les jumeaux dévalèrent les marches de la pyramide. Olxa courut en direction de Juan, affalé au sol, les yeux clos. Les jumeaux s'arrêtèrent près du corps qui gisait près de lui, une lame enfoncée dans la poitrine. Lucas ne bougeait plus. Ne bougerait plus.

Le regard plein de larmes, Olxa s'agenouilla près de Juan. Une flaque sombre tachait sa chemise au niveau de la poitrine. Elle appuya pour stopper l'hémorragie.

– Juan… murmura-t-elle en le redressant. Juan, je suis là…

L'ancien capitaine ouvrit faiblement les yeux et vit sa femme penchée au-dessus de lui. Il lui sourit.

– Juan… pourquoi ? Pourquoi as-tu fait cela ?

– Il le fallait, souffla-t-il. Il le fallait depuis longtemps.

– Ne t'inquiète pas ! Tout va s'arranger ! murmura-t-elle, la voix lourde de sanglots.

– Olxa, dit-il en prenant son menton dans sa main, Olxa, je t'aime. Je t'aimerai pour l'éternité. Nous avons été séparés. Tu sais que l'absence ne peut pas éteindre notre amour. Nous serons toujours liés. Toujours. Et nous nous retrouverons, de l'autre côté, quel que soit le nom que cet endroit porte...

– Ne dis rien, Juan, ça va aller…

Elle caressa ses joues avec des doigts tremblants. Juan passa la main dans ses cheveux, pour sentir une dernière fois son parfum.

– Je suis fier de toi, Olxa, lui chuchota-t-il. De ton courage.

Il vit alors ses fils qui s'approchaient. Il leur sourit.

– Je suis fier de vous, mes fils. Le trésor des Mayas demeurera à jamais inviolé. Personne ne profanera ce lieu sacré. Valerio, Miguel... nous ne nous sommes pas connus longtemps… mais cela m'a suffi pour comprendre que vous êtes des hommes d'honneur. Je vous aime, tous. Partez ! Partez d'ici et cachez-vous dans la jungle ! Soyez heureux ! C'est tout ce que je vous demande.

– Juan, tu vas rester avec nous... implora Olxa.

– Je t'aime, Olxa.

Faisant un effort surhumain, il se redressa vers sa femme pour l'embrasser. Elle répondit à ce baiser avec passion et désespoir. Puis les lèvres de Juan se décollèrent des siennes, les yeux du capitaine se fermèrent. Il n'avait pas peur. Il avait accompli son œuvre : il avait créé une résistance indienne, défendu ses idéaux, sauvé le secret des Mayas. Envers et contre tout, il partait maintenant vers un ailleurs où devaient cohabiter les dieux de tous les hommes.

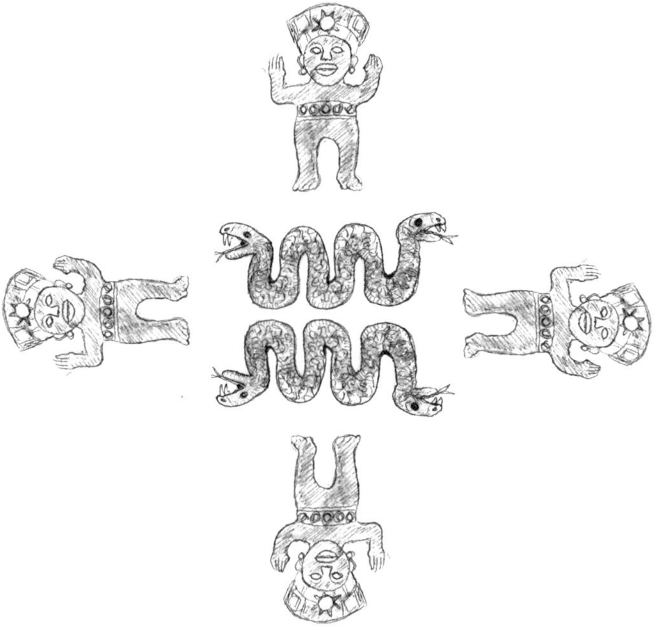

Épilogue

Juan flottait dans un monde apaisé, délivré de toute souffrance. Il ne percevait plus ni ses blessures ni même le poids de son corps. Ses yeux étaient clos sur une paix intérieure.

Des sons lui parvenaient comme des chants d'oiseaux. Il crut reconnaître le murmure de l'air sifflant dans les roseaux. Ici, ni le froid ni la chaleur ne l'atteignaient. Un parfum d'orchidées embaumait, auquel s'ajoutaient les délicieux effluves de maïs grillé.

Ainsi, c'était cela, l'autre monde ? Ce lieu que les chrétiens appelaient Paradis, les Mayas *Xibalba*, ce lieu imaginé par tous les hommes ? Il ressemblait finalement beaucoup au monde terrestre. Cela le rassurait. Il se sentait presque chez lui.

Pouvait-il ouvrir les yeux ? Voir quel visage avait l'au-delà dont parlait tant de légendes ? Lentement, il souleva les paupières.

Tout d'abord, le monde demeura flou, comme s'il n'avait pas véritablement franchi la limite qui sépare les vivants des

défunts. Il lui sembla distinguer une silhouette assise non loin de lui, dans un cadre de lumière. Elle lui tournait le dos. Juan sourit. Curieusement, son corps menu lui rappelait celui d'Olxa. À cet instant, l'inconnue se leva. À mesure qu'elle approchait, la vue de Juan devint plus nette. Il discerna ses épaules, sa chevelure sombre, ses lèvres charnues… et l'éclat de ses yeux.

Alors, Juan comprit. La chaleur, la joie, l'ivresse l'envahirent.

Il était vivant.

Olxa posa sa main sur son visage. Il frissonna, savourant le délice de sentir cette tendresse. Elle l'embrassa et il goûta le sel de ses larmes, le sel du bonheur.

– Je savais que tu reviendrais, souffla-t-elle.

– Toujours.

Il se redressa lentement, la serrant tout contre lui. La tête lui tourna brusquement et il vacilla mais des bras le retinrent.

– Tout va bien, Juan ?

– Oui… Combien de temps suis-je resté inconscient ?

– Un peu plus de trois semaines. L'épée était passée très près du cœur. Plusieurs fois, j'ai cru que les dieux allaient t'emporter.

– Il semble qu'ils n'aient pas voulu de moi. Ce n'est pas plus mal...

Ils se sourirent. La hutte dans laquelle ils se trouvaient sentait le pin et la rivière. Juan demanda à sortir de la cabane.

Un lac bordé de forêt vierge s'offrit à son regard. Le soleil irisait d'or l'eau bleu cobalt. Tout autour, de l'eau : il était sur une île.

Sur la grève, des habitations sommaires. Juan reconnut les Indiens de la ville secrète de *Chichén Itzá*. Les enfants avaient retrouvé leur sourire, les adultes leur confiance.

Juan battit des cils :

– Où sommes-nous ?

– Après que les Indiens ont vaincu les Espagnols à *Chichén Itzá*, raconta Olxa, Ezolt a refusé de retourner dans la ville de ses ancêtres. Il a décidé de partir en quête d'une nouvelle terre pour son peuple. Alors, escorté de tes guerriers, nous avons quitté *Chichén Itzá* et nous avons pris la direction du sud. Nous avons marché bien des jours. Et puis, un matin, la jungle est devenue moins épaisse. Nous avons découvert ce lac, au milieu duquel nous attendait cette petite île. Dès qu'il l'a vue, Ezolt a su qu'elle deviendrait la terre de son peuple. Il l'a baptisée *Tah Itzá*.

– *Tah Itzá* ?

– Il voudrait que j'assume le rôle de grande Prêtresse dans cette ville.

– Il a raison. Tu seras à la hauteur.

Juan renversa la tête en arrière et se délecta de la chaleur du soleil. À cet instant, des cris de joie retentirent parmi les Indiens.

– Ils sont revenus ! s'exclama Olxa.

L'ancien capitaine ouvrit les yeux : une dizaine de pirogues mises à l'eau depuis les rivages du lac avançaient vers l'île. Les rameurs avaient le fier visage des Mayas. Pourtant, sur l'une des embarcations, Juan reconnut la peau pâle de deux jeunes garçons : ses fils !

Les barques accostèrent. Le chef de la résistance dévisagea la foule en liesse : d'où venaient-ils ?

Olxa courut à la rencontre de ses fils, transportée.

– Valerio, Miguel !

– Mère ! lui répondit Valerio.

Miguel aidait une jeune Maya à descendre de la pirogue. Avec surprise, Juan reconnut Pamitl.

Zinacantlán apparut sur le seuil d'une hutte. Le visage illuminé, il se précipita pour accueillir ses amis. Les garçons échangèrent des accolades fraternelles. Carmen parut à son tour et les rejoignit.

– Enfin de retour ! les salua-t-elle.

– Eh bien, allez-vous vivre ensemble ? demanda Miguel à son ami et à la jeune fille.

Zinacantlán et Carmen échangèrent un regard complice.

– Peut-être, glissa le jeune homme.

Valerio tourna la tête et aperçut alors Juan.

– Père ! s'écria-t-il. Tu es vivant ! Miguel, Juan est vivant !

Ils se jetèrent dans les bras de l'ancien capitaine.

– Où étiez-vous ? leur demanda-t-il.

Miguel sourit.

– Quand le roi Ezolt a décidé d'offrir une nouvelle terre aux Mayas, une terre à l'abri d'une invasion espagnole, nous avons songé aux habitants de *Tulum*. Avec l'accord de mère et de tes guerriers, nous sommes retournés là-bas. Tous ceux qui le souhaitaient nous ont suivis jusqu'ici. Pour connaître une vie plus sûre, comme les habitants de *Chichén Itzá*. Guidés par un messager d'Ezolt, nous vous avons retrouvés.

– Alors, vous comptez vivre ici, parmi les Mayas ?

– Oui. Nous érigerons avec eux une magnifique cité, plus belle encore que *Chichén Itzá*, plus belle que la ville souterraine ! Et cette ville-là, jamais les Espagnols ne la prendront.

Juan considéra ses fils, des étincelles de fierté dans les yeux.

– J'en suis sûr.

La cité de Tah Itzá (appelée Tayasal par les Espagnols) est restée le bastion de la résistance à l'ennemi espagnol pendant des décennies. Elle est venue en aide aux autres villes mayas assaillies par les Européens.

Ce fut la dernière cité maya à tomber aux mains des Espagnols, en 1697.

Notes historiques

Séville au XVIe siècle

La découverte de l'Amérique développe grandement la ville dans la première moitié du XVIe siècle : les Rois catholiques Isabelle de Castille et Ferdinand d'Aragon fondent la *Casa de Contratación*, qui contrôle les échanges commerciaux entre le Nouveau Monde et l'Espagne. Elle régule aussi le transit de personnes qui s'embarquent vers les terres nouvellement conquises. Sous Charles Quint, grand roi qui finance de nombreuses expéditions vers l'Amérique, l'Espagne connait son Siècle d'Or. Séville s'enrichit grâce au commerce florissant de la laine, du savon et de la céramique. De son port partent des navires affrétés pour le Nouveau Monde. Sa prééminence est peu à peu supplantée par Cadix, la navigation sur le fleuve Guadalquivir (qui reliait Séville à la Méditerranée) devenant difficile.

Cuba

Christophe Colomb découvre l'île le 28 Octobre 1492 : elle est alors peuplée par environ 100 000 Indiens, majoritairement des Taïnos et des Karibs. Colomb la revendique au nom de l'Espagne et, dans un premier temps, la baptise Juana. L'île est administrée par un gouverneur. Les Espagnols s'approprient rapidement le territoire : ils pillent les mines d'or et réduisent les Indiens en esclavage. En 1530, la population de Cuba ne compte plus que 15 000 Amérindiens. La Havane est fondée en 1515.

Les encomiendas

Ce système est mis en place dans tout l'empire colonial espagnol : les colons se voyaient octroyer un territoire, avec les Indiens qui y vivaient. En principe, ils pouvaient légalement contraindre aux travaux forcés les indigènes, à condition qu'une partie de leur journée de travail soit réservée à leur évangélisation. En réalité, la majorité des propriétaires négligeait cette éducation catholique pour faire travailler davantage les Indiens. Ceux-ci, maltraités, cherchaient souvent à s'enfuir. Ce mode d'esclavage précède la traite des noirs auxquels les colons recourent après l'extermination des races indiennes.

La conquête du Mexique

La côte mexicaine du Yucatán est découverte par Hernández de Córdoba et Juan Grijalva en 1517 et 1518. Mais il faut attendre que Cortés y débarque en 1519 pour que la conquête du Mexique débute. Le conquistador soumet l'empire aztèque en 1521 et colonise un large territoire qui prend le nom de Nouvelle-Espagne.

Francisco de Montejo (1479– vers 1548), dit « L'*Adelantado* »

Il participe à l'expédition de Juan de Grijalva en 1518, puis suit Cortés dans la conquête de l'empire Aztèque en 1521. Il se distingue par sa diplomatie, qui lui vaut d'être envoyé par Cortés auprès de la Couronne d'Espagne. Montejo reçoit l'autorisation de Charles Quint de conquérir le Yucatán en 1526. Il débarque sur l'île de Cozumel en 1527, où il est bien reçu par la population indigène. Il explore les côtes, crée la ville de Salamanca de Xel-Ha et établit un fort à *Xaman-Ha*. Il est également le fondateur de l'actuelle ville de Mérida. Néanmoins, il ne tarde pas à rencontrer une farouche résistance de la part des Mayas. Le fort de Salamanca de Xel-Ha est attaqué (12 survivants sur 40 hommes). Montejo poursuit malgré tout la colonisation, et tente d'établir une garnison dans la ville abandonnée de *Chichén Itzá*. Il en est à nouveau chassé par les indigènes. Montejo ne parvient pas à conquérir le Yucatán : c'est son fils, Montejo le jeune, qui achèvera son œuvre.

Gonzalo Guerrero (vers 1470-1536), une inspiration pour Juan

Connu au Mexique comme le Renégat, il fait naufrage en 1511. Il atteint avec vingt autres rescapés la côte du Yucatán. Ils sont confrontés aux Indiens et dix-huit Espagnols sont mangés par des cannibales. Guerrero reste le seul survivant avec frère Geronimo de Aguilar. Tous deux parviennent à s'échapper : Aguilar est bientôt capturé par une tribu voisine, tandis que Guerrero s'aventure plus loin en territoire maya. Tous deux se retrouvent esclaves chez les Mayas pendant huit ans. Guerrero s'acclimate à leur mode de vie, tandis qu'Aguilar conserve sa foi chrétienne. Les deux hommes sont retrouvés par Cortés en 1519. Aguilar devient interprète auprès du conquistador, tandis que Guerrero, accoutumé à sa nouvelle existence, marié à une Maya dont il a trois fils, refuse de revenir. Dès lors, il se dresse contre la conquête. Devenu chef maya, il entraîne notamment les indigènes à ne pas craindre les chevaux et les armes à feu. Il fait obstacle à l'invasion de Francisco de Montejo, et trouve la mort au cours d'une bataille.

Malinche (vers 1496– vers 1529)

Son vrai prénom Malinalli fut transformé par les Aztèques en Malintzin, par les Espagnols en Malinche et enfin en Doña Marina quand on la baptisa. Fille d'un seigneur aztèque, elle est vendue comme esclave à un marchand à la naissance de son demi-frère. Elle est introduite chez les Espagnols qui l'achètent avec vingt autres Indiens en 1519. Très belle, Cortés la donne au plus noble membre de son expédition, Alonso Hernandez Puertocarrero. Mais celui-ci est renvoyé en Espagne peu de temps après. Cortés, souhaitant faire de Malinche une interprète, la garde auprès de lui. Malinche pouvait en effet traduire le nahualt, tandis que Geronimo Aguilar ne comprenait que les langues mayas. Malinche devient rapidement la maîtresse de Cortés et un fils naît en 1521. Suite à l'échec de Cortés au Honduras en 1526, elle se marie avec Juan Jaramillo, un riche conquistador compagnon de Cortés dont elle a une fille. Les circonstances de sa mort demeurent troubles : elle disparaît en 1528 sans laisser de traces dans les forêts du Yucatán. L'assassinat, l'abandon ou la mort par maladie ont été supposés, mais aucune preuve n'a jamais étayé ces hypothèses.

Les Cénotes

Il s'agit de puits naturels que l'on trouve tout particulièrement dans la péninsule du Yucatán. Ces gouffres peuvent atteindre plusieurs dizaines de mètres de profondeur, et sont souvent remplis d'eau douce, parfois d'eau salée s'ils sont reliés à l'océan par des failles ou des conduits. Le cénote représente chez les Mayas un moyen de communication avec *Xibalba*, l'infra-monde. Lieu de culte, on y jetait des offrandes ou des victimes en sacrifice. Cependant, les prêtres ne cherchaient pas à noyer les sacrifiés :

si ceux-ci survivaient du lever du soleil jusqu'à midi, on les remontait et on les interrogeait car durant leur épreuve, ils étaient supposés être entrés en contact avec les dieux. On écoutait alors leur parole comme une prédiction.

Le cénote de *Chichén Itzá* mesure 13 m de profondeur. On y a retrouvé des bijoux en or, des masques, des sculptures en pierres précieuses, des perles, ainsi que des ossements d'enfants.

Tulum

La cité est fondée vers le VIe siècle de notre ère. À l'origine, elle se nommait Zamá, ce qui signifie en maya « cité de l'aube ». Juchée sur une falaise et ceinte de remparts, *Tulum* surplombe la mer des Caraïbes. Grâce à sa situation, elle fut longtemps un port de pêche et un point d'échanges commerciaux entre la côte et les cités des terres intérieures. Elle constitua également un centre religieux. Son apogée s'étend du XIIIe siècle jusqu'à la conquête espagnole : Juan de Grijalva est le premier à découvrir *Tulum*. Sa splendeur l'impressionne tant qu'il la compare à Séville. Quand les conquistadors débarquent, *Tulum* est encore peuplée, et ce jusqu'en 1544.

Aujourd'hui subsistent les ruines de la cité, que l'on peut visiter. On note notamment de belles fresques murales d'influence mixtèque dans les temples.

Chichén Itzá

Littéralement, Chichén Itzá signifie « la bouche des puits des sorciers de l'eau ». Fondée au Ve siècle de notre ère, elle atteint son apogée du Xe au XIIIe siècle. Dirigée par une caste de militaires, la ville n'en est pas moins un grand centre religieux, notamment grâce aux cénotes qui attirent les pèlerins. Les causes de l'abandon de la ville, vers 1200, demeurent troubles. On raconte qu'après la défaite de Chichén Itzá contre une cité rivale, Mayapan, les habitants fuirent vers les forêts du Guatemala, jusqu'à un lac au milieu duquel se trouvait une petite île. C'est là que fut créée la ville de Tayasal, qui résista à la conquête espagnole jusqu'en 1697.

C'est l'un des sites les plus impressionnants de l'architecture maya post-classique : le Castillo, le Jeu de pelote, l'Observatoire et le Temple aux mille colonnes en font une cité d'envergure qui émerveille les touristes du monde entier. Les sculptures de *Kukulkan*, le dieu serpent à plumes, sont omniprésentes.

Deux fois par an, aux équinoxes de mars et de septembre, on peut assister à un étrange spectacle : vers 16h, la position du soleil est telle qu'il projette une ombre sur la rampe de l'escalier de la grande pyramide : sa forme évoque le corps d'un serpent, dont l'extrémité coïncide avec une tête de reptile sculptée en bas de la rampe.

Chichén Itzá a été classé au patrimoine mondial de l'UNESCO en 1988.

La civilisation maya

La civilisation maya est l'une des plus grandes civilisations précolombiennes, avec les Incas et les Aztèques.

La société était hiérarchisée : la noblesse, composée des prêtres et des seigneurs, régissait la cité ; les marchands constituaient une classe intermédiaire, puis venaient le peuple et les esclaves.

Polythéistes, les Mayas possédaient une vaste cosmogonie. Ils vénéraient particulièrement *Kin*, le dieu soleil, *Itzamná,* l'inventeur de l'écriture, *Kukulkan* le serpent à plumes, dieu créateur et guerrier, *Chaac,* le dieu de la pluie, et redoutaient *Ah Puch*, le dieu de l'infra-monde. Ils concevaient l'enfer comme un monde souterrain nommé *Xibalba*, et divisé en neuf niveaux.

Le *Popol Vuh* rassemble, à l'instar de la Bible des chrétiens, tous les mythes mayas.

Les Mayas possédaient des connaissances extrêmement avancées en écriture (ils employaient les hiéroglyphes), en mathématiques (ils comptaient sur un système de base vingt), en astronomie (ils inventèrent un calendrier solaire et un calendrier lunaire), en architecture (ils créèrent la voûte en encorbellement et édifièrent d'immenses pyramides à escaliers), en sculpture (ils travaillaient le bois, la pierre, le stuc, et utilisaient des pigments naturels pour la coloration des fresques), en céramique, et même en orfèvrerie (création de bijoux à partir du jade, de l'obsidienne, de l'or et des coquillages). Ils chassaient selon des règles établies et cultivaient la terre, essentiellement du maïs. Enfin, ils pratiquaient le sacrifice humain. Les victimes étaient généralement des prisonniers de guerre : on offrait aux dieux le sang de l'ennemi dont ils se délectaient.

Les Mayas érigèrent de magnifiques cités telles *Palenque, Uxmal*, *Chichén Itzá*, *Coba, Tikal*, longtemps envahies par la jungle. Redécouvertes au XIXe siècle, ces sites permettent aujourd'hui de se faire une idée de la puissance de cette civilisation qui régna sur une partie du Mexique, du Guatemala, du Salvador et du Honduras durant presque 3000 ans.

Références

Les Voyages d'Alix, Les Mayas, Jacques Martin/Jean Torton, Editions Casterman, 2005
Les Mayas en ruines, Javier Covo Torres, Editions Dante, 1992
www.nationalgeographic.com.es
www.article11.info
www.universalis.fr
personal.us.es
www.hicuba.com
html.rincondelvago.com

Sommaire

Dans la même collection

Aventures
à remonter le temps

Les pièces d'or du Téméraire
Michel CAFFIER
Illustrations Clémentine COLEOU-COLOMB
La Griffe des Ténèbres
Muriel CARMINATI
Illustrations Clémentine COLEOU-COLOMB
Les secrets de Carnak
Alain BERARD
Illustrations Damien FRAULOB
Qui a volé la tour Eiffel ?
Michel Caffier et les enfants de l'école EIFFEL
Illustrations Laurence SCHLUTH
Pièces de huit
Michel FAGHERAZZI
Illustrations Damien FRAULOB
Calamity Jane, une légende du Far-West
Cécile BENOIST
Illustrations Audren BURATI
Si Champigneulles m'était contée
Élise FISCHER
Illustrations Philippe BAJOLET
Si l'antiquité m'était contée
Gwenaëlle LE BRUN
Illustrations Héléna NONDIER
La parole de pierre
Cécile LEBRUN
Illustrations Jude LEPPO
Si la bergamote m'était contée
Élise FISCHER
Illustrations Jude LEPPO
La bible ne fait pas le moine
Christine RENAUDIN
Illustrations Vincyane BELIN
Le mystère de la chouette
Jean-Marie CHARRON
Illustrations Jean-Michel DAMIEN
Les fils de la Nouvelle Espagne -Tome 1 - Les Forbans de Séville
Les fils de la Nouvelle Espagne - Tome 2 - Le Nouveau Monde
Émilie GAUTHERON
Illustrations Jean-Michel DAMIEN

Composition graphique :
Mylène GOEPPNER
contact@1000ng.fr / www.1000ng.fr

Relecture : Véronique Lagny-Delatour

Dépôt légal : novembre 2018

ISBN 978-2-36587-302-4

Imprimé par Présence graphique, France